Narrativa inclusa
14

D1723707

Pasquale De Luca

La terra
di Filomena

M.G.E.

MELIGRANA GIUSEPPE EDITORE

Pasquale De Luca
La terra di Filomena
Narrativa inclusa. 14

Copyright © Meligrana Giuseppe Editore, 2011
Copyright © Pasquale De Luca
Tutti i diritti riservati

Meligrana Giuseppe Editore
Via della Vittoria, 14 – 89861, Tropea (VV)
Tel. (+ 39) 0963 600007 – (+ 39) 338 6157041
www.meligranaeditore.com
info@meligranaeditore.com

I edizione: aprile 2011
ISBN: 978-88-97268-09-3

Foto di copertina © Luigi Cotroneo

A Stefania, dolcissima donna
che mi ha ispirato
che mi ha sollecitato.
E ancora, a Stefania, amica mia cara
che mi ha letto
che mi ha corretto.
A Stefania, dolcissima donna
con affetto.

Prefazione

Questo non è un libro di storia. Non leggerai storia. Leggerai "una storia", che non è la storia. È un romanzo. Un romanzo d'amore, costruito sulla storia. Un romanzo d'amore che attraversa la storia. La piccola storia locale, la grande storia. È un romanzo d'amore inventato, fatto di ricordi, di fantasia. È un romanzo con ambientazione storica, con episodi veritieri, non totalmente veri.

Se vai in cerca della verità, non la troverai. Potrai trovarti di fronte a situazioni, forse, o sicuramente, avvenute. Ma raccontate con fantasia, in libertà. La verità, quella accertata, documentata, non la troverai. Potrai avere un'idea di verità: non è la verità.

Anche i personaggi, verosimili, non veri, o quasi veri, sono inventati. Costruiti sull'esigenza della "storia". Della "storia" raccontata.

Tutto è stato trasformato. Modificato. La verità non è verità, o forse è anche verità. La storia non è storia, o forse è anche storia. Non storia scientificamente provata, ma storia solo accennata. Storia che fa da cornice ad "una storia". Una storia umana. Una storia quotidiana. Una storia fatta di lavoro, di sofferenza, di dolore. Una storia d'amore.

Il libro ha, di sicuro, un'ambientazione storica circoscritta, ben definita: sono gli anni della Seconda Guerra Mondiale e gli anni del Secondo Dopoguerra, come sono stati vissuti in una piccola città di provincia. Sono gli anni di un passaggio epocale, con azioni politiche, economiche, sociali di trasformazione in cui vanno a inserirsi vicende umane, personali, sentimentali, che nulla hanno a che fare con la storia. Che sono storia. È una storia di dolore. Una storia d'amore.

Il ricordo

M'arricordu, mi ricordo...

Mia mamma iniziava sempre così il suo racconto. Tutte le sere. Seduta al braciere raccontava, raccontava, raccontava...

Ricordo mia mamma, sempre vestita di nero, con il fazzoletto nero in testa anche d'estate. Al lavoro nei campi.

- Togli questo lutto. Non serve a niente: cadi ammalata.

Le dicevano tutti. Glielo disse anche il medico.

- Dopo lo tolgo... Dopo lo tolgo...

Non lo tolse mai. Cadde ammalata davvero. Le venne una malattia, neppure quella si tolse mai.

Era così, in quegli anni. Le donne rimaste vedove portavano il lutto tutta la vita, fino alla morte. Al massimo cambiavano il colore. Da nero a marrone: la veste della Madonna. Che poi diventava *'a vesti d'a morti*, la veste della morte. Quella che s'indossava dopo la morte e che le donne tenevano pronta stirata nel baule, da indossare una sola volta. Dopo la morte, appunto.

La guerra

Filomena uscì da casa correndo. Gridava:

- Tata... Tata!

Un lampo l'accecò. La bomba esplose a due passi da lei. Un rumore di morte la investì in pieno, come se la terra si aprisse sui piedi per un forte terremoto. La casa si rovesciò a terra come *frusca* di paglia. Le *breste* dei muri si sbriciolarono come cenere, i cantoni schizzarono lontano come foglie volate dal vento, le travi bruciarono come candele di cera. La casa non c'era.

Filomena, spinta dal vento dell'esplosione, cadde a terra in ginocchio. Una gran luce le bruciò gli occhi, una fiamma bruciò i suoi capelli. Non vide nulla. Zolle impazzite di terra la investirono in ogni parte del corpo. Colpirono le gambe, le braccia, la faccia. Lacerarono la veste di notte. Quella vestaglietta con le margheritine bianche che le aveva comprato *'u tata* al mercato della domenica insieme a un agnellino che lei aveva chiamato Carrabba. E che teneva accanto a sé a sera prima di addormentarsi.

La notte fu giorno. Il giorno non c'era.

5 agosto '43. Tredici bombe caddero una dietro l'altra. Tredici bombe americane buttate dal cielo dai grossi aerei d'uragano. Tredici bombe esplosero una dopo l'altra. Gli spezzoni incendiavano l'aria, i bengala tracciavano la notte con linee di fuoco: disegnavano la morte. Il cuore si fermò all'una di notte.

- Tata... Tata... – chiamò Filomena quando rinvenne.

Tata non rispose. Non poteva: era morto.

Il sangue colava a rivoli dal tronco squarciato dell'arancio. Il sangue di *tata* e del nipote sgozzati sull'albero in una notte d'agosto, dalla scheggia assassina di una bomba americana. Rosso era, come la notte bruciata dal fuoco. Scendeva piano, lentamente. Insieme. Fino a terra dove si fermò e divenne *'na gurnea*, una piccola pozza di sangue.

- Tata... Tata... – chiamò ancora la ragazza e non vedeva. Non vedeva; non vedeva la notte, non vedeva il sangue, non vedeva la morte.

'U zzu Pascali, 'u rre d'aceiji, era morto.

Nessuno lo sapeva. Neppure il pilota americano che aveva gettato la bomba. Neppure lui lo sapeva. Era la guerra. La Seconda Guerra Mondiale che veniva a casa, dal cielo dove non c'erano più stelle ma un fuoco giallo accecante che bruciava il buio della notte in una luce irreale. La terra e il cielo non avevano confini, erano uguali. Così, la guerra voluta era venuta. In una notte d'agosto dell'estate mediterranea.

Gli aranci, i giovani aranci piantati da poco ai limiti del campo cadevano come fogli di carta in fiamme di fuoco. I soldati, i vecchi soldati reduci dalla Russia, come Zio Crocifisso con i piedi congelati e due dita amputate, cominciarono a sparare contro il cielo. La contraerea sparava dalla ferrovia, contro nessuno. I bombardieri erano andati già via, più leggeri. Giunsero i caccia veloci come fulmini. Mitragliarono tutta la ferrovia. La contraerea non sparò più. I vecchi soldati scapparono sotto i ponti. I giovani erano lontani, erano ai fronti. Solo Zio Crocifisso rimase col fucile in mano al suo posto. Non sapeva che fare. Non sapeva a chi sparare. Imbambolato, non sapeva dove andare.

- Zio Crocifisso, corri... corri... Vieni con noi... Corri...

Zio Crocifisso rimase lì. Non si mosse. Non si mosse dalla postazione assegnata, non poteva: aveva i piedi congelati. Quella notte impazzì.

D'improvviso divenne buio. Il cielo e la terra tutto buio. Un solo colore: nero. Più nero della pece bollente dell'inferno. E un vento che spazzò via tutto: le foglie, le frasche bruciate degli alberi. E dopo il vento la pioggia. Poca pioggia fredda di pianto.

Filomena ebbe un sussulto. Sentì una mano leggera sulla sua testa e una voce di donna che disse: – Vieni... Vieni con me.

- Dove?

- Andiamo.

La donna velata di luce prese Filomena per mano. Le mise uno scialle sulle spalle bagnate perché non sentisse freddo, cominciò a camminare con levità di passo. A Filomena sembrava di sognare.

- Dove mi portate? Dove andiamo? – chiese dopo i primi passi e si fermò trattenuta a terra da un pensiero triste di improvviso presentimento.

- Vieni, ti porto al sicuro. A casa mia. Io ti salverò.

Le due donne andarono insieme sulla terra bruciata, bucata. Sulla terra avvelenata.

- E tata? Dov'è tata? Porta pure lui con noi.

- No – rispose la donna con mesto sorriso – Non posso... È già là.

E mostrò con un dito il cielo.

Filomena andò con lei. Non fece più domande. Non chiese più nulla. Andarono insieme fino alla casa più vicina. A cinquecento metri dalla terra di *tata* e dalla casa che non c'era più.

Filomena camminava sulla terra morbida come tappeto di velluto. A piedi nudi andava in una dimensione di irrealtà senza luoghi, senza tempo. Sentiva accanto una mano che la guidava. Una donna vestita di luce la sosteneva, una donna bella con gli occhi brillanti la proteggeva. Non sentiva dolore per le ferite del corpo, non sentiva bruciore per la pelle dilaniata, non vedeva le strisce di sangue che le rigavano le braccia, non gridava agli inciampi che le staccavano le dita dei piedi. Andava. Portata da una forza misteriosa andava con passo leggero come su una lastra di cristallo; anestetizzata dal dolore al dolore, non aveva sofferenza. Attraversava fossi e siepi, urtava pietre, batteva con la faccia sui rami bassi degli alberi. Non sentiva niente, e andava agile dove quella donna la portava. Giunse in una antica casa di campagna senza lume, senza luce.

La casetta di campagna, dove senza rendersi conto era giunta Filomena, era in un bel giardino di aranci, con alberi di limoni, bergamotti, cedri e mandarini. Tutto ben curato. Vi abitava una famiglia di contadini che coltivavano la terra di un ricco signore con tre quarti di nobiltà che viveva nel suo palazzo di città con lo stemma di marmo sul portone e la corona con le palle dipinta sul soffitto del salotto.

Tutto era buio. Un buio che Filomena non aveva mai visto, neppure nelle notti più buie dell'inverno con le nubi, senza luna. Ebbe paura. D'improvviso, senza sapere perché, Filomena ebbe paura. Si voltò indietro verso la donna che l'accompagnava. La donna non c'era. Sola, era sola nel buio che la circondava e la stringeva. Davanti a una porta chiusa in un funebre silenzio mortuario.

- Zia Nata, dove siete... Dove ve ne siete andata? Perché mi avete lasciata?

Si ricordò dei cani. Nel giardino a guardia c'erano i cani, quattro grossi cani: canilupo. La paura aumentò, gocce di sudore freddo le vennero sulla pelle lacerata, un tremore la scosse nelle membra. Impietrita rimase ferma.

- Zia Nata, Zia Nata... Venite... dove siete... I cani mi mangeranno!

I cani non c'erano.

Poi bussò alla porta. Si aggrappò *'o mandali*. Perse le forze. Cadde a terra: un sacco buttato senza peso.

- Chi è... Chi è...

Voci spaventate da dentro.

La porta pesante di legno d'ulivo stagionato, che non ci mettevi nemmeno un chiodo tanto era duro, si aprì. Comparve un uomo forte, alto e robusto. I capelli arruffati leggermente arricciati dicevano ansia, preoccupazione. Pietro, le mani dure di calli larghe come un badile, chiese:

- Chi c'è... Chi c'è...

Fissò gli occhi nella notte, non vide nessuno. Non sentì niente. I cani non abbaiavano: dormivano con gli occhi aperti tutti insieme accanto al forno spento, senza pane. Strano, se ci fosse stato qualcuno avrebbero dovuto abbaiare, pensò Pietro. Forse l'avrebbero anche sbranato. Non erano cani docili, tutt'altro, erano feroci. Pietro si ricordò di quando avevano fatto a pezzi il maiale del vicino e non aveva potuto far nulla neppure lui per sottrarglielo, tanto erano feroci. Tornò a chiamare, più forte:

- Chi c'è... Chi c'è...

Nessuno rispose.

Stava per tornare dentro, quando gli occhi gli andarono a terra davanti alla porta.

Vide la ragazza con la vestaglia da notte strappata e sporca e uno scialle sulle spalle azzurro chiaro. La conobbe.

- Filomena, che fai qui? Vieni dentro... Vieni dentro... Vieni dentro, figlia mia... Tuo papà, tua mamma... le tue sorelle dove sono? Che è successo?

Vieni dentro… Vieni dentro…

La portò dentro con sé.

Dentro la casa, nell'unica stanza di cui era formata, abbastanza ampia, vi erano più di venti persone. Filomena vide subito Zia Nata seduta sulla sponda del letto, muta, con la testa nelle mani e il fazzoletto scuro della Madonna.

- Vieni, vieni… – le disse Zia Nata sciogliendosi come da un torpore – Siediti qua, vicino a me.

E le fece posto accanto alle sue figlie.

- Racconta! Che è successo su da voi? E, *'u tata…* tua mamma… le sorelle? Dove sono?

Tutti erano zitti, in silenzio, muti. Senza fiato, senza respiro. Al buio. Solo un leggero chiarore filtrante da una finestrella senza vetri permetteva di distinguere appena la sagoma delle persone.

- Zia Nata, perché ve ne siete andata? Perché mi avete lasciata sola? I cani mi potevano mangiare… Mi potevano mangiare…

- Filomena, che dici… Da dove sei venuta? Il cancello è chiuso…

- Dalla peschiera, Zia Nata… Dalla peschiera… Ero con voi…

- Dalla peschiera? Come sei scesa? Con la scala? Eri con me?

- Voi mi avete preso per mano, mi avete portato voi: non ricordate? Mi avete detto: vieni, e io sono venuta. Poi mi avete lasciata. Perché mi avete lasciata? I cani mi potevano mangiare… Mi potevano mangiare…

Al ricordo dei cani, del pericolo passato, ruppe in pianto. Lacrime fredde e tremito ininterrotto.

Zia Nata l'avvicinò a sé, la strinse forte, la carezzò. Come una figlia, che si aggiungeva alle nove sue figlie che già aveva. Tutte nubili, con gli occhi spaventati.

- Figlia mia… Filomena…

Al palpito delle mani si accorse che la ragazza era tutta un sangue, inzuppata di terra, scorticata, con la pelle strappata. La vestaglia a pezzi, solo lo scialle color azzurrino era intatto.

- Chi ti ha dato questo scialle così bello?

- Voi, Zia Nata… Voi… Non ricordate?

Filomena si tolse lo scialle, lo aprì per farlo vedere. Una luce apparve e scomparve, andò verso il Cielo.

- La Madonna… È la Madonna che ti ha salvato…

Si misero tutti in ginocchio a recitare il rosario. Per i vivi, per i morti.

- Filomena… Figlia mia… Che è successo?

- Gli alberi cadevano… cadevano. Tagliati tutti in una volta… La casa è caduta… tutta caduta… Non c'è più…

Filomena raccontava, raccontava. Raccontava la triste notte. 5 agosto '43: la guerra, le bombe; tredici bombe, tutte scoppiate. Sulla casa, sulla terra.

- Domani ci contiamo – disse Pietro, che era più grande e sapeva la guerra com'era. In Africa, in Abissinia, nel '36, quando era andato spavaldo con gli zappatori a prendere là la terra che sarebbe stata sua e non avrebbe più avuto sopra la testa 'u 'gnuri che lo comandava, ma sarebbe stato lui 'gnuri nella terra tutta sua. Pensava, allora, di portare là tutta la famiglia, la moglie Nata, le figlie: sarebbe stato ricco, anche lui 'gnuri, con una bella casa e i neri con lui a lavorare la terra. Gli dissero: andiamo… *"…a portare un altro Duce, un altro Re…"*. E andò. Ma ritornò con una brutta ferita alla gamba e la cancrena che faceva i vermi e mangiavano la carne. I compagni tutti morti.

- Sì, domani ci contiamo… – ripeté Nazzareno, ragazzo di sedici anni, cugino di Filomena, che era in quella casa insieme con gli altri e faceva 'u jornataru.

Nazzareno aveva un grande rispetto per Pietro. Zappava la terra, imparava a potare, faceva i solchi, puliva la stalla, scopava il porcile. Andava con Pietro al mercato, lo accompagnava quando Pietro andava d'*u 'gnuri* in città a portare le uova e la verdura, ogni venerdì come d'obbligo. A sedici anni non aveva ancora la barba, solo una leggera peluria sulle guance che gli scendeva dalle basette alte. Voleva sposare Filomena, le voleva bene; non capiva cos'era l'amore. Voleva sposarla perché tutti si sposavano. "Quando ci sposiamo, Filomena?", le diceva sempre.

E Filomena scherzava:

- Quando ti cresce la barba!

La barba non cresceva. Nazzareno si passava più volte al giorno la mano sulla faccia, raso raso con il dorso, per vedere se era cresciuta. Ma la barba non cresceva. Allora cominciò a tagliarla di nascosto, col rasoio di suo padre. Qualche peluzzo spuntò: *malu pilu, malu pilu...* lo sfotteva Pietro.

- Sì, domani ci contiamo... – ripeté Nazzareno e non aveva capito il significato delle parole di Pietro.

Poi si misero a dormire. Nata con le figlie e le altre donne nel letto alto, Filomena su un cassone ai piedi del letto, gli uomini vicino alla porta con un bastone a portata di mano. Filomena non chiuse occhio: dov'erano la mamma e le sorelle? E *'u tata*? Dov'era *'u tata*? *'U tata* dov'era?

Il 6 agosto la giornata cominciò presto, molto presto.

- *Faci jornu* – disse Pietro, e aprì la porta.

Nata scoprì *'u luci* che la sera prima aveva nascosto sotto *'na grasta*, ravvivò la fiamma e fece un caffè d'orzo abbrustolito che sapeva più d'*acqua lorda* che di caffè. Surrogato di caffè, "caffè d'Italia" diceva la propaganda. Diede a tutti un po' di quell'*acqua lorda* a turno nella stessa tazza e un pezzo di pane duro di una settimana. Gli uomini che erano già fuori per gli animali, presero pure loro il caffè.

- Questo ci passa il governo… – disse amaro Pietro – *Se 'u dassi, no' trovi…* – commentò col fiele in bocca e diede la tazza alla moglie.

Il cielo era terso, sereno, colorato di rosso alla Punta di Zambrone. Il sole non era ancora sorto. Le bestie facevano sentire la loro voce, avevano fame anche dopo avere mangiato. Avevano fame pure loro.

- Andiamo – disse Pietro – Andiamo da zio Pasquale.

Pietro avanti, Nazzareno dietro, Nata e Filomena più dietro e poi altri uomini altre donne, andarono su un piccolo sentiero alla *Terra di Sopra*. Sotto una *macera* c'erano la mamma e le due sorelle di Filomena, erano rimaste lì tutta la notte. Andarono pure loro. Triste processione in corteo funebre su una strada di morte. I cani abbaiavano forte, i cani alla catena.

Terra di Sopra, il giorno prima era un bel campo coltivato ad orto. Ordinato nelle coltivazioni, squadrato con maestria di geometra a *lenzi*, a *fameji*, a *'ndani* modulate a solchi pieni, i così detti solchi arabi, per l'irrigazione delle piante, non mostrava una sbavatura o una imperfezione. Neppure una pedata fuori posto. Adesso, invece, il sole già caldo di mattina illuminava un campo di battaglia. Alberi scheletriti e bruciati, tronchi squarciati, buche dappertutto. Il bel pomodoro San Marzano, *a pindagghji*, maturo, completamente distrutto, il mais con le pannocchie piene appicciato a terra come se fosse passato un rullo compressore; i broccoli, i cavolfiori, i cappucci erano l'ombra gialliccia di se stessi. E poi schegge di bombe ancora calde per la fusione, grandi e piccole, d'ogni dimensione. Capsule vuote, cartucce, pallottole di piombo erano sulla terra che zio Pasquale lavorava ogni giorno con cura e con amore.

Filomena inciampò in un tubo di metallo rosso. Un raggio di luce rifletté su di lei l'immagine della tragedia. Di tutti gli alberi di arancio uno solo era rimasto, il più grande, il più bello. Nella biforcazione dei rami *'u tata* aveva costruito un pagliaio: ci andava d'estate nelle ore calde a riposare o anche a leggere il giornale. Sì, perché zio Pasquale sapeva leggere, aveva fatto la prima elementare.

Filomena si svegliò come da un torpore. Si scosse. Agitò la testa. Aprì gli occhi. Vide…

Vide i soldati con i fucili e gli elmetti, il maresciallo, i carabinieri. Le guardie del Municipio e il capoguardia. Un medico, due infermieri dell'ospedale. Un ordine:

- Isolate la zona. Trattenete i familiari.

Il capitano Negroponte comandò ai soldati di tenere lontani tutti. Intanto arrivavano persone. Contadini vicini che avevano passato la notte nella paura e nell'angoscia, gente del paese che aveva dormito nei *catoji* in attesa del giorno, operai che andavano a lavorare, curiosi che non avevano niente da fare. Venne il canonico Rossopinto, che usava sempre bere un goccio di vino rosso al mattino ed era così rubicondo in viso da essere l'immagine in miniatura del sole al tramonto. Venne il podestà con tutta l'autorità. Venne il vescovo coi canonici del vescovato e i chierichetti con la cotta bianca e le candele accese. Venne il pretore col cancelliere. Ultimo venne di corsa con gli stivali, tutto nero, col fez in testa e il pennacchio che gli pendeva, e il frustino al fianco, magro, allampanato, Manuele il federale.

- Eia, eia… alalà! – gridò col fiatone alzando il braccio.

- Zitto – gli disse il podestà.

Il silenzio era totale. Nessuno parlava. Tutti fermi in attesa di ordini. Manuele abbassò il braccio, aprì la bocca a prendere fiato. Il capitano Negroponte diede l'ordine:

- Portate giù i cadaveri.

Due soldati salirono con una scala di legno, salirono sull'arancio. Portarono giù prima zio Pasquale, poi Micarello il nipote.

- *Fiiii…gghjuuu… miiii…uuu!*

Un urlo tagliò l'aria, spaccò la terra, trafisse il cielo. Un urlo di mamma dolorosa che vede il figlio sgozzato deposto dalla croce.

Minica saltò come una lupa ferita contro il cacciatore. Gli occhi lacrimosi, il pianto nella gola. Superò i soldati, i carabinieri, superò le guardie municipali: nessuno si mosse. Cosa poteva la forza dell'ordine contro il dolore? Contro la mamma addolorata che vede il figlio morto?

Minica si buttò a terra, strappò la veste, tirò i capelli. Si avvoltolò nella polvere con spire di serpente rabbioso. Mangiò la terra, bevve il sangue colato sul tronco dell'arancio, scosse il figlio con tutte le sue forze. Chiamò. Chiamò forte… Unì i suoi occhi a quelli freddi del figlio. Unì la bocca alla sua carne, gli soffiò in bocca come per dargli un alito di vita. Gelidi occhi… gelida morte…

- *Fiiii…gghjuuu! Figghju miiii…uuu!*

La donna fu allontanata. Gli infermieri spolverarono con un frasca i corpi, li misero in due casse rozze di pioppo. Il medico scrisse il referto: morte per dissanguamento. Zio e nipote. Morti.

I *vastasi*, due giovani forti e robusti, abituati a prendere pesi, caricarono le due casse con i morti dentro sopra un camion senza ruote. I cingoli schiacciavano la terra, i cingoli della guerra.

- Onore ai morti! – ordinò il capitano Negroponte, e scattò sull'attenti con la mano alla visiera.

I soldati presentarono le armi.

I soldati presentarono le armi con le lacrime agli occhi. Tutti rimasero in silenzio per rispetto. Il podestà e tutta l'autorità, il pretore e il cancelliere, tutti gli altri chinarono la fronte. Il vescovo unse con l'olio benedetto i morti; diede la santa benedizione ai vivi, ai morti. Benedisse con l'acqua tutta *Terra di Sopra*, terra maledetta. I canonici della cattedrale e i chierichetti cantarono il *Requiem aeternam*, la preghiera dei morti. Improvvisa una voce.

- Saluto al Duce!

Manuele, il federale, in quel momento di intimo raccoglimento, si ricordò della fedeltà al Partito e chiese il saluto a Mussolini come era solito fare ogni sabato dal balcone della Casina durante le adunate fasciste.

- Saluto al Duce! – e tese il braccio destro in alto nel saluto romano.

Nessuno si mosse. Nessuno rispose.

Il podestà guardò di lato, finse di non sentire. Il pretore chiuse il taccuino, il cancelliere conservò penna e calamaio. Il vescovo iniziò il rosario. Il capitano Negroponte ordinò:

- Abbassa quella mano!

Manuele non si aspettava quel comando. Rimase impalato. Abbassò la mano. Mogio mogio se ne andò, senza farsi notare.

Il camion senza ruote si mise in moto. I cingoli mangiavano la terra, i cingoli della guerra. Ognuno aprì il cuore a una preghiera. Si misero di lato. Fecero la croce. Non c'erano più lacrime negli occhi. Non c'era più fiato nei polmoni. Tristezza, disperazione.

Zio Pasquale con il nipote lasciava *Terra di Sopra* per andare sotto terra. Come un re: *'u rre d'aceiji*. Fu allora che piccoli uccellini passarono in volo sopra i morti, andarono verso il cielo. Verso il cielo, in triste volo.

'U rre d'aceiji era morto.

I soldati sull'attenti davano onore. Il capitano diede un ordine: presidiare tutta la terra, sfollare le persone.

Ognuno andò via, alle proprie occupazioni. Minica prese un pugno di terra inzuppata di sangue, l'avvolse in un fazzoletto, la legò forte forte, e la mise nel seno a ricordo del figlio morto. Filomena, come se si fosse svegliata da un sogno non suo, allucinata, chiuse un groppo di pianto in gola e disse alle sorelle, alla mamma:

- Andiamo.

Presero una casseruola, una padella, uno straccio di roba e andarono via. Sfollati; senza terra, senza casa. Senza marito, senza padre. Filomena fu sola col suo dolore.

Il ritorno

Un giorno Filomena ritornò. Tornò a *Terra di Sopra*, la sua terra. Sola, tornò sola.

Al paese dove erano stati sfollati si sentivano voci, si dicevano cose.

Tornò.

- Ho buttato il cuore ai cani. Il cuore non c'è più.

Terra di Sopra non c'era. Un deserto brullo, senza alberi. Bruciato, tutto bruciato. Il terreno squassato, buche grandi e profonde davano l'aspetto della carne mangiata dalla lebbra. Avvelenato, il veleno delle bombe aveva levato la vita. Non cresceva erba, solo gialle foglie piegate al suolo.

- Non ci andare – le avevano detto – Non ci andare.

Lei ci andò.

Filomena si fermò al confine della terra. La terra era sua, non aveva padrone. Non era *d'i 'gnuri*. Una desolazione. Nulla. Entrare? Tornare indietro al paese dove erano rimaste le sorelle e la mamma? Abbandonare tutto? Fuggire? Sono i momenti delicati di una vita, i momenti in cui si decide il destino per sempre di una vita. I momenti in cui qualcosa o qualcuno determina in un senso o nell'altro il tempo futuro.

Attraverso un presente che sfugge al passato e che forse si aggrappa al futuro.

Filomena era così, tra il passato pieno di sogni e di allegria e un futuro incerto e sconosciuto. Bloccata ad un presente di rovina, di morte. Indietro non si torna, avanti non si va.

Ragazza di 14 anni, bella come la terra rigogliosa di alberi e di fiori, luminosa negli occhi intelligenti, era la pupilla del padre che la voleva istruita ed educata. La più piccola di tre figlie captava l'affetto del padre e la gelosia delle sorelle più grandi. *'U tata* la portava con sé al mercato, la mandava a scuola, le comprava i quaderni e i foglietti con le canzoni alla moda. Lei cantava. Cantava al padre a sera che, *'o luci d'u lumaricchiju*, leggeva il giornale. Zio Pasquale piegava il foglio che diceva sempre bene, prendeva la figlia sulle ginocchia e ascoltava le belle canzoni che lei cantava. Poi tutti in ginocchio per le preghiere della sera, il rosario e le litanie alla Madonna nel mese di maggio. E la benedizione del padre prima di dormire.

Ma adesso il padre non c'era. Morto. Ucciso da una bomba americana.

Dooonnn… Dooonnn… Dooonnn…

Le campane del duomo, le campane del duomo normanno si misero a suonare.

Dooonnn… Dooonnn… Dooonnn…

Le campane di tutte le chiese della città si misero a suonare.

Dooonnn… Dooonnn… Dooonnn…

Suonavano a festa con suono cupo, con suono dolce, con suono delicato. Che era successo?

8 settembre '43. L'Italia ha firmato l'armistizio… L'armistizio? Sì, l'armistizio. La guerra è finita.

In città era un ribollio di popolo, si diceva e non si diceva. Timori, sospetti, incertezze. La gente si muoveva, andava, chiedeva. Si cercava conferma. La conferma la portò con forte emozione mastru Gilormu elettricista, che di notte e nelle ore più impensate di giorno, di nascosto, si collegava con Radio Londra con una radio a galena per ascoltare l'altra voce, la voce della libertà.

- *"Notizia importante per l'Italia e per il mondo…"* – ripeteva ad ogni passo, con gli occhi umidi di emozione. E raccontava a tutti quelli che incontrava cosa aveva sentito, la notizia che cambiava la storia. La notizia che cambiava il mondo.

- La guerra è finita! – disse dentro di sé senza voce Filomena – *'U tata* è morto: perché?

- Andiamo… Andiamo a Tropea… – le disse il cugino Nazzareno che passava di là per fare più presto – Non senti le campane che suonano?

- Perché suonano?

- La guerra è finita. Armistizio… – E non sapeva cosa significava la parola armistizio ma la ripeteva e ripeteva – Armistizio… Armistizio…

Le campane era da anni che non suonavano. Neppure per le celebrazioni religiose o per le processioni dei santi e della Madonna. Solo la campanella in chiesa, e con tono basso, al momento dell'Elevazione. Le campane non suonavano dal 10 giugno 1940, da quando Mussolini dal balcone di Palazzo Venezia sulla testa della gente acclamante la sua rovina aveva gridato parola su parola la guerra. *"La dichiarazione di guerra… è nelle mani degli ambasciatori… di Francia… e d'Inghilterra!"*, aveva annunciato scandendo le parole una per una, senza equivoci, con pomposità di verbo, con il taglio arrogante nella mascella di novello Impero.

- Duce! Duce! Duce! – aveva gridato ad una voce il popolo nero all'uomo cementato come una statua sul balcone di Piazza Venezia, a Roma. E il grido metallico di guerra raggiunse tutte le piazze d'Italia, del Regno e dell'Impero. Dagli altoparlanti e dai microfoni dell'E.I.A.R. un grido spaventoso coprì tutti i cieli d'Italia dalle bianche Alpi ai mari azzurri delle isole mediterranee. Fino in Africa, nelle terre lontane.

- Guerra! Guerra!

Gridò il popolo legato nel Fascio e non sapeva che diceva.

- Guerra! E guerra sarà... Spezzeremo le reni... Vincere... e... Vinceremo!

- Duce! Duce! Duce!

Era dal 10 giugno del '40 che le campane non suonavano. Solo si sentiva, mattina, mezzogiorno e sera, il battito del martello sulla campana civica che segnava le ore. Lugubri rintocchi che sapevano di morte.

Filomena seguì Nazzareno.

In città c'era un fermento, per le vie, nei larghi, nelle piazze: gente dappertutto. Bambini in braccio alle madri con gli occhi stralunati, vecchi col bastone, donne, contadini. Tutti fuori con le bandiere, con i fazzoletti, con la banda... Tutti in cammino, tutti al duomo al suono delle campane che chiamavano a raccolta il popolo di Dio. Tutti andavano nella medesima direzione: verso la Chiesa.

Le campane suonavano a festa...

Il duomo normanno, alto, austero, spoglio di tutte le sovrapposizioni barocche del XVII secolo, era pieno zeppo di gente, *comu 'na pigna*, che non ci camminava una formica. La navata centrale, ampia e protesa verso l'abside, dove, avvolta dalle luci di mille candele sfolgorava in tutta la luminosità della sua bellezza la Madonna Nera della Romania, era illuminata da un raggio di sole penetrante dal lucernario della cupola. L'occhio di Dio a protezione della sua gente.

Le piccole navate laterali, più basse, erano pure affollate: chi andava, chi tornava, chi spiava un posto dove sistemarsi, chi s'inginocchiava davanti agli altari delle cappelle laterali. Chi andava in fondo fino alle statue della Madonna della Libertà e della Madonna della Pace, opere meravigliose, in marmo bianco, in marmo bianco di Carrara portate con le barche da Messina. Chi si confessava. Nessuno, in verità, sapeva cosa stava succedendo, o era successo. Vocio, mormorio; trepidante attesa. E le campane suonavano, suonavano... suonavano a distesa. Dooonnn... Dooonnn... Dooonnn... Sembrava che nessuno potesse o volesse fermarle. Poi un suono tintinnante di campanello. Il silenzio invase la chiesa, non si sentiva una mosca volare: il silenzio delle grandi attese. Ognuno era solo con la propria coscienza.

Quando il sacrestano, basso e tarchiato, che dava l'impressione di sapere e di non sapere, smise di suonare, dalla sacrestia uscirono i chierichetti con la veste nera e la cotta bianca, in fila per due. Uno di loro in testa alla fila portava una grande croce dorata, gli altri le candele accese. Dietro, in corteo, monaci e monache, i preti: parroci e canonici, ognuno con il proprio rango. Precedevano il vescovo con i paramenti sacri, quelli dorati della festa. La mitria in testa, il pastorale d'oro tempestato di diamanti, l'anello di ametista color granato. Davanti a lui un seminarista portava poggiato alla fronte il grande libro della messa con la copertina d'argento. E guardava a terra per non cadere.

In quel momento un suono celestiale si levò nell'aria carica di emozione. Come se mille angeli del cielo avessero iniziato un melodioso cantico di lode al Signore. L'organo a cento canne suonava, il cantore Vincenzo Fazzari con voce potente e maschia cantava l'Ave Maria e dava fiato al mantice del potente strumento musicale. Intanto il sacro corteo raggiunse l'altare centrale. Tutti si sistemarono al proprio posto. Il vescovo in cattedra sulla poltrona più alta di velluto rosso ai piedi della Madonna di Romania.

Il popolo era affezionato alla Madonna di Romania. Voleva bene a lei come a una mamma. Buona, affettuosa, protettiva. *'A Madonna ni proteggi d'a pesti, d'i terremoti, d'a guerra.* La fede era grande.

Quando il canto cessò e l'organo smise di suonare, un grido potente, un grido di liberazione, si levò alto nella volta della chiesa, giunse fino al cielo: Viva Maria! Viva la Madonna! Viva la Vergine bella di Romania!

E a quel grido spontaneo venuto dal cuore, tutti piangevano.

La Madonna di Romania era venuta dall'Oriente sulle onde mediterranee che avvolgono e accarezzano le nostre terre. Era venuta su una nave al tempo della furia iconoclasta. Erano tre sorelle: la Madonna di Portosalvo, la Madonna della Neve e la Madonna di Romania. La nave che la trasportava, battuta dalle onde in tempesta, si arenò nella baia di Tropea e non ci fu modo di farla ripartire. Tranne quando, il vescovo del tempo, sceso alla marina in pompa magna, non prelevò dalla nave la veneranda icona e la portò su in città con tutti gli onori mettendola sull'altare maggiore alla venerazione dei fedeli tropeani. Da allora la devozione verso la Madonna Nera andò sempre crescendo. Anche l'affetto protettivo della Madonna non venne mai meno. Più volte la peste afflisse la Calabria, la città non soffrì mai danni. Più volte i terremoti colpirono la Calabria, la città non soffrì mai danni. Più volte la guerra passò sulla terra della Calabria, la città non soffrì mai danni. Fu sempre difesa dal mantello protettivo della Madonna di Romania.

Durante la peste del 1660, che rubò tante vite umane in tutto il regno, nessun morto in città. Nel 1638 il vescovo della città, monsignor Ambrogio Cordova, ebbe un sogno: la Madonna gli chiedeva per più notti, ripetutamente, di uscire per le vie di Tropea. Durante la processione, il 27 marzo, *"Sabato degli Ulivi"*, all'altezza del Monte, si udì un forte boato: la chiesa si aprì e mostrò le montagne vicine. Il terremoto aveva squassato la terra. Nessun morto in città. La gente che era in processione lodò il Signore, e recitò il *Te Deum* in ringraziamento del pericolo scampato. Nessuna guerra procurò danni a Tropea. Bombardata più volte nell'agosto del '43: le bombe non scoppiarono. Nessuna casa distrutta, nessun morto in città.

Il vescovo si alzò dal trono dorato. Il clero si alzò. Tutto il popolo si alzò. Le donne col fazzoletto in testa fin sulla fronte, gli uomini a capo scoperto con la berretta in mano. Iniziò la messa. Nell'omelia il vescovo fece le lodi alla Madonna, baciò la sacra immagine miracolosa dipinta dall'Arcangelo Gabriele, disse che il governo poche ore prima aveva annunciato l'armistizio con gli Alleati, che era stato firmato a Cassibile in Sicilia alle ore 17,30 del 3 settembre, ma, aggiunse, con tristezza e con voce molto debole, *"la guerra continua"*. Ringraziò la Madonna per la protezione data e, prima di finire, scese dall'altare. Andò al primo banco.

Sisto Emiliano Capua Di Nola era vescovo di Tropea da molti anni. Lungo di corpo, col viso smagrito, gli zigomi ossuti, gli occhiali tondi con la montatura d'oro, i capelli bianchi tagliati corti e portati leggermente sulla fronte, aveva un aspetto severo e austero. Gli occhi cerulei tradivano un'origine nordica, di antica ascendenza longobarda. Lo sguardo lungo e penetrante, a volte apparentemente assente, dava la misura della sua dimensione culturale. *"Sapi setti lingui"*, diceva la gente. Il suo carisma era inconfutabile. Il popolo lo rispettava, lo onorava, lo amava. Quasi come la Madonna. Parlava latino, greco, ebraico, francese, inglese, tedesco, spagnolo, come l'italiano. Conosceva Sant'Agostino, San Tommaso d'Aquino, Campanella, Giordano Bruno, e poi Hegel, Kant. I filosofi greci e francesi, Pasquale Galluppi, ma anche Enghels e Marx. Ma soprattutto amava l'arte. L'arte umanistica e rinascimentale. La musica, la pittura: suonava il pianoforte. Nel '26 restaurò il duomo, trasformandolo a croce latina sull'antico stile normanno. Tre navate con absidi in fondo, alti pilastri con archi ogivali, capriate in vista sul tetto; fece eliminare tutti gli adornamenti di stile barocco che, secondo il suo pensiero profondo, avrebbero distratto il culto e la preghiera. Rimase solo il pulpito in marmo da dove aveva predicato San Bernardino da Siena. Il popolo diceva che se si toccava, Tropea sarebbe andata *"menza a mmari e menza a ffocu"*.

Al primo banco di destra erano sedute le autorità: il podestà con il segretario, il pretore con il cancelliere, il maresciallo con i carabinieri, il capitano Negroponte con i soldati. Al primo banco di sinistra in mezzo a soldati in tenuta da guerra era seduto un aviere, un pilota americano. Il suo aereo, un bombardiere di ritorno, era stato abbattuto dalla contraerea dei tedeschi in ritirata verso il nord.

Il vescovo salutò le autorità con un semplice cenno del capo e della mano e andò al banco di sinistra. Abbracciò a lungo il pilota americano e parlò con lui in un bisbiglio di parole che non si sentiva a un palmo dell'orecchio. Il pilota nemico fece cenno di sì.

William George Adamson, un giovanotto alto, biondo, occhi chiari, di origini anglosassoni, pilota americano dell'Oregon, era venuto sui cieli d'Italia per uccidere e per farsi uccidere. Con i capelli tagliati corti, a spazzola, muoveva continuamente le mascelle per un tic o come se masticasse qualcosa. Di un'altra fede, di un'altra religione; di un'altra lingua, di un'altra nazione, era spaesato, intimorito in mezzo a tutta quella gente che, nel suo silenzio, lui sentiva ostile, nemica. Artigliere, addetto allo sgancio delle bombe, si era salvato buttandosi a mare col paracadute quando il suo aereo era stato abbattuto durante l'ultima incursione d'agosto sulla città. Gli altri suoi compagni tutti morti.

Il vescovo fece un segno con la mano e lo guidò con lui all'altare. Alzò le mani in alto, quasi toccavano il cielo, e con voce ferma, tonante disse:

- Pilota americano! Prigioniero di guerra! Nostro figlio! Nostro fratello!

Gli mise la mano sulla spalla in segno protettivo e lo affidò alla Madonna.

Il pilota americano si inchinò alla Madonna, si inchinò al vescovo, si inchinò al popolo che lo bruciava con gli occhi. Raccontò. Il vescovo traduceva.

- Io sono William George Adamson, artigliere, di Pacific City, Oregon, U.S.A., prigioniero di guerra.

Dopo i riferimenti tecnici disse delle missioni di bombardamento compiute col suo aereo su Tropea. Il suo compito era di sganciare le bombe. Ma ogni volta che il bombardiere si avvicinava alla città, sempre succedeva qualcosa di strano: un velo d'azzurro copriva la terra, confondeva il cielo, confondeva il mare. Nascondeva l'obiettivo. Superata la verticale di sgancio, tutto tornava normale. E le bombe venivano buttate fuori, lontano dalle case. In campagna.

- Aaaahhhh! Sei stato tu a uccidere mio padre! – disse a se stessa Filomena con le parole strozzate in gola senza parlare. Una vampa di odio, di vendetta salì dal suo cuore. Corse per le vene, le bruciò il cervello. Un tremito la colse nel corpo, scosse i tendini. Le mani tremavano, tremavano i ginocchi. Uccidere... Uccidere... Uccidere chi aveva ucciso suo padre.

- Perdono... Perdono... Perdono, per il male che ho fatto...

Il pilota americano, l'artigliere crudele, il nemico assassino, era in ginocchio ai piedi del vescovo. La testa a terra. Silenzio e attesa.

- Alzati, figlio mio... Nostro fratello... La Madonna di Romania ti ha perdonato. Nessuno ti farà del male.

Così disse il vescovo. Lo alzò, lo abbracciò, lo benedisse. Lo mostrò alla Madonna e al popolo, con gesto solenne. Poi, con voce alta, acuta, rivolto ai fedeli ammutoliti disse:

- Perdono... Perdoniamo... Perdonate... La Madonna ha già perdonato!

La chiesa si squarciò di una sola voce. Potente come un tuono:

- Perdono!

Perdono gridò il popolo di Dio, perdono gridò il popolo tropeano ad una voce. Perdono al pilota americano.

Filomena, intontita, inghiottì in un grumolo di amaro tutta la rabbia che aveva dentro. Il cuore si spezzò di dolore. Perdono... Vendetta... Il padre morto... L'assassino vivo... Perdono... I suoi occhi incontrarono gli occhi della Madonna belli, lucidi di pianto, pieni di misericordia. Di misericordia e di perdono... Di perdono...

Filomena rimpicciolì nel suo desiderio di uccisione, di vendetta. Perdono... Avrebbe sgozzato con le sue mani quell'uomo venuto da lontano. Uccidere o essere ucciso... La filosofia della guerra: che porta a uccidere e a essere uccisi... Perché quell'americano non era stato ucciso dalla contraerea tedesca? Perché si era salvato? Perché suo padre, *'u tata*, era morto? Perché... perché... Quanti perché... Perché lei si era salvata? Alzò gli occhi e vide una luce nuova nella bella icona della Vergine di Romania, una luce diversa, particolare... Una lacrima pesante come roccia si coagulò negli occhi suoi stanchi, si fece strada a fatica fin sulle ciglia bruciate dal fuoco della guerra, le scese piano lungo la guancia screpolata dalle ferite, cadde pesante. Non giunse fino a terra; si fermò sul suo cuore come una freccia di fuoco che le bruciò l'anima.

- Perdono... – disse nel cuore senza fiato.

A quel sussurro dell'anima si sciolse il suo cuore in un pianto di lacrime. Cadde in ginocchio.

- Perdono... Perdono... Perdono... – ripeteva in un sussurro senza voce, poi si scosse, si svegliò come da una trance e disse con sincerità – Perdono.

Un coro alto, solenne si levò verso il cielo, penetrò nel cuore, commosse. Un coro di ringraziamento, di lode.

- *Te Deum, lodamus Domine...*

Il canto di lode al Signore.

Finita la santa messa, il vescovo, preceduto dai chierichetti con la croce, dai monaci e dalle monache, dai preti: parroci e canonici, con la mitria in testa e il pastorale in mano, scese dall'altare e attraversò a fatica tutta la navata centrale gremita di gente. A destra e a sinistra: con la mano destra benediceva nel segno della croce, nel segno del Signore. A tutti un sorriso enigmatico, pieno di mistero. Si fermò accanto a Filomena in ginocchio. Le mise la mano sulla testa.

Filomena alzò gli occhi. Senza forza. Balbettò, senza sapere: – Perdono...

- Perdono... – ripeté il vescovo – Alzati, figlia mia... Alzati... Domani è un'altra vita.

Il giorno dopo, 9 settembre 1943, ci fu una grande processione per le vie del paese. Tutto il popolo uscì fuori, mise ai balconi le coperte damascate, i trasparenti. Si strinse attorno alla Beata Vergine di Romania, la Madonna, la Mamma miracolosa, la Mamma dolorosa. Nel giorno della sua incoronazione. In penitenza, con devozione. Al sacro Monte, il *Te Deum* al Signore.

Il giorno dopo

Filomena aveva dormito all'addiaccio, sotto le stelle di settembre. Su una fascina di legna sotto l'arancio delle bombe coperta appena appena da una frasca miracolosamente rimasta intatta, unica in quel deserto di cenere e di rami carbonizzati.

Il chiarore della luna calante la svegliò dal torpore, dalla stanchezza. Aprì gli occhi quando ancora era troppo presto. Sentì il corpo dolorante. I segni dei rametti sulla pelle, lividi sanguinanti. Batté su e giù le palpebre incerta sul da fare. Il cinguettio di un pettirosso le diede coraggio. Lo guardò e disse:

- La vita… Oggi è un'altra vita…

Mise i piedi a terra, con decisione. Sentì la terra sua, carne della sua carne. Sua morte, sua vita. Raccolse con devozione un pugno di terra ai piedi dell'arancio, scura, inzuppata di sangue. Del suo sangue, del sangue d'*u tata*. La baciò. La mise in tasca.

Andò alla fontana, alla Fontana di Sant'Onofrio, quando ancora non era alba. Con le mani a conca prese l'acqua, la passò più volte sul volto sfatto di sonno, di amarezza e di dolore. Stropicciò gli occhi, se la passò sul collo, sul petto, nelle orecchie, fin sui capelli. Come in un rito ancestrale. Il fresco dell'acqua la rinnovò nell'animo, nella vita. Si sentì pura e nuova. Diversa dalla Filomena di prima. Non più bambina, ma ragazza pronta alla lotta, alla difesa, all'esistenza. Si sollevò la veste e l'avvoltolò ai fianchi per tenerla ferma. Mise i piedi, le gambe sotto il rivolo della fontana e con le mani lavò tutta se stessa. Un brivido le salì per tutto il corpo, un brivido di fresco che le disse:

- Sei viva…

La Fontana di Sant'Onofrio, a circa un chilometro dalla *Terra di Sopra*, era stata costruita da Michele Crigna, un filantropo che, tornato dall'Uruguay con un buon capitale, con la moglie, senza figli, aveva voluto fare del bene alla sua città. Aveva fatto delle opere importanti di assistenza, di pubblica utilità: piantato alberi, sistemato strade, arredato l'ospedale, istituito un asilo per bambini poveri e un laboratorio di cucito e ricamo per ragazze del popolo, una scuola per le prime classi elementari. Ma anche opere di abbellimento, sedili in granito, aiuole con fiori, e fontane. Fontane, perché aveva l'amore per l'acqua. Era solito dire che l'acqua parlava, che l'acqua ha una voce. E lui sedeva alle fontane per udire quella voce, la voce dell'acqua. Che parlava e lui ascoltava.

La Fontana di Sant'Onofrio, ora non c'è più, interrata sotto una strada, l'aveva fatta costruire sotto una roccia alle spalle di un torrente. L'acqua arrivava ai cannelli mediante un sistema di alta ingegneria idraulica, con tubi di coccio e *ciaramiti* di raccolta che non sprecavano neppure una goccia. Si raggiungeva attraverso un ponticello che scavalcava con ariosa arcata il torrente *Vacanti*, così detto perché d'estate completamente a secco. Ci aveva messo ogni cura nella costruzione di questa fontana, aveva chiamato un bravo muratore e gli aveva dato un disegno con tutti i particolari, finanche un sistema a sifone di decantazione e purificazione dell'acqua dalle possibili impurità in inverno durante le piene del torrente. A pochi chilometri dalla città, ci andavano tutti a prendere acqua per bere. *"L'acqua d'a saluti"*, dicevano. Perché era leggera, fresca e buona. Il canonico Rubino la usava anche come acqua benedetta.

Quando camminava portava sempre in tasca un pugno di monetine, centesimi di rame, che faceva *scrusciri* con la mano per far sentire il suono da lontano. I bambini accorrevano numerosi. *"Jamu, jamu ca 'nc'e' chiju d'i tornisi"*, dicevano. E per avere i soldi gli davano chi un fiore, chi una rana, chi un grillo, chi una farfalla, chi una lucertola, chi uno scarabeo, chi un chiodo, chi un pezzo di vetro. Ognuno gli dava qualcosa. Una volta un bambino molto piccolo addirittura gli portò un capello della mamma. Lo circondavano, lo precedevano, lo seguivano: lui lasciava fare. Quando si annoiava, tirava la mano dalla tasca e dava a tutti un soldino. Poi diceva:

- *Eh, sì... sì... 'I mammi futtunu, i patri futtunu... e jeu pagu tuttu.*

Filomena si abbassò, congiunse le mani a conca, prese l'acqua dalla fontana, la guardò con ammirazione e bevve con avidità. Quindi tornò a *Terra di Sopra* più leggera e rinfrancata, decisa a vivere e lottare.

A *Terra di Sopra* giunse quando ancora il sole non era sorto, ma il colore rosso vivo sulla Punta di Zambrone e sul mare calmo dava avviso di una giornata calda e luminosa. Fors'anche faticosa.

Filomena andò alla casa, che adesso non c'era più. Al suo posto un cumulo di macerie: *bresti* sbriciolate, *petri morti* ammucchiate, travi penzolanti e annerite, la porta scardinata mezza bruciata, il forno e il focolare distrutti. Una desolazione. Che il sole con i primi raggi illuminava in tutta la sua tragedia. Un pezzo di muro stava in alto ed era indeciso se stare appeso al cielo o venire giù a terra con grave pericolo per la ragazza che era in piedi sulle rovine della sua casa. Filomena stava a guardarlo come se ci fosse appesa la sua anima. Alla fine con una trave gli diede una spinta e il muro rovinò a terra in un nuvolo di polvere. L'aria si aprì e apparve il cielo, vuoto… Vuoto come il cuore di Filomena, senza ricordi, senza passioni.

Un oggetto luccicò al sole, attirò la sua attenzione. Un piccolo specchio rotondo dove *'u tata* la mattina si guardava mentre si faceva la barba. Il padre di Filomena era curato nella sua persona, ci teneva alla pulizia, lavava i capelli con sapone di casa una volta la settimana, faceva la barba ogni mattina e si passava sul viso una piccola pietra allume per disinfettare la pelle. Usava le lamette, non il rasoio. Poi cominciava la sua giornata.

Filomena si guardò allo specchio con un pizzico di femminile civetteria. Vide le lunghe trecce ancora bruciacchiate dalla notte del 5 agosto, che davano sulle spalle e la facevano sembrare bambina col suo viso pulito, innocente. Si mise a scostare pietre, cantoni, massi. Apparve una cassa, l'unica cassa dove la mamma conservava la misera dote per una sola figlia. Con sforzo riuscì a sollevare un poco il coperchio. Introdusse la mano nella piccola fessura e toccò un oggetto metallico, freddo al contatto con le dita: un paio di forbici. Le tirò fuori e, senza guardare, senza pensare, con gesto rapido tagliò le trecce e le buttò via. Poi, piano piano con un legno e con le mani scavò tutta la cassa e la trascinò fino all'arancio d'*u tata*. Tornò sulle macerie e continuò a scavare tutta la giornata dimentica del sole, del caldo, della stanchezza. Dimentica del tempo, della fame, della tristezza. Scavò tutto il giorno fino a sera. Poi, senza aver mangiato, si stese su quella cassa, unica cosa rimasta d'ogni ricchezza, e si addormentò *'o luci d'a luna*, sotto le stelle.

Il riscatto della terra

Il nuovo giorno diede luce sul mondo che si svegliava della notte.

Filomena, con le ossa rotte per la fatica del giorno prima e per aver dormito *subba 'o timpaggnu d'a cascia*, aprì gli occhi al sole del mattino e guardò il mondo. Tutto il mondo, il suo piccolo mondo racchiuso in una siepe di rovo messa là contro le capre pascolanti per impedire che invadessero la terra e brucassero gli ortaggi. Un mondo fatto di piccole cose, fatto di niente. Stiracchiò le membra, mise i piedi a terra, alzò le mani al cielo. Sussurrò:

- Benedetto il Signore…

Andò alla grande vasca profonda, dove *'u tata* ci metteva l'acqua per irrigare la terra: vuota. Andò più a monte, all'*acquaru*, l'acqua non scorreva. Andò al fiume. Si immerse nell'acqua fredda con tutta la persona, in una *gurna* sotto *'na briglia*. Si stese al sole già caldo di settembre sopra una roccia e aspettò che si asciugasse. Quando fu asciutta, pettinò con le dita i capelli, indossò la stessa vesticiattola di prima e prese la strada del ritorno. Passò *d'a 'na 'ccurciatura* per fare prima, per non incontrare persone.

'A muta 'a Lena, alta, di corporatura giunonica, andava a lavare al fiume della Grazia. Con passo lungo e incedere maestoso camminava veloce sullo stesso viottolo in senso opposto a Filomena. Aveva fretta, se faceva troppo tardi qualche altra lavandaia le avrebbe preso il posto. La concorrenza era forte e agguerrita. Chi arrivava prima si metteva più in alto,

con l'acqua più pulita. Una volta addirittura aveva picchiato di brutto un'altra donna perché le aveva rubato *'a petra*.

'A muta 'a Lena era una donna giovane, bella, sui trenta anni. Non era sposata, ma aveva un bambino che non si sapeva di chi era. Neppure lei lo sapeva. Non sapeva come era venuto: era venuto... Si vociferava; la gente parla... la gente dice... *"A genti no' caccia figghjï d'i janchi ca no' voli Deu"*, commentava con più pacatezza, o con finta distanza qualche solito benpensante o filosofo di piazza lasciando sottofondo intendere con chiarezza ciò che non diceva. *'A muta*... don Giocondo... Una strizzatina d'occhio d'intesa, di partecipazione, o di complicità... E tutto era chiaro. Era chiaro ciò che era chiaro: *'A muta 'a Lena* aveva un figlio. Aveva un figlio che non aveva un padre. Era figlio di madre, e non era figlio di padre. Questo lo sapevano tutti. NN. *"Porta 'u nomi d'a mamma"*.

'A muta 'a Lena, era muta. Era muta ma non stupida, anzi capiva tutto e tutti. Capiva le intenzioni, i sentimenti, le parole della gente guardando negli occhi. Era forte di forza, forte di carattere. Buona di cuore, generosa. Povera e generosa. Generosa di niente, di un gesto, di un sorriso, di una carezza... generosa della generosità della povera gente.

Quindi, quella mattina *'A muta 'a Lena* incontrò Filomena di ritorno dal fiume, lei ci andava. Si fermò, si mise a parlare. A parlare come i muti sanno fare, con gesti esagerati, con suoni striduli gutturali di alta tonalità. Ma si capiva ciò che voleva dire: partecipazione al dolore di Filomena, notizie della mamma, delle sorelle, elogio del padre morto, se aveva mangiato... Posò a terra *'a cofina ch'i panni lordi*, diede una carezza sulle guance fresche di Filomena, la strinse al petto, le passò la mano sinistra sui capelli umidi, con la destra chiusa a pigna avvicinandola e allontanandola dalla bocca chiese se aveva mangiato. Filomena la guardò con dignità negli occhi. Fece cenno di no.

'A muta 'a Lena si piegò a terra, rovistò nella cesta dei panni sporchi e tirò fuori un involto. Dentro, in una salvietta aveva *n'u cantuni 'i pani*, un pugno di fichi secchi e *'na pira 'gustarica*. Mise in mano quel misero tozzo di pane e quei pochi fichi secchi, tenne per sé la pera d'agosto: sarebbe stato il cibo della loro giornata. Filomena non voleva. La ringraziò con gli occhi, con il cuore. *'A muta*, rimise in testa la cesta e andò via con un gesto della mano menata in aria come per dire "niente... niente..."

Giunta a *Terra di Sopra*, Filomena legò la salvietta a un ramo dell'arancio della morte, l'unico rimasto in piedi, e andò sulle rovine della casa. Continuò il lavoro del giorno prima. Capiva che non poteva sempre dormire all'addiaccio, che doveva rimediare un ricovero. Su una trave spezzata trovò un sacco di juta dove *'u tata* metteva *'a canigghja* e *'u farinacciu* per il maiale. Il maiale non c'era più, il sacco era vuoto. Filomena tagliò il sacco nell'unica estremità cucita, fece un buco. Si levò la vesticciola che aveva addosso e mise questo legandolo alla cintola *c'u 'na cordeja 'i gutumu* per non farlo cadere. Sopra si coprì con una camicia bianca del padre, *'u tata* metteva sempre camicie bianche, era contro le camicie nere. E iniziò di nuovo il lavoro.

Scavò con le mani e con un legno. Ammucchiava le macerie da un lato, fece posto. Man mano affiorava qualche attrezzo di lavoro: una zappa, un'accetta... Scavando ancora emerse una corda... tentò di tirare, non ci riuscì. Mosse altre travi, altri macigni: un puzzo di morte bestiale esalò d'improvviso, infestò l'aria.

Filomena si coprì la bocca, il naso con un lembo della camicia, fino agli occhi. Voltò la testa di lato nauseata. Un conato di vomito la prese allo stomaco, salì alla gola. Non rovesciò: non aveva niente. Le girava la testa. Si diede una scossa. Si riprese. E riprese a scavare, con rabbia, con disperazione. Comparve in putrefazione con pus verde nero e grossi vermi bianchi in circolazione il maiale nudo nelle sue ossa, la pelle accartocciata, gli occhi bucati. *'U porcu 'i santu Cociumu*, perché *'u tata* lo voleva ammazzare per la festa di settembre quando l'aria sarebbe stata più fresca. Invece... invece *'u tata* era morto, sgozzato da una scheggia di bomba americana, e il porco era pure morto schiacciato sotto la casa caduta. Superato il primo senso di ribrezzo, Filomena trascinò lontano la carcassa del maiale che sotto gli strattoni della ragazza di qua di là perdeva pezzi di pelle e vermi spaesati. Lo mise in una buca, coprì di terra il maiale che doveva essere il sostentamento di un anno per la famiglia. *'Nbeci mo' 'ngrassa 'a terra...*

A sera Filomena, andò alla fontana, si lavò e prese *'nt'a 'n'u catu* un po' d'acqua per il giorno dopo. Poi, stanca per la giornata, tornò sotto l'arancio. Prese la salvietta *d'a muta*, la sciolse sulla cassa e mangiò *a fujuni* quel pezzo di pane e i fichi secchi che le aveva dato la lavandaia la mattina. Si stese e si addormentò, ancora una volta sotto le stelle e al chiaro di luna.

Ciccillo dalla strada vide Filomena vestita col sacco di juta e la camicia grande del padre che lavorava sulle macerie della casa. Si fermò. La guardò. Era bella.

- Buon giorno, Filomena.

- Buon giorno.

- E buon lavoro.

- Il lavoro... non è buono.

- Ti aiuto io, se vuoi...

- Non lavori oggi?

- Sì, ancora è presto.

Ciccillo era un ragazzo robusto e forte, poco più grande di Filomena. Tutti i giorni andava a lavorare nelle terre *d'i giulunari*, a zappare, a fare i solchi, a dare l'acqua alle coltivazioni. Vide Filomena sul lavoro pesante. Le disse:

- Ti aiuto io.

Con l'aiuto di Ciccillo Filomena riuscì a crearsi in un angolo di casa risparmiato dalle bombe un rifugio per la notte. Pulì ben bene il locale sgomberato dalle macerie, appoggiò sui muri cadenti due travi, ci mise sopra due *cannizzi* e delle frasche, accostò la porta all'entrata e l'alloggio fu pronto.

- Almeno non dormi all'aperto – disse Ciccillo.

- *Fora 'a notti cumincia 'u cadi 'u sirinu.*

- Vado a lavorare… Massaru Ciccu mi aspetta.

- Buon lavoro… Buona giornata.

- Buona giornata pure a te – rispose Ciccillo e andò a lavorare.

Quella sera Filomena dormì al riparo. Dormì *'nt'a 'zzimba* del maiale che era morto.

Intanto a Filomena erano giunte delle voci. Sussurri, mezze parole, sguardi, occhiate strane, dico e non dico, cenni mimetici, interrogativi lanciati in aria. Mormorii, aria di congiura. Don Rubino… I soldi… La terra… Pignoramento… *'U tata…*

- *'U tata… 'U tata?*

- Beh… Forse… Sai…

- Che c'è? Che devo sapere?

Filomena prese di petto zio Gioacchino. Lo strattonò per la giacca. Lo puntò contro il muro. Gli occhi rossi di fuoco, erano due lame incandescenti. Zio Gioacchino ebbe paura.

- Niente… Niente…

- Niente? Niente? Ora parlate o vi ammazzo! Vi ammazzo!

- No… Niente… Tuo padre… forse…

- Forse?

- Forse… Dicono che tuo padre… Lo sai che gli piaceva il bicchiere di vino…

- E allora? Glielo pagavate voi il vino a mio padre? Lo rubava a qualcuno il vino mio padre? Lo beveva di nascosto il vino mio padre? Aaahhh! Aaahhh! Dite… Dite… O vi ammazzo per davvero!

- Aaahhh… brutta scomunicata! Scostumata, maleducata… A tuo zio… Le mani addosso… Una persona più grande… Mancare di rispetto a una persona più grande… All'inferno… All'inferno vai…

- All'inferno vi porto io con le mie mani se non parlate… Aaah! Che c'è! Che c'è!

- Don Rubino… Dicono che Don Rubino ha prestato i soldi a tuo padre per la dote di tua sorella Teresa e non glieli ha tornati… Don Rubino… Dicono che Don Rubino adesso si vuole prendere la terra… tutta la terra… *Terra di Sopra*… E la casa… Pure la casa si vuole prendere… Se non gli date i soldi… Voi ce li avete i soldi? Ce li avete i soldi?

- Don Rubino… I soldi? Quanti soldi?

- Non lo so. Lasciami… Non lo so. Don Rubino lo sa. Lasciami…

- Vai a farti fottere… tu e Don Rubino!

E lo lasciò.

Quella notte Filomena non dormì.

Il coperchio della cassa le macerava le povere carni stanche del lavoro faticoso del giorno. I pensieri entravano come tarme insidiose nella mente, bucavano il cervello. Il sonno non venne. Invece vennero tanti pensieri, ansie, preoccupazioni. Interrogativi, domande, a cui non sapeva e non poteva dare risposte. Cosa era successo? Cosa aveva fatto suo padre? E Don Rubino, esoso, usuraio? I soldi... Davvero Don Rubino aveva dato dei soldi in prestito a suo padre? E ora voleva prendersi la terra? Tutta la terra? E la casa? Pure la casa? Beh, la casa non c'è... I soldi... Dove prendere i soldi da dare a Don Rubino? Maledetto lui e la sua avarizia!

Filomena ripercorse passo passo i giorni vissuti con suo padre. I giorni belli, allegri, pieni di speranza. Quando la famiglia era piena di concordia, di lavoro, di armonia. Adesso, invece... La mamma e le sorelle sfollate in un paese lontano, lei sola digiuna e affamata in una terra che... Forse non era neppure sua, perché pignorata... Pignorata? Che significava pignorata? Si ricordò dei vecchi giochi di bambina *'a trinca, 'i petruji, 'u maccaturi, 'a mucciateja, 'u roju, 'u pignu*... *'U pignu*... Sì, *'u pignu*... si ricordò di questo gioco che le piaceva tanto e che quasi sempre si concludeva con un bacio, con un bacio innocente... Fra bambini... Si ricordò come si giocava: ci si sedeva intorno per terra, *si jettava 'u toccu* e chi usciva dal conteggio delle dita guidava il gioco. Chiudeva gli occhi, buttava un fazzoletto con dentro qualcosa e diceva: *a cu' pigghju pigghju...* Chi lo prendeva doveva dire cosa c'era. Se indovinava prendeva la mano, se no pagava pegno. Cioè, dava qualcosa che aveva: una spilla, una forcellina dei capelli, un anellino... Tutti oggettini che poi le venivano restituiti in cambio di una gentilezza nei confronti di un altro giocatore indicato da chi guidava il gioco: una carezza, un abbraccio, un bacio...

Pignorata... La terra... la casa... pignorata... Quindi bisognava pagare pegno. Bisognava pagare pegno a Don Rubino, l'arciprete figlio del demonio, che succhiava il sangue alla gente con i suoi prestiti assassini. Che rubava la roba alla gente per arricchire i nipoti, con terre, con case, con soldi... Con soldi... Aveva sempre soldi negli occhi, anche quando diceva messa. Camminava sempre con un quadernetto nero, *'u quadernu d'i morti*, nella *zimarra* pronto a segnare un prestito, per non dimenticare a chi aveva dato. Non era così solerte, però, ad annotare l'avvenuta restituzione. A chi gli faceva notare ciò, e glielo ricordava, rispondeva sempre:

- *Doppu... Doppu... C'u tempu...*

E non segnava. A chi lo rimproverava diceva con aria remissiva, con aria compita:

- *'A testa, figghju... 'A testa... 'A testa no' mi reggi...*

E forse la testa non lo sorreggeva davvero a tener dietro a tutti gli imbrogli che faceva, a tutti gli interessi che aveva. I soldi... Quindi i soldi... Bisognava dare i soldi... Quanti soldi? Don Rubino lo sa, aveva detto zio Gioacchino sotto minaccia. Aaahhh! Lo sa? E se lo sa, me lo deve dire!

Filomena si alzò quando ancora la notte non era finita. *'A luci 'i luna*. L'ultima luce della luna si infilò nella stretta *faramba* della porta appena accostata e senza cardini che chiudeva il piccolo locale dove Filomena dormiva. *'A 'zzimba d'u porcu*. Il porcile. Le diede animo, le fece coraggio.

Con ancora nella mente il tormento, l'angoscia, che l'avevano accompagnata per tutta la notte, buttò i piedi a terra. I piedi scalzi assorbirono il tepore fresco della terra, della sua terra. Sollevò il coperchio della cassa su cui aveva dormito, o aveva pensato di poter dormire, prese *'a cugnata d'u tata*, uno dei pochi attrezzi salvati dalla guerra, e uscì fuori.

L'accetta era ben affilata. Tagliente come un rasoio. Ti ci potevi fare la barba tanto era sottile *'u filu d'u tagghju*. Luccicava al chiarore calante della luna.

Filomena provò col dito il filo del taglio, come faceva suo padre prima di usarla. 'U *tata* era geloso delle sue cose, dei suoi arnesi. Un forte senso di cura, di perfezione, di pulizia gli impediva di affidare ad altri la cura dei suoi attrezzi perché glieli avrebbero rovinati. Li teneva ben puliti ed efficienti. Non una macchia di ruggine o di sporco sui manici, sull'impugnatura.

Era quasi una malattia: cura, ordine, pulizia che sfociavano in amore. Amore per le cose, per gli animali, per le persone. Un amore che si concretizzava soprattutto nell'affetto verso Filomena che la sentiva fra le altre figlie quella più vicina a lui. Più affezionata, più amorevole, più somigliante.

Con l'accetta in mano Filomena, con passo forte e sicuro, passò sulle macerie della casa, rasentò l'unico muro esterno che era rimasto in piedi senza copertura e si fermò accanto ad una vite che cresceva robusta fino in alto, fino alla finestra. Era *'a pergula d'u tata*, la pergola che suo padre aveva piantato sotto il muro della casa. L'aveva curata e guidata nella crescita, l'aveva sistemata a pergolato all'altezza della finestra. La pergola, piantata nella terra di nessuno, unica pianta rimasta verde di tutta la guerra, quell'anno era carica di grappoli pieni zeppi. Era una meraviglia a vederla. Pampini ampi e verdi, grappoli pendenti col frutto prossimo alla maturazione. Viticci attaccati ai travi a sostegno, reggevano a fatica il peso di tutta quella grazia di Dio. Portava una bella uva con acini grossi affusolati *'a minna 'i vacca*, così detta proprio per la sua forma caratteristica molto simile alla mammella delle vacche, moderatamente dolce, pastosa, buona da mangiare.

Filomena si avvicinò al tronco, lo toccò con la mano sinistra quasi in una carezza, guardò verso l'alto, poi... Poi soppesò l'accetta che teneva nella mano destra, l'avvicinò alla vite, prese il giusto equilibrio e con un colpo la tagliò di netto. Filomena tagliò la pergola *d'a minna 'i vacca* senza pentimenti, senza ripensamenti. Il tronco rimase penzolante come un moncherino di braccio amputato e attaccato al tronco soltanto da una sottile striscia di pelle. Con un altro colpo completò l'opera.

Il fusto della vite tagliato alla base in due, dopo un attimo d'incertezza, cominciò a sanguinare dalla ferita l'humus vitale come fosse una persona umana. Un pianto vegetale che dava il senso di una vita che se ne andava. Prima goccia a goccia, poi sempre più copiosa, l'acqua della vita scendeva in fine rivolo fino a terra come un ritorno alla madre che l'aveva generata. La terra intorno al moncherino rimasto divenne nera, mentre quell'humus scendeva e scendeva... La vite si dissanguava: moriva...

Filomena, con l'accetta in mano, osservava. Raccolse nel cavo della mano sinistra quell'humus di vita o di morte, lo bevve come un calice amaro, se lo passò sulla faccia, sugli occhi.

Il sole venne puntuale all'orizzonte a dar vita alla nuova giornata. Il muggito dei vitelli legati alla mangiatoia e il grugnito dei maiali si facevano sentire più insistenti: chiedevano l'erba, la biada. Le galline cominciarono a starnazzare, qualcuna aveva anche già fatto l'uovo. I galli dalla cresta alta, maestosi, regali, vigilavano. Vigilavano attenti e amavano. La vite piangeva... La vite moriva...

Un vocìo stridulo, capriccioso, forsennato, distolse Filomena dai suoi pensieri che non erano pensieri. Filomena in quei momenti non aveva pensieri. Osservava, osservava come una sacerdotessa invasata da un dio che aveva appena celebrato un rito ancestrale dove vita e morte, passato e presente confluivano insieme in un rivolo di humus che sapeva tanto di rabbia, di dolore. Chissà, forse anche d'amore…

- Disgraziata! Disgraziata! Maledetta! Scomunicata! *'A pergula! 'A pergula!*… Hai tagliato la pergola! *'U Signuri ti castiga*…

- *E mo' vi tagghju 'a testa a vui!*

Concetta, la moglie di zio Gioacchino, fece in tempo in tempo a tirare dentro casa il marito e a chiudere la porta che già Filomena si scagliava furibonda contro lo zio con l'accetta in mano pronta a colpirlo. Una scena terrificante. Concetta e zio Gioacchino chiusi dentro che gridavano, Filomena da fuori con l'accetta che batteva alla porta con furia. Il sangue alla testa, il sangue agli occhi… La pergola che perdeva humus e goggiolava…

- Vi ammazzo! Vi ammazzo! Vi ammazzo tutti! Vi ammazzo con l'accetta… Vi taglio la testa come la pergola… Come la pergola, che è mia… Che l'ha piantata mio padre… sotto la sua finestra… e voi vi prendete l'uva… Prendetela adesso l'uva… Venite fuori! Così vi faccio buttare il sangue goccia a goccia… E poi appenderò la vostra testa alla pergola che muore… Alla pergola che è mia, perché l'ha piantata mio padre… Mio padre… sotto la sua finestra!

Stavolta Filomena cominciò a colpire con forza la porta, con l'accetta. Di taglio, *di cozzo*… Di dentro voci concitate:

- Prendo la pistola… prendo la pistola…

- Prendi la pistola!… Prendi la pistola! Prendila! Ti spacco in due! E te la metto là, la pistola…

Era un assedio in piena regola, un assedio omerico come quelli descritti nell'Iliade. Con ronzio di armi, con grida, urla, minacce di morte. E forse morte ci sarebbe stata se… Se Filomena non avesse sentito una voce. Una voce di donna che la chiamava: – Filomena… Filomena… Filomena, che fai?

Filomena rimase perplessa. Con l'accetta in mano sollevata verso il cielo. Rimase ferma. Si voltò. Si girò. Guardò. Guardò in ogni direzione: non vide nessuno. Si era sbagliata? Tornò con più rabbia a colpire la porta e quando stava per colpire ancora una voce di donna che la chiamava:

- Filomena… Filomena… Filomena, che fai?

Un'altra volta la voce di prima, un'altra volta la voce di donna, un'altra volta la voce gentile, un'altra volta la voce chiamava:

- Filomena… Filomena… Filomena, che fai?

In quel momento attirato dalle grida, dagli schiamazzi, arrivò Ciccillo.

- Filomena, dammi l'accetta… Mi serve…

- Perché?

- Dobbiamo tagliare i rami. Non vedi? Dobbiamo lavorare…

- Dobbiamo lavorare…

- Dammi l'accetta… Andiamo a lavorare…

- Sì, andiamo a lavorare…

Filomena diede l'accetta a Ciccillo.

- Andiamo a lavorare… Ma… Mi hai chiamato tu, Ciccillo?

- No, sono venuto adesso. Solo adesso…

- No… No… Era una voce di donna… Una voce di donna…

- Una voce di donna? La Madonna! Era la Madonna!

- Sì, la Madonna… La Madonna, che mi ha salvato… che li ha salvati…

Quel giorno Ciccillo andò più tardi al suo lavoro. Tagliò un po' di legna a *Terra di Sopra*. Aiutò per un po' Filomena. Poi se ne andò. Ma non lasciò sola Filomena, non se la sentiva dopo tutto quello che era successo. Se ne andò quando vide *'a muta 'a Lena*.

'A muta 'a Lena voleva bene a Filomena. Vide senza vedere, sentì senza sentire, parlò senza parlare. Col pugno chiuso dall'alto verso il basso, disse a Filomena "contegno". Col pugno chiuso dal basso verso l'alto, disse a Filomena "dignità". Con la mano aperta dal cuore verso l'orizzonte, disse a Filomena "orgoglio". Filomena fece cenno di sì con il capo.

Quel giorno *'a muta 'a Lena* portò con sé Filomena *'o jumi 'a 'Razia* a lavare i panni. Fino a sera. Mangiarono le poche cose che la donna aveva. Fecero asciugare i panni, li raccolsero, li piegarono, li misero nella cesta e tornarono. Tornarono a *Terra di Sopra* che era già l'imbrunire.

A *Terra di Sopra*, la terra di Filomena, giunse anche Ciccillo. Sporco, stanco.

- Stasera vado da Don Rubino – disse Filomena.

- Ci vengo anch'io.

- Va bene, più tardi.

- Più tardi.

Più tardi Filomena e Ciccillo andarono da Don Rubino. Dopo aver mangiato un grappolo d'uva che il ragazzo aveva portato e un pezzo *'i pani paniculu* che aveva risparmiato a mezzogiorno. Pane e uva fu la loro cena quella sera. Poi, più tardi, andarono da Don Rubino. Andarono insieme. Con loro ci andò anche *'a muta 'a Lena*.

Don Rubino, arciprete e canonico, parroco e padre spirituale, come don Abbondio, quella sera era a casa. Ma, a differenza del povero don Abbondio, non si arzigogolava la mente con Carneade, non rimuginava i nomi dei grandi filosofi, non leggeva. No, non sentiva bisogno di accrescere la sua cultura. Ce n'era pure troppa per i suoi gusti. E gli pesava più della sua *zimarra*. Non sentiva bisogno di ritemprare il suo spirito con una buona lettura. Era una perdita di tempo per lui che aveva piena la giornata di occupazioni e anche la notte di progetti, di complottazioni. *Comu 'i monaci 'i clausura: pregunu intra e futtunu fora.* E, infatti, i suoi interessi erano tanti; interessi materiali, naturalmente. Case, terreni. Aveva sorelle e fratelli; e nipoti, tanti nipoti. Da sistemare. Con case, con terreni.

Quella sera Don Rubino era a casa. Seduto sotto la luce bassa di una lampadina elettrica, era a tavola. La tavola era apparecchiata con una bella tovaglia di lino bianca con i merletti ricamati, dono dei fedeli parrocchiani per l'altare della Madonna. Sulla tavola erano posati in bell'ordine un fiasco di vino appena iniziato, un bicchiere dove era stato versato del vino e non ce n'era più, *'nu gruppu 'i salami c'a lacrima*, *'na pezza* di formaggio con i buchini piccoli piccoli, *'na pitta 'i pani* morbido e bianco, *'nu piattu 'i maccarruni c'u 'a carni 'i porcu e 'u sucu 'i pumadoru*, e *'na buttigghja 'i rasoliu* fatto in casa. Per sciacquare la bocca e andare a dormire col profumo della cena in bocca. Era ciò che gli serviva per saziare il suo corpo. E in tasca il quadernetto con la copertina nera, *'u libbru d'i morti*. Era ciò che gli serviva per saziare il suo spirito usuraio. Ogni tanto, dopo un boccone e un sorso di vino, lo toccava con la mano per farsi coraggio e continuare nel pasto. E così, col solo tasto delle dita ripassava *'a luci 'i menti* i nomi dei debitori, le somme prestate, gli interessi maturati, i pignoramenti.

Don Rubino, quindi, quella sera era seduto a tavola comodamente. Mangiava tutto solo a sazietà, beveva il buon vino rosso, *'u sangu 'i Cristu* come diceva, per far scendere velocemente i bocconi più grossi nella pancia che cresceva e cresceva. Stava per finire di cenare. Già gustava il bel sapore dolciastro del rosolio ad essenza di mandarino, quando…

Quando Filomena bussò alla porta.

Filomena diede un colpo, un colpo secco *c'u pindag-ghju 'i ferru*. Un colpo di quelli che non lasciano equivoci e non puoi dire: non ho sentito. Un colpo forte, ripetuto. Rimbombò nel portone, *parea ca mi jettava 'a casa*, soleva dire dopo Don Rubino. Un colpo che salì per le scale al piano di sopra come un fulmine e cadde pesante come un tuono sulla tavola di Don Rubino. Don Rubino aveva in quel momento allungato la mano verso il fiasco per versarsi un altro bicchiere. A quel colpo, improvviso come la morte, rimase immoto, stupito. Col braccio rigido, proteso in avanti. Come paralizzato.

- Don Rubino! Aaahhh, Don Rubino! Io… Io… Sono Filomena.

- Ah, Filomena, sei sola? E che vieni a fare?

- Sì, sono sola… Vengo a chiedere un piccolo prestito… dei soldi…

Soldi. Don Rubino udì solo una parola: soldi… Don Rubino udì solo l'ultima parola: soldi… Un meccanismo diabolico si aprì nella sua mente: soldi… Si toccò il quadernetto nero in tasca, tracannò d'un fiato un altro bicchiere di vino e disse a se stesso, alla sua anima malata: "Soldi… Filomena vuole soldi… Soldi…".

- Vieni, Filomena, vieni… Sali…

E, senza muoversi, tirò con uno strappo la cordicella che teneva legato *'u calascinditi*. E aprì il portone, pesante, d'ulivo duro.

Filomena entrò. Dietro di lei entrò *'a muta 'a Lena*. Filomena chiuse il portone, dietro di lei *'a muta 'a Lena*. Filomena salì le scale, dietro di lei *'a muta 'a Lena*. Filomena disse:

- Permesso – con tono forte.

Filomena entrò, lasciò aperta la porta. Dietro di lei,

fuori, sul pianerottolo, *'a muta 'a Lena.*

- *Trasi... Trasi, figghja... 'Nu morzu 'i pani... Na lacrima 'i vinu... 'A voji 'na guccia 'i rasoliu? Pimm'u ti fai 'a vucca... Figghja...*

Don Rubino emergeva da dietro la tavola imbandita come una montagna di carne infuocata dal sole alla cima. Rosso come la cresta di un gallo giovane o come un tacchino quando è irritato, con la faccia color vino che lasciava trasparire sottili capillari pieni di sangue, aveva le gote paffute e sode che indicavano buona salute. Gli occhi piccini, astuti, davano l'impressione di due spilli sottili, acuminati, pronti a penetrarti e a carpire ogni tuo segreto. Pronti a distruggere ogni tua difesa, a prenderti pure l'anima. Due labbra brevi e carnose, quello inferiore rivolto all'in giù, davano l'impressione del muso del maiale uso a mangiare di tutto. E infatti, questa era l'occupazione prediletta da Don Rubino: mangiare, mangiare, mangiare a sazietà. Oltre, naturalmente, fare soldi, soldi, soldi sulla fame della povera gente, quindi case e terre, terre, terre per i nipoti, i fratelli, per le sorelle.

Alla vista di Filomena, Don Rubino si passò una mano sulla pancia piena. Bevve mezzo bicchiere di rosolio al mandarino.

- *'U mi sciacquu 'a vucca* – disse.

Picchiettò con entrambe le mani sul pancione grosso come quello di una donna a nove mesi pronta a partorire. Il pancione teso risuonò come un tamburo fatto con pelle di asino. Emise un rutto, due rutti, tre rutti, ripetuti che sapevano di vino e di carne putrefatta di maiale. E disse ancora:

- Ah! Ora mi sento meglio... Dimmi, Filomena... Dimmi... Soldi? Vuoi soldi?

Filomena si sentì avvampare di rabbia. Un calore

intenso, improvviso, le andò lungo le vene in tutto il corpo. Il sangue correva veloce. Le vene erano al limite estremo della tensione: erano pronte a scoppiare. La faccia rossa *comu 'nu pipireju abbruscienti* era una fiamma di calore. Le tempie battevano. Il sangue si concentrò al cervello. Stava per esplodere. La testa le doleva.

- Soldi! Sì, soldi! Quanti soldi vi deve mio padre? Quanti... Quanti soldi?! Ditemi, quanti soldi vi deve mio padre?

Il tono e le parole non lasciavano equivoci. Filomena, ritta in mezzo alla stanza, in piedi di fronte alla tavola imbandita, ferma come una statua o come un alfiere che sta per colpire, mirò fisso Don Rubino negli occhi. Lo penetrò con lo sguardo duro, cattivo. Lo avrebbe ucciso in quel momento. Lo teneva legato come una bestia al macello. Lo trafiggeva negli occhi, non lo mollava. Era più forte. Filomena era più forte. Don Rubino non riuscì a svincolarsi: era legato. Con un filo invisibile, come bestia alla gogna. Farfugliò:

- Ma... No... Non mi ricordo... Devo vedere... Soldi? Beh, soldi... Forse... Forse dei soldi... mi doveva... No... Non ti preoccupare: vuoi soldi? Filomena, vuoi soldi?

Filomena lo trafisse nello sguardo di fuoco. Lo inchiodò fermo alla sedia sotto il peso della sua pancia piena. Il viso gli divenne paonazzo. Il vino bevuto e il rosolio gli tornavano in veleno. La bile repressa lo uccideva. Filomena non lo mollava. I suoi occhi bruciavano *cchjù du luci d'i jammi ardenti*. Filomena gli gridò:

- Quanto! Quanti soldi vi deve?
- Domani... Vieni domani...
- No! Ora! Prendi quel maledetto libro! Prendilo! O

ti ammazzo!

Filomena fece un passo avanti. Poggiò le mani sul tavolo, le mani stanche di fatica. Non un tremore, non un fremito. Leggermente piegata in avanti come una pantera con i nervi tesi pronta a spiccare la corsa, pronta a colpire, a colpire e uccidere, Filomena non staccò un attimo lo sguardo dagli occhi acquosi di Don Rubino. Lo avrebbe ucciso.

- Prendi il quaderno! – ingiunse, comandò.

Filomena diede un colpo sul tavolo. Il tavolo colpito sobbalzò. Sobbalzò il fiasco vuoto del vino, si rovesciò. Il rosolio al mandarino nella bottiglia sobbalzò. Sobbalzò Don Rubino e il suo pancione pieno. Eruttò.

- Prendi il quaderno!

Don Rubino non poteva sfuggire alla minaccia, all'ordine. Non poteva fuggire. Ubbidì. Don Rubino ubbidì. Con la mano pesante di grasso, dove cresceva qualche pelo nero, dove cresceva qualche pelo bianco, tirò a fatica dalla tasca il quaderno nero. Lo tenne in mano come il libro sacro della messa, come una santa reliquia da venerare, come l'ostia santa della Comunione.

- Aprilo!

Don Rubino cominciò a sfogliare; non c'era bisogno. Sapeva a memoria tutte le pagine, tutti i segni, tutte le annotazioni. Tutti i prestiti, tutti i debitori. Si fermò a una pagina. Pochi segni, poche cifre scritte a penna. E delle linee di cancellazione orizzontali tracciate a matita.

- Niente… Niente… Un bicchiere di vino… A tuo padre piaceva il vino… Beh, ogni tanto… Un fiasco… Un fiasco… E poi… La dote… La dote per tua sorella grande… Piccole cose, piccole cose… Niente… Niente… Un bicchiere di vino…

- Quanto ti deeeveee? – gridò Filomena.

Urlò. Batté i pugni sulla tavola che scricchiolò in un gemito di schianto. E si tese in avanti con la sua esile persona smagrita come una morta.

Don Rubino ebbe paura. Pensò: mi ammazza. Divenne bianco. Esangue. Il respiro affannoso, senza fiato. Aprì la bocca, respirò forte. L'aria lo soffocava. La mano poggiata di peso sul quaderno nero contrastava per il pallore bianco.

- Leggi! – tuonò Filomena e la sua voce rimbombò in tutta la stanza. La udì *'a muta 'a Lena* sul pianerottolo. La udì Ciccillo fuori del portone. La lampada oscillò. Don Rubino tremò.

Don Rubino fece rapidamente dei calcoli. Prese dei numeri; borbottò, borbottò. Sommò, sottrasse. Uguale. Uguale zero.

- Niente… Povero zio Pasquale, niente… Non deve niente: aveva saldato tutto prima del bombardamento.

Le parole di Don Rubino tradivano un sentimento indefinibile: pietà per il morto, o di cruccio per il vivo? Certo il debito era stato estinto e lui lo sapeva. La figlia nulla gli doveva, e lui lo sapeva. Niente poteva chiedere, niente poteva ottenere. Un dispiacere lo punse nel cuore. La partita era persa. Forse no.

- Niente… Non c'è nessun debito. Tuo padre, *bonanima*, aveva restituito tutto…

- Anche gli interessi?

- Anche gli interessi. Vedi, cancellato… Tutto cancellato…

- Cancellato… Eh, cancellato… Con la matita cancellato…

- Sì, ma cancellato…

Poi, con voce flebile flebile a tradimento giocò l'ultima carta.

- Soldi... Vuoi soldi, Filomena? Quanto ti serve?

Soldi. La parola soldi colpì Filomena come una sferzata sui nervi scoperti, sulla carne nuda. Ebbe uno scatto felino, pronta a colpire. A colpire con rabbia, con furia, con bestialità. Perse il lume degli occhi, ogni sembianza umana. Divenne feroce, irriconoscibile. Filomena era una tigre pronta ad azzannare la preda. Ad uccidere senza pietà. D'improvviso comparve nella sua mano destra un'arma luccicante e appuntita che avrebbe spaccato il cuore ad un vitello. Le forbici. Le forbici, con cui aveva tagliato le lunghe trecce nere, stava per conficcarle nel petto di Don Rubino, se...

Se una voce di donna non l'avesse chiamata:

- Filomena... Filomena... Filomena, che fai?

Filomena rimase perplessa: chi l'aveva chiamata? Non c'erano donne nella stanza. Era sola. *'A muta 'a Lena* era rimasta sul pianerottolo e poi non parlava. Chi l'aveva chiamata? Con gli occhi fissi brucianti, il sangue che le scoppiava nelle vene, la testa pesante come una pietra, rimase impietrita con la mano alzata le forbici puntate sul cuore di Don Rubino. Un attimo e l'avrebbe trafitto. Ma, ancora una volta, quella voce gentile di donna la chiamò con tono amorevole e disse:

- Filomena... Filomena... Filomena, che fai?

Era una voce che aveva già sentito. Quando? Una voce dolce di mamma, una voce che si ripeté ancora una volta. Ancora una volta la chiamò:

- Filomena... Filomena... Filomena, che fai?

Filomena si fermò, abbassò la mano, pugnalò con un colpo preciso il quadernetto nero della disperazione che era sul tavolo. Don Rubino fece appena in tempo a tirare indietro la mano grassoccia e a metterla sotto l'ascella al riparo. La morte si allontanò. Don

Rubino scivolò sotto il tavolo. Mugugnava come un cane che aveva preso legnate e legnate sulle ossa. Filomena afferrò il quaderno nero e lo strappò. In due lo strappò, in quattro lo strappò… Poi con un fiammifero bruciò i fogli, tutti i fogli e lasciò volare sulla tavola ancora imbandita la cenere. I fogli neri, neri come peccati mortali, volarono nell'aria fresca della sera leggeri leggeri. Planarono come aquiloni sbandati dal vento sulla tovaglia bianca di lino ricamata che i parrocchiani avevano dato in dono alla Madonna. Alla Madonna…

Sì. Era stata la Madonna. La Madonna l'aveva chiamata. La Madonna l'aveva fermata. La Madonna l'aveva salvata. Ancora una volta la Madonna l'aveva salvata.

Terra di Sopra era stata riscattata. *Terra di Sopra* era sua. *Terra di Sopra* era soltanto sua.

Quella sera, tornata a casa, Filomena disse una preghiera. Una preghiera alla Beata Vergine di Romania che aveva fermato la sua mano, che aveva preso il suo cuore. Poi con le dolci parole dell'Ave Maria sulle labbra si addormentò.

Nasce un amore

Dopo il taglio della pergola e il riscatto di forza della terra a casa di Don Rubino, Filomena acquistò un gran rispetto nel paese. Alcuni la salutavano come se fosse una donna grande, *'na fimmina randi*, alcuni prendevano parole con confidenza, alcuni dicevano bene con ammirazione, alcuni passavano lontano con timore. Alcuni la temevano, avevano paura di lei. Fra questi zio Gioacchino e Don Rubino.

Zio Gioacchino si rodeva il fegato a vedere la pergola tagliata con l'uva penzolante che si avvizziva giorno dopo giorno in mezzo ai pampini bruciati dal sole ancora caldo di settembre. Guardava la pergola decapitata e secca, i grappoli pendenti dall'alto non acerbi e neppure maturi: scuoteva la testa.

Zio Gioacchino era fratello, fratellastro, del padre di Filomena. Figlio di seconda moglie. La testa pelata su tutto il cranio, aveva una corona di capelli tutto intorno piegati in giù *all'ammonacali*. Era sposato e aveva figli. Interessato, pensava di ingrandire la proprietà includendo anche *Terra di Sopra* confinante con la sua. Quando zappava vicino al limite dell'orto *grattava* sempre qualche centimetro, ciò indispettiva suo fratello, il padre di Filomena, che però non parlava. *Ch'aju 'u 'nci dicu, e' fratima*, per evitare la lite faceva finta di niente. Lui non capiva, non voleva capire. Anzi ne approfittava per spingersi sempre più avanti. Tant'è vero che aveva preso l'abitudine a prendersi l'uva *d'a minna 'i vacca* che non gli apparteneva per niente. *'U sciarriamentu* più volte evitato, prima o poi sarebbe scoppiato anche perché il padre di Filomena, buono, allegro, cordiale, e anche istruito, era uomo di sani principi e di "diritto" *chi non si facea passari musca 'o nasu*. La lite era solo rimandata. Poi la guerra, il bombardamento, la morte.

- *A mmea volea pimm'ammazza, a mmea… C'a cugnata… Ma Deu si ni paga…* – diceva con astio a bocca chiusa. Ma la evitava. E piangeva il progetto fallito di far sposare il figlio più grande con Filomena.

Anche Don Rubino *'a scanzava*, passava *'a larga*. Lui rimpiangeva solo il quaderno nero dei debitori, bruciato da Filomena quella sera. Sì, ricordava tutto. Aveva impressi nella memoria nomi, cognomi, numeri, cifre, somme, sottrazioni, interessi, ma senza carta scritta nessuno gli tornava più niente. Inutile chiedere, insistere, minacciare, pregare: i debitori erano diventati creditori.

- Eh, Don Rubino… *Carta canta 'ncannolu*!

E soffiavano al vento facendo il gesto con il pollice e l'indice della mano come se volessero prendere l'aria.

- *'A palora s'a leva 'u ventu…*

E soffiavano, soffiavano, soffiavano all'aria. E Don Rubino si rodeva l'anima pensando che in cenere era andato non solo il quaderno, ma i soldi. I soldi… E al pensiero dei soldi gli girava la testa, gli saliva la pressione, *furmiculiava* in tutto il corpo, gli tremavano le mani. Filomena l'aveva rovinato. Non la guardava più, nemmeno quando in chiesa diceva messa o faceva la Comunione.

Filomena non se ne curava. Tanta gente la ringraziava.

Filomena, adesso che aveva la mente più calma, si sentiva più tranquilla. Era più cordiale con le persone, più loquace. Salutava le persone più grandi, rispondeva con educazione al saluto. Andava a messa, non faceva la Comunione per non inginocchiarsi davanti a Don Rubino. Curava di più la sua persona. Ogni mattina si lavava la faccia, il collo, il petto, le braccia, le gambe con l'acqua fredda del rivo che scorreva nella sua terra. Aveva fatto una conca, 'na gurna, dove l'acqua si raccoglieva quando passava ed era sempre pulita. 'A muta 'a Lena le aveva dato un pezzo di sapone d'olio vecchio, quel sapone che le donne facevano da sé con olio non buono, 'a murga, e con potassa, che usavano per tutti i bisogni. 'A muta 'a Lena, che ormai la considerava come una figlia, glielo risparmiava ogni settimana. Filomena si lavava mattina e sera con un sacro rituale. Guardava l'acqua limpida scorrere dall'alto che prendeva un colore argentino a contatto con i sassolini, o verdino se rifletteva le foglie degli alberi. Immergeva le mani e le lasciava un po' per prendere il sapore dell'acqua, dava quasi una carezza e creava delle piccole onde che la portavano lontano: la facevano sognare. Poi si bagnava e passava il sapone sulla pelle arsa dalla fatica, dai lividi, dal pus della guerra. Sentiva un bruciore rinfrescante, tonificante. Sentiva il bruciore di essere viva. Si sciacquava di nuovo per togliere la schiuma, si asciugava. Si pettinava i capelli che aveva preso l'abitudine di avvolgere a mezza corona sulla nuca con un sottile filo di ferro ramato. Si specchiava nell'acqua. Era soddisfatta. Una volta al mese faceva anche la doccia, al naturale, sotto la cascata del fiume dove andava a lavare le poche cose o ad aiutare 'A muta 'a Lena quando aveva tanti panni da lavare.

Curava di più anche la sua anima. Difatti, ogni mattina, appena si alzava, diceva le preghiere alla Madonna, ringraziava il Signore per averle fatto vedere la luce del nuovo giorno. Faceva la croce e diceva un'Ave a mezzogiorno quando suonava la campana, recitava il rosario a sera prima di prendere sonno. Andava a messa tutte le domeniche e nei giorni della Madonna. Però, non si confessava. Non faceva la Comunione.

- Il Signore mi perdona.

Il Signore la perdonava. Sicuramente l'avrebbe perdonata. Filomena se lo meritava.

Nello stesso tempo curava anche *Terra di Sopra*, la sua terra.

Terra di Sopra era sconvolta. Dallo scoppio delle bombe nessuno ci aveva più messo piede, tranne Filomena e Ciccillo. Tutti avevano paura. Avevano paura dei morti, degli spiriti dei morti. Pensavano che le anime dei morti uccisi dalle bombe, "i disgraziati", perché periti nella disgrazia, girassero intorno alla terra, di notte e di giorno, e li avrebbero presi per portarli con loro. Bastava un piccolo rumore diverso, un muover di foglia o un tintinnio di ferro, per mettere spavento. Per far fuggire la gente che in quella terra non ci andava, che diceva e diceva:

- Ci sono gli spiriti.

Filomena non aveva paura degli spiriti e poi, se gli spiriti c'erano, erano gli spiriti di suo padre, *'u tata*, che la voleva bene e non le avrebbe certamente fatto del male, anzi l'avrebbe aiutata. E lo spirito del cugino anche lui morto sotto le bombe. Ma a buon conto, per togliere la maledizione, fece fare da Gaetano, un suo compagno di scuola che andava *discipulu d'u mastru falignami 'u si 'mpara 'u misteri*, una grande croce di legno. La fece benedire da un monaco del convento, non voleva più a che fare con Don Rubino neanche per la benedizione, e la piantò ai piedi dell'arancio dove erano morti *'u tata* e il nipote.

La gente non ci andava lo stesso.

Solo Ciccillo ci andava. Tutte le mattine. Quando l'alba faceva luce. E tutte le sere. Quando del giorno finiva la luce. Aiutava Filomena a pulire la terra. A ripianare le buche scavate dalle bombe, a togliere bossoli vuoti di mitraglia, di cannone. Involucri deformi delle bombe, spolette arancione. Pezzi di spezzoni, lamiere taglienti, schegge fuse di ferro. Veleni portati dalla guerra, proiettili non scoppiati, e anche armi abbandonate dai soldati in fuga. Ciccillo non aveva paura. Ciccillo non *si spagnava*. Lavorava fino alla luce del sole, poi scappava a farsi *'a jornata*. A sera tornava fino a che non c'era più luce.

Ciccillo era un ragazzo di sedici anni. Povero, che scendeva dalla montagna tutti i giorni per andare a zappare nei giardini della marina. *Pi' du' sordi e 'na mangiata 'i sujaca*. Ma era forte, alto, potente. Già aveva la barba che tagliava due volte la settimana. Faticava. Preciso nei lavori, faceva la terra un livello. I solchi diritti come *'na spata*. Tutti lo chiamavano a lavorare, lui non si risparmiava. Aveva capito il bisogno di Filomena. Andava in suo aiuto.

I giorni passavano, il tempo passava. Settembre finì. Ottobre procedeva spedito la sua corsa. I giorni si accorciavano, le piogge vennero abbondanti a lavare il sangue dalla terra, a dare vita che vita non c'era.

Filomena andava a erbe nei campi. *Junci, cicorij, erbi 'i margiu* raccoglieva, o meglio rubava alle greggi pascolanti. Le cucinava *subba a 'na tiana*, poggiata su tre pietre che facevano da tripode. Gliela aveva portata Ciccillo, "in prestito", in realtà l'aveva rubata a sua madre. Che si disperava perché non la trovava. E *menzu gottu d'ogghju* in una lattina trovata accanto ad una tenda dei soldati. Sale non ce n'era.

Filomena vedeva il lavoro che Ciccillo faceva, la fatica che sopportava, l'impegno che ci metteva, il tem-

po che dedicava. Lei anche lavorava: rastrellava, levava le piccole pietre, metteva in ordine i rami tagliati,
bruciava gli sterpi. Bruciò anche la pergola che aveva
tagliata. La bruciò insieme ai pampini e ai grappoli
dell'uva che non sarebbe mai diventata matura. Ciccillo, che la vedeva sempre in movimento, *'na sisìa*, le
diceva:

- Riposati, Filomena, non ti stancare. Lavoro io…
Lavoro io… Io sono abituato. Sono rotto alla fatica,
io…

- Grazie Ciccillo, grazie. Tu fai tanto per me. No, io
debbo lavorare… Io… Tu sei tanto buono con me…
Tu devi guadagnarti la giornata… La tua famiglia ha
bisogno, aspettano la tua giornata… E tu lavori per
me, che non ho niente da darti…

- Non ti preoccupare, Filomena. Non ti preoccupare per me. Io la giornata la porto lo stesso. Non ti
preoccupare…

- Sì, ma ti stanchi. Ti stanchi di più… Ti stanchi per
niente… Ti stanchi per me…

- No, che non mi stanco. Sono forte, io… Io sono
forte…

La rassicurava così, e dava colpi più forti nella terra
con la zappa grande. Levava la zappa in alto fino a
toccare il cielo e poi la mandava giù a scassare la terra
in fondo. In fondo in fondo, fino a trovare quella
buona, quella non avvelenata dalla guerra e la portava
in superficie e la *schianava* e la lisciava come se fosse la
pelle di una bella donna.

Filomena a volte lo guardava in questo lavoro.
Ammirava la generosità di questo giovane che si caricava di fatica a fatica per dare a lei un sollievo, un incoraggiamento, un aiuto. Lei gli portava un sorso
d'acqua, non aveva altro. E un sorriso.

- Dopo ti pagherò. Quando la terra mi darà qualcosa, ti pagherò. Ti pagherò…

- No, no… – diceva lui – Non mi devi dar niente. Io ti aiuto e basta.

E sorrideva. Contento di quello che faceva. Un groppo di commozione gli chiudeva la parola. Ma sorrideva. Sorrideva.

Due miserie, due sofferenze, due povertà si incontravano. Si fondevano insieme. La lotta era una, diversa, ma una sola. La stessa: sopravvivere, vivere, andare avanti. Guardare al futuro. Ma c'era il futuro?

Era tempo di piantare. Ciccillo diceva a Filomena cosa fare, la consigliava cosa piantare. Quando piantare. A sera le portava delle piantine che rubava ai contadini nei semenzai o che restavano dalle piantagioni del giorno. Filomena piantava all'imbrunire, quando il sole era già tramontato e l'aria era più fresca. E per non farle seccare o soffrire dava un po' d'acqua nel buchino per raffermarle, poi la notte avrebbe fatto il resto. Ciccillo le portava di tutto: broccoli, cavolfiori, verze, scarole. Una volta le portò pure un rametto di rosa con un bocciolino piccino piccino ancora chiuso. Filomena tagliò il bocciolo e lo attaccò alla croce *d'u tata*. Piantò il rametto accanto all'arancio. Il rametto poi attecchì, fece le rose. Le rose che piacevano tanto *'o tata*.

Man mano che il tempo passava si creava una certa corrispondenza fra i due ragazzi, che loro stessi non capivano cosa fosse. A volte Ciccillo si fermava con la zappa ferma sulla terra. Si appoggiava *'o marruggiu* come vecchio stanco, fuori tempo, dimentico di ciò che faceva.

- Sei stanco, riposati… Lascia stare.
- No… No…
- E allora?
- Niente… Niente… Pensavo…

- Cosa pensavi?

- Non so. Pensavo…

Filomena non insisteva. Anche lei pensava. Ma il suo pensiero le sfuggiva. Non riusciva a concretizzarlo in un'immagine, a fissarlo in un concetto fermo, definito.

Ciccillo, scosso dalle domande di Filomena, non sapeva rispondere. Non aveva parole precise da dare, da accostare ai suoi pensieri fumosi, labili come l'aria che respirava. Sorrideva. E dava più forza alla sua fatica.

A volte anche Filomena si fermava nel suo lavoro. Non vista, guardava Ciccillo piegato alla fatica e non sapeva perché lo faceva. Quando, per caso, i suoi occhi incontravano quelli di Ciccillo, subito fuggiva lo sguardo. Un lieve rossore colorava per un attimo le guance. Allora lei guardava la terra. Fissava gli occhi nella terra, come due piantine che conficcava. Nella terra. La sua terra. Quella terra che stava diventando la loro terra.

Ciccillo passava le giornate lavorando, senza posa, senza riposo. Con più foga, con più energia. Qualche volta, però, senza volerlo, gli affiorava nel pensiero l'immagine di Filomena. E non sapeva perché. Perché all'improvviso la figurina di Filomena attraversava timida la sua giornata. Andava via furtiva, veloce, come una piccola luce che gli illuminava il pensiero. Un piccolo languore gli prendeva il cuore. Perché? Perché Filomena compariva e scompariva improvvisamente nelle sue ore?

- Ciccì… Ciccì… Che hai? Ti senti male?

La voce del padrone lo scuoteva. Lo portava al lavoro, alla fatica.

La stessa cosa succedeva a Filomena. Quando, sola, nella terra sentiva il peso del giorno, della tristezza, della solitudine. Della provvisorietà, dell'incertezza. Un vuoto la prendeva, un vuoto fatto di niente, fatto di nulla. Un vuoto che la stringeva in una morsa, che la faceva star male. Era allora che le passava per la mente, come una pellicola sottile, trasparente, l'immagine nitida o sfocata di Ciccillo che zappava nella sua terra, o tirava i solchi lunghi e diritti all'orizzonte. All'orizzonte… Cosa c'era all'orizzonte? C'era un orizzonte per lei? C'era un orizzonte da guardare, da raggiungere, da superare? C'era un orizzonte? C'era? O doveva rimanere schiacciata sulla sua terra, sotto la sua terra, terra della sua terra, vittima di un triste destino di guerra? Una lacrima improvvisa le rigava il cuore. La bruciava come una luce che non muore.

'A muta 'a Lena, al mattino quando andava a lavare i panni e la sera quando ritornava, passava a salutare Filomena. Le portava "un'ostia" di sapone o un pizzico di sale per insaporire la verdura. Non aveva altro. Filomena, però, preferiva mettere il sale sui limoni, che tagliava a fette, e mangiava durante il giorno per lenire i crampi allo stomaco dovuti alla fame. *Pimmu si caccia 'a 'marumi d'u feli*, soleva dire e non si accorgeva che era fame, solo fame. Fame radicata nella pancia e non voleva uscire, come se fosse una bestia selvaggia che oramai ci aveva fatto casa. Come se fosse una bestia selvaggia che la rodeva.

'A muta 'a Lena capiva che c'era qualcosa che affliggeva Filomena. Le dava parole secondo il suo modo di parlare. Filomena non rispondeva. Non perché non capiva il linguaggio della muta, o perché non voleva rispondere; perché non sapeva. Non sapeva cos'era quel torpore che a volte la prendeva, quella noia, quella tristezza che le offuscavano gli occhi, che le prendevano la mente. E che a volte la portavano a

non voler far niente. E poi, un entusiasmo improvviso, una forza di volontà, un desiderio di capovolgere le cose che la sconvolgevano in tutto il suo essere e non si sapeva spiegare. Non si sapeva spiegare perché pensieri e pensieri ne intorpidivano le forze o le esaltavano in uno slancio subito e immediato. Non sapeva spiegare perché a volte abbandonava il lavoro e sentiva il bisogno di guardarsi nello specchio il viso pulito ma sbianchito. Di riassettarsi i capelli con le dita della mano a mo' di pettine, a stirare la veste, l'unica veste che aveva, con la mano premendola sui fianchi, sulla sua persona smagrita ma ordinata. Non sapeva perché. Non rispondeva.

I giorni si accorciavano. Venne ottobre. Si affacciò novembre. La sera portava nell'aria venti freddi. Penetravano nella vesticciola leggera che Filomena aveva. Davano brividi, giungevano alla pelle. Era tempo di *fari 'u luci*. Accendere il fuoco, fare il braciere.

Ciccillo, ora che i giorni erano più brevi, *scapulava* prima dal lavoro. Andava da Filomena. Le portava la legna. Stava accanto al fuoco con lei. Le parlava dei lavori fatti. Le teneva compagnia.

Filomena ammucchiava la legna, accendeva il fuoco, lo guidava, lo curava fino a quando l'ultima fiamma non si spegneva e rimaneva a terra la brace ardente. Raccoglieva i carboni infuocati e li metteva *'nt'a 'nu culu 'i bumbula* che usava come braciere. Anche lei gli parlava di ciò che aveva fatto. Raccontava le ore della giornata. Ripassava i lavori, le fatiche.

Ciccillo la ascoltava. Ciccillo la guardava. Ciccillo si specchiava nel suo volto. Ciccillo sentiva in sé qualcosa che mai prima aveva percepito. Che non sapeva dare nome e sostanza. Un mutamento che lo prendeva in tutta la persona, che lo cambiava. Lentamente lo cambiava. Lo cambiava nel modo di dire, di fare, di agire. Stava attento alle parole. Stroncava il discorso. Guardava altrove.

Filomena, nella sua magrezza, era bella. Ciccillo la guardava *'o lucì d'u focu* e la vedeva bella. Una ragazza che cresceva. Una ragazza forte che lottava. Una ragazza debole, dolce e delicata. Una ragazza da aiutare, da proteggere.

- Ti aiuto, Filomena. Ti aiuto io...

E non sapeva aggiungere altro. E cambiava. Lentamente cambiava. Cambiava dentro.

Anche Filomena cambiava. Lentamente cambiava. Anche Filomena cambiava dentro.

Il fuoco illuminava la figurina esile, pelle e ossa, di Filomena. Esaltava la bellezza smagrita del suo viso, l'innocente suo sorriso. Sorrideva alle parole di Ciccillo. Aveva fiducia di Ciccillo. Ciccillo non le avrebbe mai fatto del male, mai l'avrebbe tradita. Di Ciccillo si poteva fidare. Sentiva bisogno della sua vicinanza, della sua amicizia, della sua compagnia. Quando era insieme si addolciva dentro, si liberava dei crucci della giornata, si confidava, parlava. Parlava dei progetti, del futuro. Del futuro che non era futuro: era solo il giorno dopo. E lo guardava, a volte assorto quando lei parlava. Poi si salutavano. Lui andava, lei restava.

- Buona notte, Filomena.
- Buona notte, Ciccillo.

La sera finiva lì. Buona notte, buona notte. Lui andava, lei restava.

Lui andava su pensieri sempre nuovi e diversi, su pensieri travolgenti. Coinvolgenti.

Lei restava, anche lei, su pensieri sempre nuovi e diversi, su pensieri travolgenti. Coinvolgenti.

L'autunno passò, passò la festa dei Santi, la festa dei morti. Passò Natale, tutte le feste. Passò l'inverno.

Passò il freddo. Venne primavera. La guerra, però, non passò. L'Italia continuava a combattere. Quale Italia non si sapeva. Chi combatteva contro chi, non si sapeva. Il nemico di prima era diventato amico, l'amico di prima era diventato nemico. Ognuno parlava, ognuno diceva. Ognuno aveva la guerra, la sua guerra. Ognuno combatteva.

Filomena combatteva contro la fame, contro la povertà, contro la miseria. Combatteva con coraggio. Combatteva, combatteva…

Il 27 marzo è stata una giornata in cui è esplosa in tutta la sua potenza la bellezza della primavera mediterranea. Il cielo limpido e terso dava colore all'azzurro del mare che nella sua limpidezza invitava a bagnarsi. E in effetti, i pescatori entravano con i piedi nudi nell'acqua cristallina per varare le barche, per scendere sulla spiaggia i pesci pescati. Il verde dei campi coltivati e degli orti immetteva un tocco di speranza per i giorni futuri. A ciò si aggiungevano i fiori che con la loro bellezza davano completezza a un ambiente ridente e meraviglioso. Il canto armonioso degli uccelli stava a indicare che primavera era arrivata, che primavera era cominciata. La natura, che si era svegliata dopo il lungo freddo dell'inverno, dava nuovo profumo all'aria.

Dopo la fiera dell'Annunziata, ritornata dopo quattro anni di interruzione per la guerra, piena di gente e di animali, il 27 c'è stata per le vie della città la prima processione della Madonna, nel giorno a Lei dedicato dopo il devastante terremoto del 1638, in tempo di pace. Che pace, però, non era. Grande fu la partecipazione di folla, tutto intero il paese fu fuori. Al suono ininterrotto delle campane di tutte le chiese la Madonna di Romania uscì, grande e maestosa, dalla cattedrale illuminata da mille candele. Il popolo gridò:

– Viva Maria! Viva la Madonna! Viva la Vergine bella di Romania!

La Madonna, portata a spalla dai marinai e dai pescatori, guardò con occhio commosso il suo popolo. Il popolo che Lei amava, che difendeva, che proteggeva. Avanti al quadro miracoloso della Romania uscì, insieme ai lupi che non l'avevano sbranata, santa Domenica d'argento, la vergine tropeana martirizzata in Campania sotto Domiziano. Apriva la strada un lungo corteo. I chierichetti con la croce, i ragazzi delle scuole, preti, monaci, le suore. Parroci e canonici, le congreghe di tutti i mestieri che facevano a gara a chi aveva il gonfalone più bello. Fra queste spiccava la Congrega del Carmine, la più numerosa, la più ordinata. La Congrega degli Ortolani, con la mantellina azzurra della Madonna, portava un grande stendardo azzurro coi fiocchi d'oro, con le stelle d'oro, disteso su tutta la strada con tre fratelli che lo reggevano; il globo d'argento in cima rifletteva la luce del sole tiepido di marzo. Il vescovo vestito di rosso, col bastone d'oro e i diamanti, l'anello di ametista color granato, sorrideva alla gente e benediceva. Alla Villetta dell'Isola la processione si fermò, dissero il rosario, cantarono le litanie. La banda suonò, spararono i mortaretti.

Filomena seguì la processione fino alla fine, con grande fede, con grande devozione. A piedi nudi *pi' ghutu*. Sempre accanto alla Madonna. La Madonna che l'aveva protetta. Che l'aveva salvata. Prese un fiore benedetto dalla *vara*, baciò la santa Immagine, tornò a casa.

Anche Ciccillo seguì la processione. E seguì Filomena.

Ciccillo seguiva la processione con uno spirito nuovo, diverso. Aveva un qualcosa addosso che lo caricava e lo deprimeva. Nessun dubbio ma certezza. Alternava lo sguardo dal quadro benedetto della Madonna all'esile figurina solitaria di Filomena. Gli occhi della Madonna sembrava gli parlassero. Gli occhi di Filomena a volte incontravano i suoi. Allora entrambi distoglievano lo sguardo, abbassavano gli occhi. Interiormente erano uniti da un'unica preghiera: chiedevano alla Madonna coraggio e conforto.

Finita la processione, Ciccillo andò a casa di Filomena.

Filomena era seduta *subb'a 'nu cantuni 'i petra viva*. Indossava ancora il vestitino profumato di sapone che aveva messo per la processione. Ciccillo la salutò.

- Buona sera, Filomena.
- Buona sera, Ciccillo.
- Ti ho portato una bustina di *sumenta* e di *ciciricalia*.

Ciccillo sapeva che a Filomena piacevano i semi di zucca infornati e i ceci abbrustoliti sul fuoco nella sabbia infuocata.

- Perché, Ciccillo? Perché? Perché ti disturbi tanto per me?
- Perché… Oggi è festa. È festa anche per noi.
- È festa anche per noi? È stata bella la processione: la Madonna era bella, rideva.
- Sì, la Madonna era bella, rideva. Anche tu sei bella, anche tu ridevi.
- Sì, Ciccillo. Ma nel mio cuore c'è tristezza. C'è dolore. C'è pianto.
- Anche nel mio cuore c'è tristezza. C'è dolore. C'è pianto.
- Perché, Ciccillo? Perché?
- Perché… Perché ti voglio bene.
- Anche io ti voglio bene.

Filomena e Ciccillo si guardarono negli occhi. Si guardarono a lungo. Gli occhi si riempirono di luce.

Una luminosità li avvolse nel rossore delle loro facce. Un lieve calore diede vita alla loro vita. Un calore che scese nel loro cuore, una luce che unì le loro anime.

- Filomena, io ti voglio bene. Io ti voglio sposare.

- Anche io ti voglio bene. Anche io ti voglio sposare. Ma io sono povera, non ho nulla. La casa caduta, *'u tata* morto. Orfana… Sono orfana…

Ciccillo le prese le mani timide nelle sue dure di calli. Sentì calde quelle mani. Quel calore passò alle sue mani. Filomena ebbe un brivido di accondiscendenza, abbassò gli occhi.

- Dimmi di sì, Filomena… Dimmi di sì…

- Sì…

Disse sì Filomena. Dissero sì i loro cuori.

Quella sera Ciccillo e Filomena furono fidanzati.

Ciccillo aprì i pacchettini di *sumenta* e di *ciciricalia* nelle mani di Filomena. Mangiarono i semi di zucca e ceci insieme, scambiandosi timide parole e innocenti carezze. Facendo progetti.

Il primo raccolto

Con l'aiuto di Ciccillo, che aveva tirato i solchi e zappato la terra quando a *Terra di Sopra* nessuno ci voleva andare per paura degli spiriti dei morti, Filomena aveva piantato broccoli, cappucci, cavolfiori, *cavuli di truzzu*. E patate, di quelle che si piantano a novembre e *si cacciano* a marzo e perciò dette patate novelle. Don Bernardo Donelli, un ricco commerciante dell'Emilia, trapiantato a Tropea dove aveva fatto fortuna, ricchezza e figli, le aveva dato gratis il seme in cambio poi del cinquanta per cento del raccolto.

Filomena aveva curato amorevolmente tutte le piantine, le aveva irrigate con l'acqua del torrente, aveva zappettato i solchi durante la prima crescita, aveva tirato l'erba cattiva che era sempre la prima a spuntare e a crescere, *'a mala erba vaci sempri avanti*, aveva rincalzato, concimato *c'u fumèri d'i 'nimali* che si era procurato *d'a zza Betta 'a Provula* dove ogni settimana ci andava per pulire la stalla. Le aveva assistite una a una come bambine, come sue figlie. Le osservava ogni mattina e ne misurava la crescita con l'occhio.

Aveva messo in ordine la terra. Sistemata, bonificata dalla guerra, eliminato tutti i residui anche se schegge piccole e grandi affioravano sempre in continuazione. I residui più visibili e dolorosi ce li aveva sulla pelle. Pus e piaghe putrescenti ricoprivano dappertutto le sue gambe. Lei curava queste infezioni con acqua fresca del ruscello. Per proteggersi, quando lavorava fasciava le gambe con vecchie pezze salvate dal bombardamento. Invece, erano i residui invisibili quelli che le procuravano più male. Che le davano più dolore. Per essi non c'era riparo. Erano le ferite dell'anima. Cercava di non pensarci, ma tornavano sempre. Emergevano improvvise, senza sintomi apparenti. Come schegge nere di fusione su cui inciampava il suo animo quando era sola. Praticamente sempre. Precipitava nella tristezza.

Verso Natale i broccoli, i cappucci, i cavolfiori, i *cavuli di truzzu* furono buoni. I broccoli avevano *'na sponza* piena e grande, i cappucci erano ben formati, bianchi all'interno, croccanti e dolci da poter mangiare anche crudi, i cavolfiori erano bianchi come la neve e sodi, i *cavuli di truzzu* avevano un bel gonfiore alla base sotto le foglie, *'u truzzu* appunto, grosso come un pugno. C'era l'abbondanza. La terra ben coltivata aveva dato i frutti. Però...

Però nessuno li voleva.

Nessuno voleva i broccoli, i cappucci; nessuno voleva i cavolfiori, i *cavuli di truzzu,* di Filomena. No a comprare, *mancu rigalati*. Non li volevano. Non li volevano, neppure regalati, perché... Perché erano cresciuti sul sangue dei morti.

Che fare?

Come dice il detto popolare, *'u Signuri affliggi ma cunzola* e se *chjudi 'na porta apri 'na finestra.*

'A muta 'a Lena venne molto presto una mattina. Con una grande cesta, *'na cofina,* e un coltello. Svegliò Filomena, che ancora dormiva, col buio. Gridava e gridava. Filomena si alzò, si stropicciò gli occhi. La guardò.

- Vieni, vieni – diceva con le parole dei muti la donna. Gesticolava come un'invasata. *'Na paccia.*

Filomena e *'a muta 'a Lena* andarono *'nt'a lenza 'randi.* Tagliarono broccoli, cappucci, cavolfiori e *cavuli di truzzu.* Li pulirono, li misero nella cesta. *'A muta 'a Lena* attorcigliò un pezzo di sacco, fece una corona.

La mise in testa. Poi con un colpo di reni si caricò la cesta in testa. E andò. Lei avanti, Filomena dietro.

Ancora era buio quando si misero in cammino. Albeggiava appena. Presero per strade e per sentieri, camminarono per viottoli e su sentieri. Andarono per le vie più brevi senza fermarsi: volevano essere al paese al sorgere del sole.

Filomena e *'a muta 'a Lena* giunsero ad Alafito, paese di massari e di contadini sulle pendici del Poro, quando già il sole basso dell'inverno dava luce radente alle piccole case e agli alberi privi di foglie. Si fermarono alla fontana *d'a Vaji*, si dissetarono, si riposarono. La gente era già in movimento: chi era già nei campi a lavorare, chi accudiva gli animali, chi usciva dalla chiesa, chi faceva i lavori di casa, chi caricava e scaricava gli asini, chi puliva gli attrezzi, chi decideva cosa fare e guardava la giornata. Era tutto un fermento: ognuno aveva qualcosa da fare.

Alla prima casa *'a muta 'a Lena* diede una voce. Una voce forte. Mise a terra la cesta e aspettò. Subito comparve sulla porta una donna con un grembiule legato alla vita, infarinata di farina. Aveva fatto il pane.

Le donne facevano il pane in casa. Si alzavano presto, molto presto, *c'u scuru*. Impastavano la farina *'nt'a maija*, la schiantavano e la lavoravano *subb'o timpagnu*, preparavano i panetti e lasciavano a lievitare sotto una coperta di lana. Sui pani facevano una gran croce con un coltello o col dito della mano come auspicio e come ringraziamento al Signore. Nel frattempo accendevano il fuoco nel forno, e quando era a calore giusto ci mettevano il pane a cuocere. In tutte le case o fuori vi era un forno e il focolare.

La donna della prima casa, massara Minicuzza, uscì sulla strada. Vide Filomena e *'a muta 'a Lena* con quella gran cesta piena di ortaggi freschi freschi, appena raccolti. Una meraviglia, avevano ancora l'umidità della notte. Ne prese un po', *'na manata*, entrò dentro. Disse di aspettare. Tornò quasi subito preceduta da una fragranza, un odore di cose buone, un odore di cotto. Portò una pagnotta di pane appena sfornato, morbido, croccante. Fumante.

- *Caddu caddu... Mo' nescìu d'u furnu... 'A Grazzia 'i Ddiu!*

Lo diede a Filomema.

Filomena passò leggera la mano *subb'a facci d'u pani*, come una carezza. Una timida carezza. Lo guardò con intensità di sguardo fino a saziarsi alla sola vista. Lo mangiava con gli occhi. Lo avvicinò alla bocca. Sentì il profumo caldo entrare nei polmoni, che la ristorò. Avvicinò la bocca, poggiò le labbra. E con le labbra pure di innocenza diede un bacio al pane, dove c'era tracciato il segno santo della croce. La grazia di Dio. Quindi lo mise *'nt'o scossu*. Filomena sentì il calore caldo del pane sulla pancia digiuna. Riscaldò tutta la sua persona, sentì l'odore caldo del pane che andava alle narici, che riscaldava il cuore. Le dava vita alla nuova giornata. Respirò a pieni polmoni, ringraziò massara Minicuzza, ringraziò il Signore.

- *'A Grazzia 'i Ddiu! 'A Grazzia 'i Ddiu!* Buona giornata.

- Buona giornata a voi.

Continuarono il cammino per le vie del paese, *'a muta 'a Lena* avanti avanti e Filomena dietro dietro. Ad ogni porta si fermavano. *'A muta 'a Lena* chiamava a modo suo le donne di casa, Filomena aspettava. I saluti iniziali: *bona venuta, bona venuta*. Tutte prendevano la verdura di Filomena, tutte davano in cambio qualcosa: olio, fagioli, ceci... grano, farina... *supprassata, carni grassa, 'nziringuli*. Tutte davano quello che avevano: uova, vino… anche un pulcino. Filomena prendeva. Ringraziava. Salutava.

- *'U Signuri 'u v'accumpagna, figghja… 'U Signuri 'u v'accumpagna…*

Ancora mancavano due ore perché il sole indicasse la mezza giornata, quando *'a muta 'a Lena* e Filomena ripresero la via di casa. *Carichi jiru e carichi veniru.* Avevano portato broccoli, cappucci, cavolfiori e *cavuli di truzzu*, tornavano con la cesta piena di tanta roba: *'u beni 'i Ddiu.* Soldi nemmeno un centesimo, soldi non ce n'erano. La guerra aveva ucciso ogni ricchezza. I soldi, chi li aveva, non valevano. AM-lire… carta, solo carta. Le due donne al paese avevano fatto *'u cangiu*, il baratto.

- Almeno si mangia – disse Filomena *'a muta 'a Lena*.

'A muta 'a Lena capì. Sorrise.

Filomena sorrise. Per la prima volta, sorrise.

Quel giorno era mercoledì. Il giorno dedicato alla Madonna del Carmine. Filomena andò in chiesa, andò in ginocchio fino all'altare. Pregò ai piedi della Madonna, con *"l'abitino"* in mano e il rosario. Filomena pregò. Filomena pregò con il cuore, pregò con la fede. La Madonna la proteggeva. La Madonna l'avrebbe salvata. La Madonna l'aveva salvata dalla guerra, la Madonna l'aveva salvata dalla fame.

Filomena in quei giorni di dicembre, particolarmente gelidi e freddi, andò per diversi giorni *'o paisi*, ogni giorno ad un paese diverso, sempre con *'a muta 'a Lena* che la precedeva. Sono i paesi vicini, i ventiquattro casali da cui è circondata Tropea e che le fanno corona come piccole stelle dal lato di terra, che ogni giorno sul filo dell'alba vedevano arrivare una povera ragazza e una muta con le ceste piene delle buone verdure della marina. Ovunque trovavano cordialità e accoglienza, una parola di conforto, un incoraggia-mento. E, naturalmente, in cambio ciò che la misera economia dei luoghi e di quei tempi di guerra poteva offrire. Però, tutto veniva dato con spontaneità, con altruismo, con partecipazione. I poveri sono legati da un vincolo invisibile di solidarietà, di umana vicinan-za, di solidale condivisione. Di generosità. Qualcuno ha dato uno scialle di lana, qualcun altro delle calze di lana grezza fatte all'uncinetto, un'altra una tovaglia di lino bianco tessuta al telaio, un'altra ancora un cuc-chiaio di legno fatto dal marito falegname. Finanche un piantatoio, una zappettina, la figurina della Ma-donna di Portosalvo, una coroncina del rosario: tutto in cambio di un po' di verdura fresca di Filomena. I poveri si aiutano fra loro, davano ciò che avevano. E chi non aveva, perché povero più povero di tutti, da-va una carezza e un sorriso.

Filomena ringraziava tutti. Sorrideva a tutti. Anche *'a muta 'a Lena* sorrideva.

Passò l'inverno. I giorni freddi andarono via. Il sole aveva fretta di scacciare la notte. C'era più luce, più calore. Gli alberi si davano da fare a mettere fuori le gemme, a farsi belli con i fiori. Spingevano sugli apici, sugli *occhi*, tutta la loro forza vitale. Spaccavano la scorza. La linfa scorreva nei tronchi, scorreva nei ra-mi. I rami rinsecchiti dall'inverno, nudi, senza foglie, si risvegliarono di colpo con un verdino civettuolo che colpiva negli occhi. I galli cantavano di notte. Non dormivano più, chiamavano il giorno. Gli uccel-lini, cardellini, pettirossi, *cacaceji*, si scrollavano le penne, scendevano nelle *gorne*, cinguettavano. Vola-vano nell'aria in allegria. Volavano chiassosi verso il cielo. Volavano in libertà.

La libertà ancora era da venire. La guerra continua-va. Contro la Germania. Lontana, continuava. Ne parlavano i giornali. La radio lo diceva. Contro i tedeschi. Sulla linea Gustav, a Montecassino. Gli americani bombardavano bombardavano. Bombardavano Benevento, bombardavano la Campania. La guerra continuava a uccidere. Sui fronti di combattimento, in Europa, nel mondo, in Italia. Nei paesi, in campagna, in città. Uccideva nel cielo, nel mare, sulla terra. Uccideva i soldati, uccideva i partigiani. Uccideva uomini, donne, malati, anziani. Uccideva donne. Uccideva bambini innocenti. Ognuno aveva la sua guerra. Filomena aveva la sua guerra. Filomena combatteva una guerra, combatteva, combatteva…

Durante l'inverno, quando la campagna riposava, o almeno in apparenza riposava, Filomena non riposò mai. Di giorno si arrampicava sui muri diroccati della casa bombardata fino al piano di sopra con pericolo di cadere o di restare travolta da qualche muro cadente. I muri feriti penzolavano al cielo come bende d'ospedale insanguinate, sospesi per aria. Pietre sconnesse che si muovevano ad ogni piccolo tocco, mattonelle divelte, travi spezzate e oscillanti, tegole rotte. Vasellame, mobili distrutti, vetri frantumati. Polvere, polvere, polvere…

Filomena andava in quella stanza, l'unica rimasta intera di tutta la casa con i muri perimetrali in piedi fino al tetto, che però non c'era. Caduto, distrutto. Si vedeva il cielo, il sole, le stelle. Nel riquadro ci passavano le nuvole, il vento, la pioggia. *'U luci 'i luna…*

Filomena ci andava. Con i piedi sulle pietre taglienti, con le mani che affondavano nella calcina vecchia della storia. Intonaci di un tempo. Rimuoveva, scostava, puliva, ordinava. Buttava di sotto con le mani macerie, legni, vetri spezzati. Conservava i ricordi. La foto *d'u tata* con la beretta in mano, il quadro della Madonna squarciato nel petto, un fazzolettino ricamato col nome Filomena. Non c'era proprio nulla da recuperare: solo pianto e miseria.

Filomena non piangeva più, aveva pianto molto. I suoi occhi si erano prosciugati, il cuore inaridito. Come piccola fontana di superficie che secca in estate e non dà più acqua, come terra spaccata bruciata d'estate. Non aveva lacrime, non aveva vita.

Ma la vita continuava a lei intorno e non la ignorava. Perché la vita, a dispetto della morte che fa parte della vita ed è vita essa stessa perché rigenera vita, non ignora nessuno. Non dimentica nessuno e in ogni evento c'è la mano di Dio *chi cuverna puru 'u vermu sutt'a petra*. Non dimenticava, quindi, neppure Filomena che doveva rincorrere la vita e camminare insieme con essa.

A marzo i giorni divennero più lunghi, l'aria più mite, il sole più caldo, i colori più intensi. Le piante avevano fretta a mettere nuove foglie, nuovi fiori. La terra, che apparentemente aveva dormito tutto l'inverno, aspettava ad essere zappata per le nuove piantagioni, aveva voglia di dare le primizie. Le belle primizie mediterranee piene di sapore, piene di vitamine, piene di vita. Le campagne erano un fermento di lavori: si zappava, si piantava, si pulivano i fossi, si rinforzavano le siepi. Si portavano gli animali fuori all'aperto per prendere aria. Si pulivano le stalle e si disinfettavano con calce bianca di fornace. Era un movimento di gente che andava, di gente che lavorava. Si udivano anche le belle canzoni delle ragazze in voglia d'amore. E le canzoni dei giovani in risposta d'amore.

Filomena non cantava. Filomena viveva la vita spinta dalla vita. Filomena vedeva il giorno e poi la notte. Filomena viveva sulla terra, era la terra. E la terra le dava vita. Vita che Filomena non poteva rifiutare perché *si nno 'u Signuri ni castiga*. E così con una preghiera al Signore e alla Madonna Filomena viveva giorno per giorno la sua vita nel lavoro senza mai riposo.

Venne il tempo di *cacciari 'i patati* che aveva piantato a novembre. Don Bernardo Donelli disse che bisognava tirare le patate ché il prezzo era buono, che bisognava fare in fretta prima che i mercati si riempissero e battere sul tempo la concorrenza. Disse pure che i prezzi calavano di giorno in giorno, anzi di ora in ora.

- Ti mando le ceste. Sbrigati, Filomena. Se vuoi guadagnare qualcosa, qualcosa di più… Fai presto… Fai presto…

Il 21 marzo Filomena andò presto nel campo con la zappa *'a prima luci d'u jornu*, quando albeggiava appena perché, come dice il detto, *'a matinata faci 'a jornata*. Ciccillo ci andò pure lui con una zappa più grande, perché lui era uomo e aveva più forza. Poi venne anche *'a muta 'a Lena*, che quel giorno non andò al fiume a lavare. Insieme lavorarono, lavorarono… Lavorarono fino a sera.

- *A nnomi 'i centu quintali*! – dissero.

Si fecero il segno della croce, si piegarono sulla terra, aprirono i solchi. La terra si riempiva di patate belle, bianche, lisce, grosse. *Patati a vrasciola*, allungate, morbide, tenere. Le prime patate della stagione, perfette, calibrate. La terra ad ogni colpo di zappa cambiava aspetto. Era piena di colore nuovo, il colore umido e denso delle patate. Delle patate da esportazione.

Ogni tanto Filomena, Ciccillo e *'a muta 'a Lena* si rizzavano per riposare la schiena. Si giravano dietro e vedevano quell'abbondanza.

- Rendono bene, rendono bene – diceva Ciccillo

con fare da esperto.

- *Chiju chi voli Diu… Chiju chi voli Diu…* – rispondeva Filomena.

'A muta 'a Lena diceva di sì scuotendo la testa. Con la mano e con gli occhi indicava il cielo. E il cielo pareva sorridere nel suo azzurro chiaro trasparente. Invitava ad andare oltre, nel mistero infinito di Dio.

Lavorarono tutto il giorno senza fermarsi mai. A mezzogiorno, al suono della campana, fecero una breve pausa senza allontanarsi dal campo. Stesero una tovaglietta sulla terra e consumarono le misere cose che avevano: un po' di formaggio, olive secche, *pani paniculu*, due cipolle rosse dolci leggermente piccanti, un pezzetto di *'nduja* rossa bruciante, e acqua. Acqua…

- *Pi' nommu ni gira 'a testa.*

E subito al lavoro per finire prima che venisse Don Bernardo *cu 'i bagnaroti*.

Don Bernardo Donelli giunse a metà pomeriggio *cu 'i fimmini* e le ceste. Le donne di Bagnara, rotte al lavoro e alla fatica, subito cominciarono a raccogliere le patate. Riempivano le ceste. Don Bernardo gridava, ordinava. Comandava. Pesava. Controllava. Ciccillo caricava in testa alle donne le ceste piene fino all'orlo, pesanti. Era un vocìo: qualcuna si lamentava, qualcuna parlava, qualcuna cantava. Erano quelle canzoni greche a nenia orientale col suono prolungato delle parole nel dialetto aperto di chi è abituato alle grandi distanze, allo spazio aperto senza confini del mare.

Don Bernardo sollecitava, faceva fretta. Bisognava raccogliere le patate, tutte le patate prima di sera.

- Le patatine… Pure le patatine…

Girava di qua, girava di là. Guardava una ad una le donne perché non le rubassero.

- Ah, Don Bernardo, *puru sutt'a vesti ni guardati!* – diceva Martina, la più spigliata.

'I bagnaroti erano donne alte, forti, robuste. Abituate a forti pesi, portavano un busto per sostenerle, una camicia bianca ampia e pomposa, un fazzoletto azzurro molto grande, e una gonna voluminosa a pieghe larghe lunga fino ai piedi.

- *Certu... Certu... Ca jà sutta 'ndi vaci rrobba! 'Na cofina sana...*

In effetti tante di loro andavano con le barche *'nzina 'o Faru ' i Missina.* Portavano pesce, caricavano sale. Nascondevano il sale sotto la veste a campana. Facevano il contrabbando del sale. I finanzieri chiudevano un occhio, non controllavano là sotto. Vendevano baccalà, *pisci stoccu, luppini ammojati. Arenghi siccati.*

Martina, che comandava tutte le altre e aveva un segreto potere anche su Don Bernardo, tirò da sotto la gonna *'na pinna* di baccalà e la diede a Filomena.

- *Pimmu 'u t'a fai squaddata cu' dui patati... Tenila 'a moju ca ti squagghja 'nt'a vucca.*

Filomena ricambiò con un po' di patate. Ne diede un po' a tutte.

- *'U Signuri 'accrisci... 'U Signuri 'accrisci...*

Il Signore le aveva davvero fatto crescere. Erano belle patate, mai viste nella zona. Lucide, sode, pesanti.

- Non ne approfittare! Non ne approfittare! – tuonò Don Bernardo contro Martina che finse di non sentire.

Don Bernardo fu onesto. Non ne approfittò. Pesò *c'a stratèa,* segnò il peso. Tolse la tara, scontò il seme che aveva anticipato. Chiamò Ciccillo, Martina, *'a muta 'a Lena,* fece il conto. Pagò il prezzo giusto a Filomena. *'Na carta sana,* furono i primi soldi di Filomena.

A sera, quando era già tardi, e il buio copriva ogni cosa, la terra riposava, Filomena *appicciò 'u luci,* fece una grande frittata con le patate novelle della sua terra, con la cipolla fresca e con le prime uova che il pulcino diventato gallina aveva iniziato a fare ogni mattina. Mangiarono tutti. Le piccole fiamme del fuoco riscaldavano le carni stanche di una giornata di fatica, illuminavano i volti, davano luce ai cuori. Ristoravano i corpi, davano speranza per il giorno dopo da venire.

Il treno

Il treno è passato sempre nella vita di Filomena come lama tagliente infilzata nel suo corpo.

Alla fine dell'Ottocento, quando materialmente si concludeva l'unificazione dell'Italia con la costruzione delle ferrovie legando insieme con una cintura di ferro le varie regioni della penisola, l'ingegnere Paolo Cornaglia pensò bene di far passare la litoranea tirrenica da Tropea, la costa più popolosa della Calabria e molto bella per paesaggi armoniosi e per l'incantevole vista del mare, dove, sembra, anche gli dei abbiano immerso il loro corpo immortale per ritemprarsi da fatiche, da imprese eroiche e da viaggi. Superando difficoltà orografiche del territorio con opere di alta ingegneria, gallerie e ponti, costruite ad opera d'arte con materiale del posto, granito estratto dalle cave del Poro, e utilizzando maestranze e operai locali, diede al viaggiatore proveniente da nord una visione d'incanto appena svoltato l'aspro promontorio di Capo Cozzo comunemente detto *'a Punti 'i Zambroni*. È da qui che il viaggiatore di allora o il turista di oggi ha la prima visione, l'apparizione, di quella che a ragione è stata definita *"La Perla del Tirreno"*: Tropea. Un gioiello incastonato nella roccia, baciato dalle morbide spume del mare, carezzato dal delicato vento d'oriente, circondato da giardini e orti, profumato da zagare, fondata da Ercole o da Scipione, trofeo di vittoria e della natura, da sempre Tropea, come una fata ammaliatrice o una sirena immersa nel mare, prende e conquista da lontano.

La ferrovia, che unì le genti d'Italia, tagliò la terra con ferite profonde nel territorio e nelle persone. Lasciò il segno.

Tagliò in due anche *Terra di Sopra* con alta scarpata e rotaie lucenti. Il treno passava e si fermava per dare coincidenza nella vicina stazione al treno che arrivava dal sud. Il treno passava e andava, non si fermava al verde del semaforo prima della stazione. Il treno andava e fischiava, all'altro treno che arrivava e fischiava. Il treno segnava l'ora del giorno, puntuale. Il treno segnava l'ora a Filomena. Il treno segnò l'ora di Filomena.

Il 1944 fu un anno di transizione, un anno difficile per tutti. La guerra era in corso, si combatteva sulla terra d'Italia. A sud, a nord, sui fronti meridionali, sui monti, nelle valli. Eserciti stranieri, invasori. Alleati. Vecchi nemici, nuovi alleati. Nuovi nemici, vecchi alleati. Partigiani della Libertà. Un anno di sacrifici, di lavoro, di speranza.

Dopo i bombardamenti del '43 che avevano distrutto i ponti lungo tutta la fascia tirrenica, i treni non erano più passati. Si andava ad Amantea con le barche, nei paesi vicini a piedi, con gli asini. Il commercio inesistente, il traffico limitato ai soli mezzi militari, il coprifuoco sempre vigente, davano il segno della precarietà del tempo. Un senso grave di isolamento pesava sulle persone, sulle genti, come una cappa di piombo che dava tristezza, impotenza, disperazione. Si pensava al giorno per giorno, per domani ci si affidava al Signore. Ma un giorno, sul mezzogiorno...

Filomena dopo la *cacciata* delle patate continuava il suo lavoro a *Terra di Sopra*. Bisognava affrettarsi a piantare gli ortaggi: pomodori, peperoni, melanzane. Il mais per la gallina che era cresciuta e faceva le uova. Ma anche per macinare e fare la *farina panicula* per il pane. Filomena era piegata sulla terra, la faccia quasi a contatto con le zolle sentiva l'alito vivo che trasudava dai solchi. Filomena era distratta da mille pensieri. Filomena era la rappresentazione vera del tempo oscillante tra passato e presente, che non aveva ancora la forza di aprirsi al futuro. Filomena era terra della sua terra.

All'improvviso un rumore sordo, cupo, in lontananza, la fece trasalire. Di colpo la distolse dai suoi pensieri. Un rumore di ferraglia picchiante. Assordante. Sempre più assordante e potente man mano che si avvicinava.

Puuummmhhh! Puuummmhhh! Puuummmhhh!

Suono metallico di ferro. Ferro su ferro.

Cos'era?

Filomena si sollevò dalla terra con tutta la persona. Stette in ascolto. Tese l'orecchio.

Il rumore si avvicinava… Si avvicinava… Sempre più cupo. Sempre più denso.

Puuummmhhh! Puuummmhhh! Puuummmhhh!

Filomena non vedeva niente. Sentiva il rumore addosso. Non vedeva niente.

Poi…

Il treno.

- Il treno – gridò – Il treno… Il treno… Passa il treno! Viva il treno! Viva il treno!

Il treno procedeva lentamente. Lentamente, lentamente. Molto lentamente. A passo d'uomo, con gran rumore. E i soldati del Genio che lo scortavano.

Filomena lasciò cadere la zappa che aveva in mano. Corse sotto la scarpata a vedere il treno. Agitò le mani contenta. Sorpresa lei stessa di questo suo agitarsi, di questa sua strana allegria. Saltellò piena di gioia. Gli occhi pieni di luce. E non sapeva perché era contenta. Era contenta... Salutò con le mani i macchinisti. I macchinisti risposero con le mani al saluto. Agitarono i berretti.

- Il treno... Il treno...

Filomena non credeva ai suoi occhi. Filomena era contenta.

Il treno fischiò forte. Fischiò tre volte. Andò oltre.

Se il treno passava, la guerra era finita?

Il treno era la morte. Il treno era la vita.

Filomena era incredula. Filomena ricordava.

Ricordava quando prima della guerra i treni passeggeri passavano veloci, i treni merci più lenti. Portavano genti, portavano merci. I treni si fermavano, lei salutava. I treni erano vivi, alti sulle ruote di ferro le erano addosso. Era davvero una festa: lei salutava. Salutava, salutava...

Salutava come aveva salutato quando col treno era passato Mussolini, che nel mese di agosto del 1937 era andato in Sicilia per le grandi manovre di guerra. Ed erano tutti saliti alla stazione con le bandiere tricolori e la croce del re nel mezzo. Tutti in camicia nera, il podestà avanti. La banda di *mastru Nuzzu chi sonava*. Manuele, il federale, col gagliardetto nero, il fez in testa. Il vescovo, il clero. I ragazzi delle scuole vestiti da balilla, gli avanguardisti col moschetto di legno in mano. *Libro e moschetto fascista perfetto*. Tutti che gridavano:

- Duce! Duce! Tutti che cantavano *"Giovinezza, Giovinezza"*.

Filomena era vestita da figlia della lupa. In prima fila perché l'alunna più meritevole della sua classe: aveva vinto nel '36, alla conquista dell'Impero, il diploma del fascio e un libretto di risparmio postale per il miglior componimento sulla grandezza di Roma.

- Duce! Duce!

Il treno passò dalla stazione. Fischiò, fischiò. Non si fermò.

- Duce! Duce!

I soldati schierati sulla pensilina tenevano l'ordine. I militi agitavano le bandiere nere con i teschi bianchi della morte. Il podestà, il vescovo stavano di fronte. Manuele, il federale, alzò in aria il braccio destro nel saluto romano. Rigido come se fosse paralizzato. Gridò:

- Saluto al Duce! Viva il Duce! Viva il Duce!

Il treno rallentò, rallentò. Non si fermò. Fischiò, fischiò. Mussolini si affacciò. Salutò, con la mano tesa. La mascella serrata, non parlò. Se ne andò. Andò in Sicilia dove già c'erano il re e il principe Umberto. E le navi da guerra giapponesi pronte alla guerra.

Rimasero sui muri delle case le scritte del regime. Nere, indelebili. *Roma doma*. E la testa di Mussolini con l'elmetto di ferro e il sottogola legato al collo. Il Duce!

Anche nel '39 Filomena salutò il treno: il primo treno elettrico con il pantografo sulla testa che si alzava e si abbassava e faceva le scintille di fuoco quando toccava i fili ad altissima tensione. *"Pericolo di morte"*, c'era scritto sui pali di ferro che sorreggevano la linea aerea. E c'era disegnato il teschio con le tibie bianche incrociate su fondo nero per far capire il pericolo a chi non sapeva leggere e mettere paura. Filomena non aveva paura. Saliva sulla massicciata, andava ai pali e leggeva: "Pericolo di morte". Ma non sapeva cos'era la morte. Non aveva mai visto morire nessuno, tranne qualche animale che veniva ucciso per essere mangiato: un pollo, un coniglio, il maiale. Ma persone no. Pensava che la morte fosse qualcosa o qualcuno che stava molto lontano, molto lontano. Che non la toccava.

E salutò il treno anche nel 1940, quando il treno portava i giovani soldati italiani sui lontani fronti a vincere o morire. In Africa, nei Balcani, in Albania. E poi in Russia; in Russia così fredda, così lontana. In Russia, perché in Russia? I soldati salutavano e andavano. Cantavano "Vincere e vinceremo!". Non vinsero. Non ritornarono. Ma andarono. E andarono anche in Sicilia a buttare in acqua gli americani sbarcati sul bagnasciuga. Gli americani? Chi erano gli americani? Gli americani buttavano le bombe sulle città italiane, sulle ferrovie, sui ponti. Sui treni con i carri armati, coi cannoni. Sui soldati che più non cantavano. Perché non cantavano? Non cantavano…

Filomena ricordava anche *'u tata* che lavorava sulla ferrovia. Andava avanti e indietro. Dieci chilometri andata, dieci chilometri al ritorno. A piedi. Sulle traverse di legno impregnate di olio scivoloso e sulle pietre della massicciata taglienti. Per controllo. Portava sulle spalle a tracolla una grossa chiave inglese, pesante, per stringere e fermare i bulloni delle rotaie, e una bandiera rossa. Andava con ogni tempo, col sole infuocato dell'estate che piegava le rotaie e col freddo rigido dell'inverno *"chi ti cadenu 'i mani"*. Si metteva lungo disteso in mezzo al binario, l'occhio a filo della rotaia per controllare il livello. Il treno, quando lo vedeva, fischiava fischiava. Fischiava forte. Lui saltava giù sul marciapiede a fianco. Il treno passava.

Un giorno, Filomena ricordava, *'u tata* scivolò sulla traversa bagnata. Batté sulla rotaia. Cadde disteso. Il treno lo vide. Fischiò, fischiò. Lui non si moveva. Il treno si fermò. Scesero i macchinisti, scese il capotreno.

- Morto… Morto…

Lui non si muoveva.

La faccia insanguinata. I capelli inzuppati di pioggia,

di sangue. Gli occhi sbiancati.

Il capotreno chiamò la stazione. Giunsero i soccorsi.

No. Non era morto.

Lo medicarono. Garza, cotone, alcool. Lo lavarono, lo disinfettarono. Lo bendarono. Tutta la faccia, come una vecchia mummia dell'antico Egitto. Lo portarono a casa.

- Niente, niente… È scivolato. Solo ferito. I denti rotti…

I denti tutti rotti.

'U *tata* non andò più a lavorare sulla ferrovia.

Il treno passava. Sì, è vero: il treno passava. Ma non era lo stesso treno di prima. Bello, lungo, lunghissimo. Con i viaggiatori affacciati ai finestrini che salutavano i contadini nei campi. Illuminati, con le luci accese di notte. Che lasciavano una scia luminosa lungo il percorso. Erano i treni che andavano lontano: dalla Sicilia a Milano. Non erano più i treni carichi di profumi e di sapori mediterranei: agrumi, mandorle, il buon grano siciliano. No, adesso i treni erano pochi: due al giorno, uno andata e uno al ritorno. Piccoli e brutti. Senza merci, senza viaggiatori. Fermavano più di un'ora ad ogni stazione. Ma il treno passava. Passava. Anche se non era lo stesso treno di prima.

Filomena lo guardava. E una grande tristezza stringeva il suo animo. Al ricordo di prima. Il cuore si spezzava.

Neppure la vita era la stessa di prima. La gente non sapeva che fare. Non c'era lavoro, c'era la fame. Quante volte Filomena ha masticato l'acetella per levarsi la fame! Per ingannare la fame!

Un giorno si levò una voce:

- Alla stazione! Alla stazione! Alla stazione!

Non si sa da chi. Qualcuno aveva detto che alla stazione c'era un treno carico di cibo, di farina. Farina degli americani.

Dapprima la voce andò in sordina fra gente, timida. Sussurrata. Passata da una persona all'altra. In segreto, sottovoce. Con paura che forse non era vero.

- È vero, è vero – diceva una donna. Una giovane donna dal viso nobile e delicato. Portamento deciso e rivoluzionario. Avvolta in uno scialle ampio, popolano. Uno scialle rosso, e una sciarpa bianca. Una donna mimetizzata in povere vesti stracciate e in più parti rattoppate. Una donna non povera, una donna non umile, una donna non sottomessa. Si capiva dai gesti, dalle parole, dall'atteggiamento. Una donna abituata non ad obbedire. Una donna abituata al comando. E ad essere ubbidita.

- Alla stazione! Alla stazione! Alla stazione!

Sollecitava, consigliava, incitava, spingeva.

- Alla stazione! – comandava.

Alla stazione! divenne la parola d'ordine per tutti.

Qualcuno cominciò a gridare:

- Alla stazione! Andiamo alla stazione!

E questo grido passò di bocca in bocca, di porta in porta, di via in via, di piazza in piazza. Il popolo uscì dai *catoji*. Prima timidamente, con curiosità. Per sapere. Poi sempre più irruento, più crudele, più minaccioso. Ad uno ad uno uscirono sulla strada. Il ciabattino col grembiule sporco, nero di pece, con la scarpa in mano. Il falegname con la *chjanozza*, il barbiere col rasoio e la spuma del sapone, *'u vandiaturi* con due pesci in mano che non sapeva a chi dare, cosa *vandiari*. Poi si decise. Le decisioni delle ore importanti. Le ore della storia: quella della guerra, quella della rivoluzione.

Matteo, il banditore, decise per la rivoluzione.

– Alla stazione! Alla stazione! Alla stazione!

Gettò i pesci ad un gatto rinsecchito che gli andava sempre dietro e non poteva mai levarselo di torno. Non sapeva neppure lui cosa bisognava fare alla stazione. Perché bisognava andare alla stazione. Però gridava:

- Alla stazione! Alla stazione! Alla stazione!

E il suo grido era così tanto forte che lo sentirono tutti. *Vastasi* e manovali, artigiani. Nobili e avvocati, carabinieri e soldati. Preti e sacrestani. Uomini e donne. Vecchi e bambini. *'Gnuri e servituri*.

Lo udì anche Filomena, a *Terra di Sopra*. Si alzò dai solchi. Smise di lavorare. Andò dove il grido chiamava.

- Alla stazione! Alla stazione! Alla stazione!

Tutti andavano alla stazione. Un fiume di persone. Che gridavano, gridavano, gridavano.

Il viale, bello, con gli alberi ai lati pieni di foglie, i gentili olmi, che dalla piazza delle grandi adunanze fasciste, porta alla stazione, era gremito di gente. Povera gente che non aveva niente: povertà, disperazione, fame. Passavano sulle *basuli* nere di pietra lavica come cavallette affamate. Passarono sotto il ponte. Alla stazione c'erano a difesa schierati un plotone di soldati, due carabinieri, il maresciallo e l'appuntato. Tutti gridavano:

- Pane! Pane!

Il maresciallo, affiancato dall'appuntato, cercò di sciogliere l'assembramento. Chiese l'autorizzazione. Cercò di parlare. Ma con chi parlare? Tutti volevano pane. Pane. Solo pane.

La donna con lo scialle rosso e la sciarpa bianca si fece avanti. Andò di fronte al maresciallo. Parlò decisa. Nessuno udì o capì quello che disse. I carabinieri roteavano le bandoliere in aria con le giberne, sulla testa dei presenti per tenere distanti i più facinorosi, i più irruenti. L'esaltazione arrivò al massimo. Le voci assordanti giunsero al cielo. La folla gridava sempre più forte:

- Pane! Pane!

Le donne agitavano in aria *maccaturi*, fazzoletti, stracci vecchi. Comparvero i primi bastoni: canne, verghe, pietre, fionde di legno. Anche *'ncunu cuzzuni*. Chi correva, chi spingeva, chi batteva le mani, chi fischiava. Era un chiasso insopportabile. *Ciccuzzu, 'u sacristanu*, portò la croce. Pure Cristo aveva fame. Filomena andò avanti con la bandiera rossa. La bandiera dei ferrovieri, la bandiera *d'u tata*.

La tensione era alta. La folla era immensa. Un'imprudenza e ci sarebbe stata la rivoluzione.

La donna con lo scialle rosso e la sciarpa bianca fece un gesto. Alzò la mano. Indicò il treno fermo sul binario.

Subito si levò un grido:

- Al treno! Al treno!

La folla si mosse. Oscillò. Spinse in avanti. Bastoni, fionde, falci. Cinghie di cuoio, pietre. Ognuno aveva qualcosa da scagliare. *Ciccuzzu* con la croce si piazzò in faccia al maresciallo. Filomena gli andò a fianco con la bandiera rossa. La donna con lo scialle rosso e la sciarpa bianca diede l'ordine:

- Al treno!

Tutti gridarono fino a Sant'Angelo:

- Al treno! Al treno!

E si mossero insieme come un uragano. Con forza contro i cancelli.

Il capostazione fece partire il treno. Il treno sbuffò nervoso una nuvola di vapore. Fischiò. Ripetutamente fischiò, a lungo. Il treno non si mosse. I macchinisti saltarono a terra. Misero bandiera rossa. Stettero a guardare.

La folla vociava e avanzava. Giunse ai cancelli. Spinse, scosse, divelse. Dilagò dentro la stazione con furia incontenibile. Un fiume in piena, carico d'acqua limacciosa, schiumosa e inarrestabile, che rompe gli argini e nessuno può fermare. Non la fermarono i carabinieri, che in buon ordine si misero da parte e rimasero a guardare. Controllo del territorio. Non la fermarono i soldati che ebbero ordine di ritirarsi, di lasciar passare. Con la fermò il capostazione col cappello rosso e la bandiera verde che sventolava, sventolava…

Via libera. La folla giunse al treno. Si fermò. Che fare? Cosa bisognava fare?

Ciccuzzu piantò la croce *'nt'o bricciu d'u binariu*. Filomena ci legò all'asta la bandiera rossa *d'u tata*. La donna con lo scialle rosso e la sciarpa bianca salì sul predellino della locomotiva nera e parlò. Parlò alla gente. Con voce dura, dinamica, combattiva. Una nuova Pasionaria paesana.

- Popolo di Tropea: Giustizia e Libertà! Pane e Lavoro!

Applausi e grida:

- Pane! Pane! – accolsero le parole della donna alta sul predellino che continuò – Pane! Pane! Pane per tutti! Fratelli e sorelle… carissimi figli, carissime figlie… Popolo tropeano… I nostri figli, i nostri fratelli combattono sugli Appennini, nelle valli alpine contro i fascisti, contro gli invasori della nostra Patria… I nostri figli, i nostri fratelli combattono per la Giustizia, per la Libertà… Noi combattiamo contro la fame… Per il Pane, per il Lavoro…

E il popolo tutto intero gridò:

- Pane! Pane! Pane!

La donna con lo scialle rosso e la sciarpa bianca, alta sul predellino, gridò:

- Pane subito! Il lavoro verrà...

Tutti erano zitti, in silenzio. Come prima di una grande tempesta. O come un'orchestra che aspetta il via dal direttore. E il direttore alzò la bacchetta:

- Il pane è qui... È vostro... Prendetelo...

Il popolo alzò la voce. Un tuono possente squarciò l'aria, scese dal cielo, precipitò sul treno fermo nella stazione. Il popolo si agitò. Il popolo si mosse.

Ciccillo, che fino ad allora era rimasto racchiuso nella folla, saltò in avanti con un balzo di gatto. Col coltello da innesto che portava sempre in tasca, tagliò lo spago ai piombi. Aprì i carri del treno. Balzò su. Con forza afferrò un sacco pesante. Lo rotolò sulla pensilina. Farina... Farina per i poveri, farina per il popolo, farina per il pane... Tutti gridavano:

- Pane! Pane! Pane!

Tutti correvano, tutti prendevano.

Ciccuzzu gridava più di tutti, come un forsennato:

- Viva Gesù! Viva Gesù!

Si caricò un sacco di farina sulle spalle e scese di corsa lungo il viale della stazione fino a casa. Si dimenticò della croce che aveva piantato nel pietrisco dei binari.

Sul viale della stazione era un andare e venire continuo. Gente d'ogni età, d'ogni condizione. Gente che saliva, gente che scendeva. Con fagotti in mano, sacchi sulla testa, sulle spalle. Ognuno portava qualcosa. Un via vai continuo, senza interruzione. Quasi una festa. Ognuno si affrettava. Ognuno non voleva restare senza.

Filomena salì anche lei sul carro merci del treno. Buttò roba alla gente sotto che faceva ressa. Prese per sé una coperta tessuta di lana dove erano stampate in grande le lettere U.S.A. Army, Stati Uniti d'America, e la bandiera a stelle e strisce americana. E un cavetto di rame gommato, lungo appena sessanta centimetri. Ciccillo la seguì con mezzo sacco di farina: era tutto quello che era rimasto.

Filomena e Ciccillo andarono a *Terra di Sopra*, la terra di Filomena.

Ciccillo guardò la farina, bianca come la neve. Disse a Filomena:

- Così non avrai più fame…

Filomena guardò la coperta di lana pesante. Disse a Ciccillo:

- Così non avrò più freddo…

Finito l'assalto, la stazione rimase deserta. Più nessuno. Il treno rimase fermo sul binario, vuoto. Senza più niente. Con la bandiera rossa che sventolava al vento e la croce di Cristo inchiodato che *Ciccuzzu, 'u sacristanu*, aveva dimenticato sul binario.

Della donna con lo scialle rosso e la sciarpa bianca nessuna traccia. Nessuno l'aveva più vista. Scomparsa. Chi era? La Madonna? Una Santa?

Più tardi tornarono i carabinieri. Con l'appuntato, il maresciallo. Le bandoliere… Le divise rosse e nere… A difesa dell'ordine. A presidio del territorio.

Il 1944 continuò ad avanzare sulla linea del tempo. Ad aggiungere giorni a giorni, mesi a mesi. La gente continuò le proprie occupazioni, povere occupazioni. Il ciabattino risuolava vecchie scarpe e non trovava mai i chiodini, *'i simicci*, sufficienti sul desco. *'U mastru custureri* rivoltava per l'ennesima volta vestiti che per il tempo e l'usura avevano perso i primitivi colori e ne avevano acquistati di nuovi. Il falegname riaggiustava qualche piccolo mobile che aveva perso un piede o che si era rotto. Il muratore sistemava qualche tegola spostata dal vento. Il sacerdote pregava e celebrava la messa. Piccole occupazioni, il lavoro mancava. Ma la donna con lo scialle rosso e la sciarpa bianca aveva detto che il lavoro sarebbe venuto. Il popolo aspettava. Il popolo sperava.

Il treno passava.

Il treno passava con più frequenza. Passavano più treni al giorno. Treni merci, treni viaggiatori. Con poche carrozze, con pochi vagoni.

Il fronte di guerra si era allontanato. Gli americani avevano liberato Roma. Andarono a combattere sulla Linea Gotica, ultima barriera del fascismo morente e dei tedeschi in Italia. Nel Regno del Sud si riorganizzavano le amministrazioni locali con gente nuova, con gente rivoltata. Con gente risciacquata che aveva cambiato i colori di prima.

Ma il treno passava. Passava con più frequenza. Con più continuità. Era un segno di fiducia. Dava alla gente maggiore speranza. La vita continuava.

La vita continuava anche per Filomena, che continuava il suo lavoro nella *Terra di Sopra* e ogni tanto, quando era stanca, guardava il treno che passava. Passava più veloce, a volte si fermava.

Un giorno, però, un treno passò. Passò molto lentamente, incerto se fermare o continuare. C'è il rosso, il giallo, il verde al semaforo prima della stazione? L'incrocio con l'altro treno? Pensò Filomena e rimase a guardare.

Di colpo si abbassò un finestrino. Un uomo, smagrito nella faccia, giovane di ventidue anni, si affacciò. Guardò diritto, guardò a destra, guardò a sinistra. Nessuno. Niente. Prima che il treno riprendesse velocità, buttò di forza una vecchia valigia legata con spago. La valigia prese terra. Rotolò sulla scarpata. Urtò sulle pietre. Batté contro un albero. La valigia si aprì…

Filomena andò a vedere. La terra era invasa da pacchettini. Filomena si piegò. Sigarette, sigari, tabacco: contrabbando. Di corsa giunse una donna, agitata. Aveva fretta di far presto. Di andar via. Si mise a raccogliere i pacchetti delle sigarette, i sigari, il tabacco.

- Filomena, aiutami. Dammi una mano…

Filomena l'aiutò.

Filomena stava ancora raccogliendo da terra gli ultimi pacchettini sparsi nell'erba, quando udì dei rumori, delle voci. Si alzò. La valigia non c'era. La donna non c'era. Era rimasta lei sulla sua terra con un involto di tabacco in mano. Incredula, stupefatta si guardò intorno per vedere dov'era quella donna. Ma la donna non c'era. E neppure la valigia c'era. C'era solo lei con quel tabacco in mano e non sapeva cosa fare.

- Ferma! Ferma!

Filomena si girò. Due uomini, uno a destra uno a sinistra la presero da un braccio. Due uomini in divisa: finanzieri. Cominciarono a fare domande. Filomena non sapeva. Filomena non rispondeva.

- Vieni con noi in caserma.

- Mi arrestate?

- Non lo sappiamo. Vieni con noi in caserma. Il maresciallo ti farà l'interrogatorio…

- L'in… Cosa? Cosa mi farà il maresciallo?

- Niente, niente… Solo delle domande… Vieni con noi…

I finanzieri misero Filomena nel mezzo. La portarono in caserma. Come un delinquente.

Filomena passò a testa alta fra la gente che guardava.

- Filomena… Filomena… Cosa hai fatto?

Filomena non rispondeva. Andò in caserma.

- Aspetta – le dissero.

E mentre aspettava, pensava alla sua difesa. Non

aveva fatto nulla. Era sulla sua terra. Non sapeva nulla.

Ogni tanto uno dei finanzieri andava a vedere cosa faceva. Le chiedeva se voleva qualcosa, lei rispondeva sempre di no. Che non voleva nulla, che non aveva bisogno di nulla. Aspettò molto, molto aspettò. Forse pensavano che l'attesa, la lunga attesa l'avrebbe stancata. Non fu così. Filomena resisté senza mangiare, senza bere tutta la giornata. Finalmente, sul far della sera, quando già si accendevano i fuochi nelle strade per fare il braciere, il maresciallo la fece chiamare.

Il maresciallo Gerolamo Spigadoro era seduto dietro una scrivania. In divisa verde oliva, il berretto poggiato su una sedia, una cartellina grigia con delle carte, aveva due biscotti sul tavolo. Magro sul volto, allampanato, con le gote infossate, sbarbato, esaltava della sua persona soltanto i baffi sul labbro superiore. Piccoli baffi radenti come un'unghia di dito. Se non ci facevi attenzione, potevi pensare si trattasse di sporco di caffè che non aveva deterso.

Il maresciallo, che aveva sempre fame, fece sedere Filomena di fronte. Un finanziere sedette di lato al tavolo. L'altro rimase in piedi accanto a Filomena. Prese un biscotto, *'na curuja cu' naspru jancu fattu cu' ll'ova frischi frischi d'a matina*, e cominciò a mangiarlo. Poi si ricordò, prese l'altro e lo porse a Filomena.

- Lo vuoi?

- No – rispose dignitosa Filomena. E lo rifiutò.

Il maresciallo Spigadoro, interdetto, rimase col biscotto in mano. Ci pensò. Poi lo mangiò.

Cominciò l'interrogatorio. Le generalità: nome e cognome, luogo e data di nascita, paternità e maternità, sesso, età, residenza, attività.

Filomena rispondeva con decisione, sicura. Senza timidezza. Il finanziere a lato scriveva. Il maresciallo fece altre domande, più pertinenti. Compromettenti.

- Cosa c'era nella valigia?
- Non lo so.
- Di chi era la valigia?
- Non lo so.
- Chi ha buttato la valigia?
- Non lo so.
- Chi ha preso la valigia?
- Non lo so.
- Io, invece, lo so – sbottò adirato il maresciallo.

Filomena ebbe un lampo. Lo guardò negli occhi.

- Se voi lo sapete, perché lo volete sapere da me?

Poi imperterrita aggiunse:

- Maresciallo, metta il berretto…

Il maresciallo, che stupido non era, masticò il rimprovero. S'infuriò. Mise il berretto con un colpo di mano sulla testa. La fiammella d'oro gli luccicava nervosa sulla fronte. Poi gridò:

- Ti faccio arrestare per falsa testimonianza! Per reticenza! Rispondi alle domande!

- È ciò che sto facendo, signor maresciallo – rispose Filomena con tono serio e ironico nello stesso tempo.

Il maresciallo cambiò tattica.

- Filomena, noi sappiamo che tu non hai fatto niente…

- E allora mandatemi a casa.
- Lo sappiamo che tu non c'entri…
- E allora perché mi tenete qui?
- Tu eri presente…
- Maresciallo, sulla mia terra. Sulla mia terra.
- Sì. Con il corpo del reato…
- Con che cosa? Il corpo del peccato? Io non ho peccati, maresciallo. E voi non siete il confessore…
- Il corpo del reato… Tabacco, sigarette…

- Trovate sulla mia terra... Sulla mia terra!
- Va bene, va bene: ma chi le ha buttate?
- Non lo so. Voi lo sapete?
- Sì, noi lo sappiamo.
- E allora ditelo...

Il maresciallo si toccò i baffetti piccini piccini, che alla luce artificiale parevano più piccini. Si aggiustò il berretto. Disse un nome. Aggiunse cognome e nome.

- E allora che volete da me?
- La conferma... La conferma...
- No. Io non so niente. Ero sulla mia terra. Non ho fatto niente.

Poi sillabò:

- N o n c o n f e r m o n i e n t e. N I E N T E!

Il maresciallo cercò di convincerla. Prese il foglio dove il finanziere scriveva e lo porse a Filomena.

- Una firma... Basta la firma...

Filomena, che si ricordò di Don Rubino, il prete usuraio, rispose acre:

- Io non firmo niente. Non so firmare. Non voglio firmare.

- Una croce... Anche una croce...
- No. Neanche la croce... Se volete la croce, andate in chiesa... E adesso lasciatemi andare!

Il maresciallo, visto che tutti gli sforzi erano inutili e che ogni tentativo era vano, preso da ira, strappò in mille pezzi il verbale. Con furia gridò:

- Via! Via! Mandatela via!

Filomena se ne andò.

La gente, quando seppe che Filomena era stata lasciata, contenta si mise a gridare:

- Hanno liberato Filomena! Hanno liberato Filomena!

Dopo qualche mese l'uomo del treno, quello che aveva buttato dal finestrino la valigia col tabacco, i sigari, le sigarette, il contrabbandiere prese il posto di finanziere.

Quella sera Filomena tardi tornò a casa. La notte era già venuta da tempo. Era buio, era fresco. Ma fuori di casa trovò *'u luci*. Si poté riscaldare. Ciccillo, ansioso e premuroso, l'aveva acceso per lei. L'aspettava. Le aveva portato anche un po' di minestra calda *'nt'a 'na tieja 'i terra*, che sua mamma aveva cucinata. Erbe, cicorie, con ceci e fagioli. E *zziringuli 'i porcu*. Ciccillo aspettò che Filomena mangiasse, poi andò via.

Filomena dormì poco quella notte. La stanchezza, l'ansia, la preoccupazione, la brutta avventura passata, l'avevano stressata. Pensava a come era equivoco il mondo, a come era falsa la gente, a come non ci si poteva fidare di nessuno. Di Ciccillo però si poteva fidare. Percepiva col cuore, e non si sapeva spiegare, che Ciccillo la voleva bene. Le voleva bene davvero. Quella notte pensò tanto a Ciccillo, lo pensò in un modo diverso di prima. In un modo come prima non lo aveva pensato. Fino a quando il sonno non la prese. Fino a quando non si addormentò.

Filomena dormì a sazietà tutta la notte. Cullata dal tran tran del treno che passava, che passava anche di notte. Filomena dormì tutta la notte, fino a quando il primo treno che fischiava all'alba del nuovo giorno non la svegliò. Si alzò, si stropicciò gli occhi pieni di *gariji*, e guardò. Guardò l'alba, il sole, la vita. Guardò con altri occhi il treno che passava.

- Passa il primo treno – disse a se stessa.

E rimase incantata a guardarlo, come non lo aveva guardato mai.

Il treno passava. Il treno passava nella sua vita.

Il treno passava di giorno. Il treno passava anche di notte. Il treno era la vita, il treno era la morte.

Faccia a faccia con la luna

Una piccola luce illuminava la stanza. La notte era calda. Da una *faramba* della finestra entrava la notte luminosa della luna. Una luna piena di passaggio fra agosto e settembre.

Filomena era già nel letto, coperta appena da un lenzuolo leggero. Ciccillo indugiava ancora. Faceva qualche passo nella stanza, senza direzione. Andava alla finestra. La apriva leggermente. La luce argentata della luna invadeva la povera stanza. Dava bellezza a Filomena e al suo viso fanciullo, non ancora donna.

- Vieni a dormire.

- Sì… È bella la luna. È bella la notte…

- Sì… Vieni a dormire.

Ciccillo indugiò ancora un poco. Guardò la parete bianca, fresca di calce, che lui stesso aveva imbiancata, richiuse la finestra lasciando uno spiraglio per far uscire il respiro. Guardò Filomena, bella come la luna.

- Voltati di là – disse.

Anche lui si voltò verso la parete opposta. Cominciò a spogliarsi con pudicizia. La camicia, le scarpe, i pantaloni nuovi… Quasi nuovi, perché altri li aveva indossati prima di lui… Li piegò con cura, lungo la linea stirata. Li poggiò sulla sedia di paglia, l'unica rimasta dopo la guerra, insieme alla camicia bianca e alla giacchettina scura. Poi con vergogna si infilò sotto il lenzuolo bianco nel letto. Allungò i piedi, fece il segno della croce. Disse una preghiera.

Filomena si girò verso di lui. Gli sorrise. Ciccillo la

guardò negli occhi. Le sorrise.

Dissero parole. Parole… Parole e parole… Parole… Guardandosi negli occhi. Si tenevano per mano. Non sapevano come cominciare.

Ciccillo sentiva una forza nuova dentro il suo corpo. Una forza che spingeva prorompente, che voleva venir fuori travolgente. Tutte le membra erano tese, il palpito forte. Era il momento.

Filomena sentiva un'ansia che la prendeva tutta. Un'ansia che la avvolgeva in ogni parte di se stessa. Un fremito si diffuse in tutta la sua persona. Curiosità e paura ne invasero il corpo. Era il momento.

Ciccillo avvicinò a sé Filomena. Filomena si avvicinò a Ciccillo. Era la prima volta che i due ragazzi stavano così vicini. La prima volta che i loro corpi si toccavano. Che i loro corpi si toccavano per intero. Ciccillo posò la mano dura di calli e di lavoro sulla fronte piana di Filomena, ne accarezzò i morbidi capelli. Che si perdevano nelle sue mani come la seta. Bevve il respiro fresco della ragazza, la baciò sulla bocca. Si fermò sulle labbra morbide mai baciate, incerto su cosa fare. Su come continuare. Filomena lo guardò con occhi morbidi, come di cerbiatta spersa nel bosco. Gli carezzò il viso scorrendo con un dito lungo la mandibola fino al mento. Un languore le venne su dal cuore.

- Vieni più vicina, Filomena. Vieni, amore mio… Mio tesoro…

Era la prima volta che Ciccillo le diceva amore mio… Era la prima volta che la chiamava mio tesoro… Un sorriso le venne spontaneo sulle labbra, illuminò la calda notte mediterranea.

Filomena gli si accostò in un abbraccio d'affetto. Una voluttà strana, mai percepita la prese nelle fibre del suo essere femminile. Paura e incertezza la dominavano, curiosità e desiderio la spingevano ad una nuova scoperta, alla scoperta della vita. Alla scoperta dell'amore.

Ciccillo si avvicinò di più a Filomena. Era la prima volta che stava così vicino ad una donna. Non sapeva com'era. Una frenesia impensata lo mise in agitazione. Le membra si irrigidirono in una tensione nuova e potente che lo spingevano ad andare verso l'ignoto, alla scoperta della vita. Alla scoperta dell'amore.

Era il momento...

Era il momento per Ciccillo, era il momento per Filomena... Era il momento dell'amore... La prima volta nell'amore...

- Vicina, più vicina, Filomena...

Ciccillo avvolse Filomena in un abbraccio. Sempre più vicino, sempre più stretto. Nessuno gli aveva detto come fare. La natura... l'istinto... il desiderio fece il suo corso. Andò su Filomena con forza, con attenzione, con precauzione. La prese con timore, con gioia.

Filomena accettò l'abbraccio. Gli andò incontro col corpo sempre più debole, sempre più morbido. Nessuno le aveva detto come fare. La natura... l'istinto... il desiderio fece il suo corso. Anche per lei. Filomena si aprì come un fiore al pungiglione dell'ape che sugge il suo nettare. Si lasciò amare con gioia.

Quella notte Filomena conobbe l'uomo. Quella notte, faccia a faccia con la luna, Filomena conobbe l'amore.

Quella notte Ciccillo conobbe la donna. Quella notte, faccia a faccia con la luna, Ciccillo, anche Ciccillo, conobbe l'amore.

Quella notte Filomena e Ciccillo, faccia a faccia con la luna, furono in amore. Quella notte Ciccillo fu uomo. Quella notte Filomena fu donna. Quella notte, faccia a faccia con la luna, Ciccillo e Filomena furono sposi.

E rise contenta, la luna.

Filomena e Ciccillo si erano sposati in chiesa, nella piccola chiesa di campagna della Madonna del Carmine circondata dagli orti e dai giardini sempre verdi degli aranci e dei mandarini. Filomena, non essendo ancora maggiorenne, aveva ottenuto la dispensa del vescovo. Aveva preparato ogni cosa come aveva saputo, come aveva potuto. Aveva fatto le pubblicazioni, aveva imparato le preghiere. Si era confessata. Aveva scelto i testimoni. Aveva organizzato la festa.

Il giorno prima del matrimonio mise in ordine la casa, ciò che restava della casa. Pulì il solaio con una scopa di *gutumu*, passò una pezza vecchia imbevuta nell'acqua con un po' d'aceto per disinfettare e per dare un po' d'odore all'ambiente. Aprì la porta e la finestra grande grande perché il sole entrasse e benedicesse la casa. Aggiustò il letto, sistemò la cassa. Sulla *buffetta* appoggiata al muro in un bicchiere, l'unico rimasto intatto dal bombardamento, mise delle zinnie per dare colore e allegria. E non si fermò: fuori della porta sistemò due belle *piante argentate* con fiori rosa a grappolo penduli a campana, che davano vivacità ai muri pieni di crepe della casa e ornamento.

Ciccillo era andato di prima mattina per aiutare, per dare una mano. Ma soprattutto per starle vicino. Filomena gli disse che non poteva stare lì, che non poteva vedere la sposa il giorno prima del matrimonio e lo mandò ad avvisare gli invitati, a ricordare l'appuntamento per il giorno dopo. Intanto questi, ad uno ad uno, andavano a trovare Filomena. A portare i regali. Un pettine, una pentolina, due piatti, un pezzo di sapone fatto in casa. *'A muta 'a Lena*, donna pratica della vita che sapeva ciò che serviva e ciò che era necessario, portò un paio di lenzuola *'i tila*, due federe per i cuscini ricamate con la F e la C intrecciate: Filomena e Ciccillo insieme. Pietro, il marito di zia Nata, le portò un galletto di primo canto, per fare una tazza di brodo caldo a Ciccillo che dopo ne avrebbe avuto di bisogno.

- Lo devi rinforzare, Filomena... – e rise con un tocco di malizia.

Filomena, che viveva nell'ingenuità, non capiva la sottigliezza delle parole, l'ironia nascosta e partecipe. Rise anche lei e disse:

- Sì... sì...

A tutti dava un confetto di zucchero bianco *cu' 'a mendula d'intra* per dolcire la bocca e un sorso di liquore, un rosolio all'arancio o al mandarino, che lei stessa aveva fatto nei giorni passati. Per profumare la bocca e tenere allegri.

Tutta la giornata della vigilia passò con questi preparativi, con la visita degli amici e dei parenti. Con la consegna alla suocera della piccola dote esposta sul letto. Con le prove dell'abito da sposa. Con il bagno prematrimoniale. Tutti questi movimenti, andirivieni di gente, voci buttate al sole, abbracci, carezze, sorrisi, avvenivano sotto lo sguardo spione e invidioso di zio Gioacchino a cui Filomena aveva tagliato la pergola e che vedeva irrimediabilmente sfumare la possibilità di appropriarsi della terra della nipote.

- *'Nbidia pimmu ti poti e pimmu ti ragha* – ripeteva Filomena ogni volta che lo zio si affacciava di traverso sulla porta per vedere e non essere visto. E si grattava il culo con due dita, su e giù, su e giù con ostentazione forse un po' esagerata, per farsi vedere.

A sera, stanca ma soddisfatta per aver fatto le cose a dovere, quando fu sola, si inginocchiò sulle tavole del solaio. Disse le preghiere, il santo rosario. Si affidò alla protezione della Madonna, la Vergine Santissima di Romania, appesa '*o capizzali*, la parete dove era appoggiato il letto. La chiamò a suo conforto con emotiva intensità, la invocò con tutto il cuore. Si affacciò alla finestra mezza *scancasciata*, respirò a pieni polmoni l'aria fresca della terra, la sua terra. Rimase incantata dalla bellezza luminosa della luna. Poi si stese sulle tavole a dormire, per non rovinare il letto.

Alle prime luci dell'alba, Filomena fu svegliata da '*nu scatafasciu* alla porta. Un battere continuo e furioso, incessante, forte e rumoroso.

- Chi è? Chi è?

Nessuno rispondeva.

- Vengo… vengo…

Si tirò su, si stiracchiò un po' per dare elasticità ai nervi, si stropicciò gli occhi per levarsi le ultime sensazioni del sonno. Andò alla porta. Andò alla porta che veniva battuta con forza furiosa. *Comu 'nu terremotu.* Levò '*u puntiju*, sollevò '*u calascinditi*. Aprì.

'*A muta 'a Lena*, vestita di nuovo con una veste colorata con motivi floreali che ne rendevano l'aspetto più aggraziato e giovanile a dispetto della fatica di lavandaia che tutti i giorni, con ogni tempo, buono o cattivo, la impegnava a lavare, a lavare, a lavare…, prese Filomena nelle sue braccia forti e possenti e la tenne a sé stretta stretta in una morsa di amorevole affetto. Le carezzò i capelli con la mano grande. La inchiodò nella sua anima con gli occhi lucidi di commozione.

Filomena fu contenta di vedere la donna. La baciò sulle guance, ripetutamente. Si sentì sicura, pronta ad iniziare la giornata: questa nuova e lunga giornata. Pronta a cominciare una nuova vita. Ebbe coraggio, ebbe forza. Capì che c'era chi le voleva bene: sulla terra '*a muta 'a Lena* che la aiutava e non l'avrebbe lasciata mai sola, dal cielo la Madonna che la proteggeva e la riguardava dai mali, da tutti i pericoli del mondo materiali e spirituali. Pur tuttavia si commosse. Lasciò cadere sulla guancia una lacrima dolce e salata, una lacrima che chiuse nella sua bocca.

- *N'atru morzu mi jettava 'a porta* – disse alla muta che non sentiva, che tutto capiva.

La muta sorrise. Filomena sorrise.

Immediatamente, dopo le pulizie dentro e fuori casa, cominciarono i preparativi per la cerimonia religiosa. *'A muta 'a Lena* le fece indossare l'abito nuziale, che lei stessa aveva chiesto in prestito alla Cutumbula, la signora a cui lavava i panni e che aveva accettato ben volentieri.

- Così è come se mi sposassi un'altra volta! – aveva detto – Voglio venire a vedere come sta indosso a Filomena il mio abito bianco.

E così, più tardi, vestita a nuovo, si presentò a casa di Filomena con un cestino di fiori, con ago e filo per acconciare l'abito se ce ne fosse stato di bisogno. Non ce ne fu di bisogno, l'abito andava a Filomena come se fosse di sua misura. Come se fosse stato cucito per lei.

- A me non va più. È stretto; dopo la gravidanza sono ingrassata.

La signora Cutumbula si lamentava:

- Grassa, grassa… Son diventata grassa… Invece Filomena… un filo di fianchi… Tutta linee tirate su in proporzione per la gioia delle sarte. Per me invece devono allargare, allargare allargare… Sempre allargare… E i fianchi? Dove sono i fianchi? Spariti, come un muro di carne molle…

E si pizzicava ai fianchi per far vedere le due dita di carne, di quanto era ingrassata dopo il matrimonio.

La funzione religiosa, nella piccola chiesa del Carmine, era stata fissata per le dieci. Ma già di prima mattina gli invitati si fecero vedere a casa di Filomena per stare vicino a lei in quella giornata di passaggio della sua vita. Ognuno aveva messo l'abito più buono, poveri vestiti rivoltati dalla sarta per farli apparire nuovi, ma che nuovi non erano. Gli uomini passarono una mano di brillantina nei capelli, le donne un po' di cipria sulle gote. E misero vestiti leggeri lavati il giorno prima per dare vivacità ai colori. Tutti volevano far festa, la prima festa nella zona dopo la guerra. E in effetti, Filomena era la prima ragazza che si sposava dopo la fine della guerra.

La guerra era finita, era finita davvero. Il 25 aprile le bandiere rosse della Libertà e le bandiere bianche rosse e verdi dell'Italia unita sventolavano a Milano portate in alto dai partigiani d'ogni colore che avevano combattuto sulle montagne, nelle valli e nelle pianure, sulle Alpi e sugli Appennini contro gli occupanti stranieri, contro il nuovo fascismo repubblicano. In mezzo ad essi sfilava decisa anche una donna giovane, con lo scialle rosso e la sciarpa bianca; si distingueva per i tratti aristocratici, abituata al comando: a comandare, a farsi ubbidire.

I soldati tornavano a casa, alle madri, alle spose, alle sorelle. Alle case, alle terre. I partiti si ricostituivano. La gente riscopriva i colori, non più la camicia nera. Non più il fez in testa, non più le parate pseudo militari del sabato pomeriggio, non più il saluto al Duce oceanico grido di guerra per nascondere le proprie paure, le proprie debolezze. Non più "Giovinezza, giovinezza…". Ma altre canzoni echeggiavano: Bandiera rossa, bandiera rossa… Bella, ciao… bella ciao… Le canzoni della lotta, le canzoni della Libertà. Ritornava la voglia di vivere, ritornava la voglia di fare festa.

La gente che era venuta da Filomena voleva far festa. Una festa povera, una festa allegra. Tutti volevano partecipare della gioia di Filomena. Tutti la toccavano, tutti la baciavano. Tutti le facevano una carezza.

La casa fu piena di gente.

'A muta 'a Lena, presa d'autorità, fece uscire tutti fuori. Vestì Filomena da sposa con l'abito bianco della signora Cutumbula, le mise un pizzico di cipria rosa sulle guance, le sistemò il velo, le lisciò con le dita le pieghe dello strascico, le mise una coroncina di fiori bianchi in testa. Le si fermò di fronte, le girò intorno, le girò più volte intorno. La guardò. Ammirata e contenta, la guardò. E la sua felicità la si leggeva negli occhi. Non parlò. Non disse nulla. Prese le mani di Filomena nelle sue. Le tenne strette a lungo. Pianse in silenzio. Pianse nel cuore. Pianse d'amore. Poi, sempre in silenzio, alzò lo sguardo al cielo, con le mani fece su Filomena un segno di materna benedizione.

Fuori c'erano voci. Voci della gente che chiamavano la sposa.

- Filomena… Filomena…

Voci della gente curiosa.

'A muta 'a Lena aprì la porta. Filomena apparve in tutta la sua bellezza. Vestita da sposa.

I bambini, i figli della signora Cutumbula, e gli altri ragazzi, i figli della zia Nata, cominciarono a gridare:

- Viva la sposa! Viva la sposa! Viva Filomena! Viva Filomena!

E battevano le mani, e gridavano forte, sempre più forte.

La signora Cutumbula, Elena Cutumbula, la moglie del farmacista, che aveva prestato l'abito da sposa, guardava Filomena incantata, tanto era bella vestita di bianco. E l'abito le stava a pennello, come fatto su misura. Modellava molto bene la personcina delicata di Filomena esaltando in pieno tutta la graziosità delle sue forme acerbe ancora in boccio. I delicati seni, appena accennati nella loro giovanile vivacità, la vita sottile marcata da una fascia di mussola bianca ricamata a rose intrecciate, i fianchi leggermente pronunciati, le gambe poco poco accennate dalle pieghe della veste che fluiva in basso come un calice di calla capovolto. Il volto, il volto pieno di luce adombrata dal velo di giovane vergine che va sposa.

- Viva la sposa! Viva la sposa! Viva Filomena! Viva Filomena!

E fu un applauso commosso, sincero. Un applauso di cuore. Perché tutti volevano bene a Filomena.

Intanto si udì il primo tocco di campane. Le campane della piccola chiesa del Carmine suonavano a distesa, suonavano a festa. E il suono si diffondeva con armonia di note battute sui bronzi delle due campane, quella piccola e quella grande, in un concerto modulato e continuo. Era un suono allegro, festoso, giulivo, che attraversava il cielo e andava su tutta la contrada, entrava nelle case, passava sulle terre, per annunciare a tutti la lieta notizia: Filomena si sposa.

Appena lo scampanio cessò, il colonnello diede il braccio a Filomena e insieme, avanti avanti, andarono sul vialetto di terra ordinato e pulito per recarsi in chiesa. Gli invitati seguivano dietro come in processione. Man mano che passavano i ragazzi e le donne uscite sui cancelli, sulle porte per vedere la sposa, buttavano fiori e fiori, petali di fiori, con le mani, con i cestini al passaggio di Filomena e del colonnello tanto che la via in alcuni punti era tutta tappezzata di fiori come per gli altarini del Corpus Domini del mese di giugno.

Il colonnello, Leone Tagliaferro, aveva voluto "portare" lui la sposa all'altare. Perché Filomena era orfana, perché anche lui aveva un grande dolore racchiuso nel cuore. Quel giorno vestiva un abito bianco: pantaloni bianchi, camicia bianca, giacca bianca. Scarpe nere, cintura nera, cravatta color del cielo. In testa portava un cappello alla borsalino, bianco con le falde tese. Intorno era cinto da un nastro nero con piccolo fiocco sul lato sinistro: segno di lutto per morte della giovane moglie, donna Gilda Dell'Aquila, nobildonna di antico lignaggio, religiosa, con un sacro senso della famiglia, che, prima di morire a ventinove anni, gli aveva dato quattro bambini, quattro maschietti, che avevano conosciuto poco la mamma. Lui, il colonnello, non si era più sposato. E ora, quel giorno pieno di luce, "portava" Filomena in chiesa come una figlia. Era contento.

Leone Tagliaferro, alto, asciutto nel corpo, era un colonnello dei carabinieri in pensione. Tutto di un pezzo, con una rigida educazione militare, vicino ormai ai settanta anni, portava molto bene i suoi anni. Si era costruito una nomea di uomo rigido, intransigente. Rispettoso delle regole e dei contenuti, era uomo di comando e di rispetto. Sprezzante del pericolo, non aveva paura di niente e di nessuno. Una sola idea aveva guidato ogni azione della sua lunga presenza nell'Arma: ordine e rispetto, il re, l'Italia. Aveva rispetto per l'uomo, aveva combattuto il crimine, la delinquenza. Vari episodi si narravano, che lo avevano visto protagonista coraggioso in situazioni di estremo pericolo e in difesa della gente angariata dai soprusi, dalla prepotenza dei piccoli e dei grandi delinquenti. Tutti raccontavano di quando da solo e senza armi aveva catturato un brigante pericoloso, assassino, latitante, che neppure un'intera compagnia di carabinieri era riuscita a scovare dal suo rifugio. Leone Tagliaferro lo arrestò da solo.

Peppe Mindolo era il brigante. Era l'assassino. Era il latitante.

Peppe Mindolo non era sempre stato brigante. Non era sempre stato assassino. Non era sempre stato latitante.

Peppe Mindolo era stato un bravo ragazzo. Ragazzo povero. Senza terra, senza mestiere. Senza padre, senza madre. Cresciuto nella strada, all'ombra di questo e di quello. Era forte, resistente. Capace di sollevare pesi consistenti. Viveva di stenti. Era intelligente. Andava di qua, andava di là. Faceva commissioni per i signori, dava un aiuto ai falegnami, ai *forgiari*. Portava la legna ai fornai. Un giorno però…

Peppe Mindolo un giorno fu accusato di furto. Peppe Mindolo, che mai aveva rubato in vita sua neanche quando la fame gli rodeva la pancia, un giorno fu accusato di furto. Arrestato dai carabinieri, portato in catene sul corso, la gente che lo guardava come un mostro, fu portato nel carcere. Fu portato in tribunale. Fu condannato dal giudice con la toga nera e il cappello nero *c'u micciu* in testa su prove schiaccianti di reato: l'impronta delle scarpe. Nessun avvocato lo difese, neppure uno sguattero avvocato d'ufficio. Non c'era. Ma cosa era successo? Cosa aveva fatto Peppe Mindolo?

Peppe Mindolo aveva rubato due conigli.

Peppe Mindolo non aveva rubato niente.

Peppe Mindolo era stato condannato da innocente.

Peppe Mindolo uscito dal carcere è diventato brigante. È diventato assassino. È diventato delinquente.

Peppe Mindolo era latitante.

Peppe Mindolo era brigante.

Peppe Mindolo, il bravo ragazzo, in carcere fece scuola. Imparò il voltafaccia della gente, imparò la falsità della gente, imparò il tradimento della gente. Nella cella, sul tavolaccio meditò sul senso della vita, sui valori della vita. Aveva coraggio, non aveva paura di niente. Fece amicizie, altre amicizie. Amicizie che solo il carcere poteva dare, amicizie fra disperati. Fece progetti, fece alleanze. Alleanze suggellate col sangue, col proprio sangue unito insieme vena con vena. Alleanze che portavano alla morte, che davano la morte. Alleanze di *omu cu' omu*, per uccidere o essere uccisi. Anche il padre e la madre. Alleanze senza tradimenti.

Appena uscì dal carcere Peppe Mindolo uccise i due testimoni che lo avevano incastrato, i due falsi testimoni. Poi uccise il giudice che lo aveva condannato, che non aveva confrontato, che non aveva verificato. Poi uccise l'avvocato che non l'aveva difeso, perché nessuno lo avrebbe pagato. Poi uccise don Luigi, il prete senza carità cristiana, che lo aveva denunciato. Uccise pure due conigli e glieli legò al collo perché li portasse al Padreterno. Poi andò latitante. Si fece brigante.

Peppe Mindolo uccideva senza pietà. Aveva autorità. Tutti lo temevano. Tutti avevano paura. Avevano paura anche solo a sentire il suo nome. I compagni gli ubbidivano ciecamente, andavano al fuoco dei carabinieri come se andassero in chiesa a pregare. Lo difendevano come un sol uomo. *Omu cu' omu*, si facevano ammazzare per lui. Lui subito li vendicava. Era il terrore in paese, nella zona. Ma era anche il mito per la gente povera, per i contadini sfruttati dai potenti signori.

Non aveva mai ucciso un bambino, una donna, un anziano. E neppure un carabiniere, perché i carabinieri facevano il loro dovere. Si era sempre difeso, però. Non era stato mai preso. Lo chiamavano *"'u briganti d'u tianu"* perché in una pentola di coccio teneva i serpenti. Teneva i serpenti vivi e li usava come arma di offesa e di difesa. Una volta li aveva scagliati uno ad uno contro i carabinieri che erano andati per prenderlo. I carabinieri si spaventarono, scapparono e lui fuggì. Ma usava anche altri stratagemmi per ingannare i carabinieri e mettersi in salvo nei momenti più difficili. Una volta lanciò di corsa tredici gatti neri con tante scatolette di latta legate alla coda piene di pietruzze contro i carabinieri che lo avevano accerchiato, i carabinieri scapparono e lui fuggì. Un'altra volta sembrava fosse in una situazione disperata: bloccato all'interno di una caverna, le carabine puntate addosso, tremante per il freddo, non aveva via di scampo. Invece… Invece, quando il maresciallo si fece avanti con la pistola in mano e gli disse di arrendersi, d'improvviso prese il braciere e scagliò il fuoco contro il maresciallo. Il maresciallo d'istinto indietreggiò, urtò i carabinieri che stavano dietro. Tutti fuggirono, lui anche quella volta si salvò.

Peppe Mindolo sembrava imprendibile. La gente lo proteggeva, lo nascondeva. La gente era con lui, lui era con la gente. Era ovunque, era da nessuna parte. Teneva *'i capsi*, le pallottole, nelle salsicce, la polvere da sparo dentro le canne. Andava alle feste vestito da donna, eludeva i posti di blocco in mezzo alle donne. Una donna, una volta, se lo caricò in testa fasciato nell'erba e così la fece in barba ai carabinieri che non si accorsero di nulla.

Ma un giorno, un giorno la storia finì. Peppe Mindolo fu arrestato. O meglio, si arrese.

Peppe Mindolo, il brigante pericoloso, si arrese. Si arrese, senza condizioni si arrese a Leone Tagliaferro.

Leone Tagliaferro, il vecchio colonnello vestito di bianco, perfettamente rasato, che in un giorno d'estate del 1945, austero come un patriarca biblico, portava all'altare Filomena, era stato un giovane aitante carabiniere. Brigante nell'Arma, inflessibile, dinamico, combattivo. Era stato in Abissinia, in Libia e in Somalia. Non aveva paura dei briganti, non aveva paura dei serpenti. Non aveva paura del fuoco, non aveva paura del vento. Non aveva paura di niente.

Leone Tagliaferro fu mandato a catturare il brigante. Leone Tagliaferro cucinò Peppe Mindolo a fuoco lento. Lentamente lentamente lo lavorò ai fianchi. Fece intorno a lui terra bruciata. Ad uno ad uno catturò i suoi compagni d'avventura, qualcuno anche lo uccise. Non uccise, però, Peppe Mindolo, anche se più volte gli si presentò l'occasione. Il nemico si affronta a viso scoperto, *omu ad omu*, senza inganni, senza tradimenti. E in questo i due uomini erano uguali: *erunu omini, omini d'anori*. Come tale Leone Tagliaferro una mattina d'inverno bianca di neve si presentò davanti alla caverna dove Peppe Mindolo era nascosto. Solo, vegliava con un occhio solo come la volpe.

- Peppe Mindolo, svegliati! Apri tutt'e due gli occhi! Vieni fuori! Vieni fuori! Esci: *ad omu ad omu*!

Leone Tagliaferro, al tempo maresciallo, era solo. Peppe Mindolo era solo. I due uomini erano soli, con la propria paura, con il proprio coraggio: *erunu omini, omini d'anori*. E come uomini d'onore si fecero di fronte.

Leone Tagliaferro, fermo come un antico guerriero della Magna Grecia sull'ingresso della caverna in mezzo alla neve, indietreggiò di quattro passi. Si levò il cappotto. Impugnò la pistola d'ordinanza. La caricò. La puntò.

- Peppe, esci! Ti aspetto!

Peppe Mindolo aprì tutt'e due gli occhi, erano di fuoco. Si alzò dal pagliericcio su cui era sdraiato. I *saracuni d'i luppini*, secchi e salmastri, duri e pungenti, emisero un suono croccante di *frusca* rimossa, un suono cupo, un suono di morte. In piedi, Peppe Mindolo riempiva di sé tutta la caverna. Era un gigante, un mostro omerico, un Polifemo pieno di forza, pieno di odio. Prese la ruvida coperta di lana con cui si era protetto dal freddo della notte. La buttò sul fuoco. Il fuoco si spense. Prese la pistola. La caricò. La puntò.

- Leone, son qui! Esco! *No' mi spagnu!*...

Peppe Mindolo uscì. Non aveva paura. La pistola in mano... Uscì.

Leone Tagliaferro lo aspettò. Non aveva paura. La pistola in mano... Lo aspettò.

I due uomini, uomini d'onore, furono di fronte. Si guardarono negli occhi. Le pistole puntate... Si guardarono a lungo. I loro occhi erano delle lame di coltello che andavano in fondo in fondo nella carne. Laceravano i tessuti. Come fuoco bruciavano l'anima. Uomo contro uomo: *ad omu ad omu*...

La prima mossa: contemporaneamente i due uomini fecero due passi in avanti, le pistole puntate al cuore, uno contro l'altro. Si fermarono nello stesso istante. Nello stesso istante Leone Tagliaferro buttò via la pistola, Peppe Mindolo nello stesso istante buttò via la pistola.

- Arrenditi, Peppe...

- Prendimi, Leone...

I due uomini erano uomini. Uomini della stessa pasta. Uomini dello stesso sangue. Fecero altri passi in avanti. Si strinsero forte forte in un abbraccio di morte. Viso su viso, cuore su cuore. Poi...

- Peppe Mindolo, in nome della Legge, sei in arresto.

- Leone Tagliaferro, in nome della Legge, mi arrendo.

Peppe Mindolo porse i polsi per le manette.

Leone Tagliaferro non mise ai polsi le manette.

- *Omini d'anori... Simu omini d'anori...*

- *Omini d'anori... Simu omini d'anori...*

Il carabiniere e il brigante scesero insieme in paese. Il paese chiuse le porte. La gente guardava curiosa, da dietro le porte. Andarono al carcere. Il carcere chiuse le porte alle spalle del brigante fuorilegge con stridore di catenaccio. Il carabiniere andò via senza voltarsi, aveva fatto il suo dovere. Aveva vinto la Legge. La mattina dopo la guardia carceriera trovò Peppe Mindolo appeso alla grata della stretta finestrella che dava sul mare. Penzolante. Come un salame. Era morto. La Legge aveva vinto. Aveva vinto la Legge.

Su una parete bianca una frase: *Omini d'anori... Simu omini d'anori...* La scritta, tracciata col sangue, rimase a lungo impressa nella cella del piccolo carcere mandamentale di Tropea che ancora oggi è detta *"a cammara 'i Peppi Mindolu"*.

Il colonnello Leone Tagliaferro dava il braccio a Filomena, la "portava" in chiesa. Con gli occhi piccini, penetranti, con un sorriso sottile, enigmatico, il colonnello incuteva ancora timore e rispetto. Un pensiero lontano pungeva la sua mente. Nessuno sapeva cos'era. Le campane suonavano allegre. Suonavano *a llongu a llongu*, suonavano a distesa. Era la festa di Filomena.

Giunti ai piedi dell'ampia scalinata di granito della chiesa del Carmine, Filomena e il colonnello si fermarono in mezzo ad una folla di gente vociante. Tutti gli occhi erano su Filomena. La ragazza sentiva il peso di quegli sguardi. Di gioia, di partecipazione, di invidia, di curiosità. Lei rideva e salutava. Un cenno della testa, un movimento con la mano. All'ultimo suono di campana entrarono in chiesa già piena di gente seduta. Tutti si voltarono a guardare Filomena che, con passo regale, saliva all'altare bella come la luce dell'alba a primavera.

La cerimonia religiosa iniziò con la musica melodiosa dell'organo settecentesco che faceva da sottofondo alla voce maschia, possente, di *mastru 'Gnaziu l'organaru*, che col tono alto di tenore saliva in alto fino alle orecchie di nostro Signore.

Il colonnello "consegnò" Filomena a Ciccillo che aspettava sull'altare. Disse due parole di elogio, di raccomandazione, di elogio ai due ragazzi ancora non sposi, e si ritirò in "ordine militare" al suo posto ai lati dell'altare. Padre Carmelo Del Bosco, un frate cappuccino, cominciò la messa. La messa cantata, celebrata in latino, si svolse in armonia secondo l'antico rito di Santa Romana Chiesa. Anche lui disse due parole ai giovani sposi: fece una predica, con citazioni bibliche e del Vangelo. Ricordò soprattutto la sacra famiglia, san Giuseppe, la Madonna e il Bambino Gesù come esempio di vita cristiana, di amore, di affetto, di creatività. Esaltò le sante virtù della Madonna, l'ubbidienza di san Giuseppe suo legittimo sposo, l'amore di Gesù il figlio di Dio. Un momento di forte commozione fu quando, dopo la paterna benedizione, ci fu lo scambio degli anelli, le fedi nuziali, e la promessa solenne di eterna fedeltà, di totale amore. Suggellato dal "sì" genuino e sincero pronunciato da Ciccillo e Filomena di fronte al ministro di Dio. Di fronte all'immagine santa della Madonna.

Un applauso si levò alto e possente nella chiesa insieme al suono dell'organo, alla voce tonante del cantore, che si mescolavano all'odore intenso dell'incenso.

Finita la cerimonia religiosa, Filomena e Ciccillo uscirono di chiesa. Si fermarono sul piccolo sagrato alto sulla scalinata di pietra. Tutti gridavano:

- Viva gli sposi! Viva gli sposi!

Le campane suonavano e suonavano. Le corde si spezzavano. Quando le campane tacquero, il colonnello tirò fuori la pistola. Allungò il braccio in alto. Sparò con fredda sintonia tutti i colpi al ritmo di tre secondi nel silenzio più assoluto che poi divenne un grido collettivo di allegria, di gioia infinita.

- Viva gli sposi! Viva gli sposi!

Poi in corteo tutti a casa. A casa di Filomena, a *Terra di Sopra*, la terra di Filomena, a far festa. A far festa per Ciccillo, per Filomena. Una festa semplice, povera. Allegra.

Su due tavole bruciacchiate dall'incendio dopo il bombardamento messe sull'aia c'era pane, c'erano olive secche e salate, fichi freschi e uva matura. Salame e formaggio. Ma soprattutto *sumenta 'i cucuzza 'mpurnata e ciciricalia arrustuta*. E vino, una damigiana di vino, di quello buono, fatta venire direttamente dalla sua cantina dal colonnello. Vino buono, *vinu d'u Briganteu*. Il colonnello ogni ora sparava con la pistola dei carabinieri che mai aveva consegnato. Sparava per Filomena e per Ciccillo, sparava in aria con metodica precisione un colpo ogni tre secondi. E ancora tanta, tanta allegria con canti e balli al suono ora allegro e appassionato ora malinconicamente nostalgico di una fisarmonica che suonava con dolce melodia valzer, tango, e mazurka. Fino a sera. Fino a quando sulla cima del monte si levò sorniona, candida e bella, la luna.

Una nuova rinascita

Un paese dopo la guerra è come un uomo dopo una grave malattia. Convalescente: guarito ma non ancora guarito, sano ma non ancora sano. Malato ma non più malato: debole, molto debole. Privo di forze, pallido e giallo, senza sangue, senza colore. È a letto, ma deve uscire dal letto. È coricato, ma vuole alzarsi. Si alza; barcolla, traballa. Le gambe non lo reggono, i muscoli non lo sostengono. Ma vuole andare, ma deve andare. Si appoggia, si sostiene. Teme di cadere. Come un bambino, fa i primi passi. Gli occhi aperti, guarda in avanti. Va in avanti. Passo passo, con piede strascicante, spinto dalla necessità e dal desiderio, va in avanti. Lentamente, si ferma, procede. Si guarda intorno, valuta i progressi, misura le distanze con l'occhio, col pensiero. Gioisce ad ogni piccolo "salto" in avanti. E va, fino a che non si stanca. Le forze crescono, i nervi si rinforzano. Ha fame. Il corpo risponde, la mente stimola e incoraggia. Per guarire del tutto ci vuole forza, ci vuole coraggio. Ci vuole volontà.

Tale appariva il paese dopo la guerra, la seconda guerra mondiale, voluta dalla razionale irrazionalità delle grandi dittature europee e dall'ignavia accondiscendente delle deboli democrazie del vecchio continente che avevano lasciato crescere il serpe velenoso del fascismo e del nazismo considerati quasi come fenomeni da baraccone, elementi folkloristici di distrazione, o semplici moscerini fastidiosi sulla pelle dei pachidermi dei grandi imperi agonizzanti.

Non si sparava, non si uccideva, non si bombardava. Ma si soffriva. Si soffriva, e si moriva. Si continuava a soffrire e morire. Per le ferite, per la fame, per la miseria. La gente scalza, ammalata. Il tifo, la tubercolosi, il colera. E poi, le cimici, i pidocchi. I pidocchi e le pulci, tante pulci. Tanto che i lenzuoli, chi ce li aveva, e le camicie, chi ce le aveva, erano tutti colorati di rosse macchie. A pois, macchioline rosso sangue, sangue succhiato alla povera gente. Vedevi le donne a caccia delle pulci, che erano più grosse delle mandorle di Joppolo; le schiacciavano sulle unghie dei pollici. Le pulci, gonfie di sangue malato, scoppiavano con rumore tonfo e schizzavano il sangue viola tutto intorno. E vedevi le donne alla ricerca affannosa dei pidocchi rovistare nei capelli, strizzarli, ucciderli sulle unghie della mano. Le vedevi sulle scale spazzolare col pettine stretto, tagliare corti i capelli: bruciarli sul fuoco. Le vedevi disinfettare. Disinfettare con aceto e con olio. Disinfettare con petrolio.

Le case erano cadute. Alcune completamente distrutte, altre monche con muri oscillanti ad ogni soffio di vento. Pericolanti. Senza porte, senza finestre. Senza uomini, senza donne. Senza vita. Ma la vita ritorna. La vita ritorna sempre. Con sacrifici, con sofferenze, con lotte, ritorna. La vita ritorna.

La vita ritorna, come è ritornata nella *Terra di Sopra*, la terra di Filomena. E nella casa bombardata di Filomena. L'unica casa distrutta, l'unica casa bombardata, l'unica casa caduta di tutta la città.

Filomena non si era arresa. Filomena non si era data per vinta. Si era alzata la veste, si era *'mbaddata 'i manichi*, e aveva ricostruito con la forza delle mani, con la forza della volontà.

Gaetano, *'u discipulu falignami*, aveva sistemato alla meglio porta e finestra. E siccome la stanza recuperata era al piano superiore, aveva costruito una scala a pioli per potervi accedere. Filomena la utilizzava tutti i giorni, mattina e sera, per salire e scendere.

Invece *mastru Pascali Cannali, 'u ciaramitaru*, mise gratuitamente la sua opera per aggiustare le tegole sul tetto.

Mastru Pascali Cannali, all'epoca, era il migliore mastro muratore di tutto il circondario. Tirava i muri diritti *comu 'nu runcigghju*. Ma la sua specializzazione consisteva nell'aggiustare i tetti delle case. Dove metteva mano lui *no' spandea mancu 'na guccia d'acqua*, tant'è vero che tutti lo chiamavano per sistemare le tegole sui tetti e per togliere i cannali. Tutti rimanevano contenti e soddisfatti del suo lavoro. Aveva le mani d'oro. Il lavoro non gli mancava mai.

- *Chi diciti, ah mastru Pascali, ca spandi?*

- *Mancu 'm'u penzati. No' spandi. No, no' spandi: 'nu gottu…*

E *'nu gottu* davvero, dopo il tocco miracoloso delle sue mani, diventava il tetto dove lui ci aveva lavorato. Neppure una lacrima di perdita. Asciutto come un pentolino capovolto. Dopo ogni scroscio di pioggia *mastru Pascali* tutto allegro, con un sorriso volpigno tra naso e bocca, andava a casa del proprietario per il dovuto sopralluogo. Strizzava gli occhi, puliva i denti con una festuca, guardava, toccava. Picchiava con le nocche delle dita sulle tegole.

- *Spandi? Ah, spandi? 'Ni curriu acqua?*

- *Mancu 'm'u penzati. No' spandi. No, no' spandi: 'nu gottu…*

- *Eh… eh… V'u dicèa jeu. No' spandi, no' spandi…*

E aggiungeva con senso di orgoglio professionale, quasi a sottolineare il peso delle sue parole, perché uomo di parola era:

- *Ccà no' spandi! No' mo' e no' mai!* – volendo rimarca-

re che il cannale di prima non c'era e non ci sarebbe
più stato. Che dove aveva aggiustato non ci sarebbe
più stata alcuna infiltrazione d'acqua. Garantiva *mastru Pascali* e batteva il pugno della mano destra sul
palmo della mano sinistra come per certificare quanto
affermava con firma, data e timbro. D'altronde era
vero: non spandeva più.

Ma, se non spandeva più dove aveva aggiustato,
quasi sempre alla seconda pioggia il tetto spandeva.
In altro posto, però. Dove non aveva aggiustato.
Quando lo chiamavano, lui esaminava, controllava,
verificava. Chiamava accanto a sé il padrone per con-
statare, per sincerarsi come era solito dire. *Picchì no'
vogghiu 'mbrogghjï...* Andava sulle tegole leggero come
un gatto, a piedi nudi con passo d'angelo.

- *Pi' nommu facimu dannu: guardati... guardati... Ccà no'
spandi...*

E indicava dove aveva lavorato lui. E in effetti là
non spandeva.

- No, più il là...

Il padrone indicava disperato il punto esatto dove si
era formato il nuovo cannale.

- *'Nu jumi... nu' jumi...*

- *Aviti raggiuni... Aviti raggiuni... 'Nu bruttu cannali...
'nu bruttu cannali... Eh, ccà vi trasi l'acqua d'intra...*

Alzava in alto tutt'e due le mani come a chiamare a
testimone il cielo, poi aggiungeva:

- *Jeu no' 'nc'intru. Jeu no' 'nc'intru: ccà mancu guardai...
Mancu guardai.*

Con santa pazienza e con tutta la professionalità
che aveva acquisita in anni e anni di attività sulle tegole delle case, senza spaccarne mai una, in bilico
come una bilancia, *mastru Pascali* sollecito si metteva
al lavoro. Spostava le tegole, scoperchiava le travi,
trovava il luogo esatto dell'infiltrazione, riparava. Il

cannale scompariva: mai più appariva. Mai più appariva; in quel posto, mai più appariva! Con soddisfazione del proprietario della casa che pensava di essersi liberato per sempre dell'acqua in casa. Invece… Invece una nuova infiltrazione si formava, un nuovo cannale compariva sempre in un posto diverso del tetto. Dove *mastru Pascali mancu avea guardatu*, fino a quando...

Fino a quando…

Un giorno Tommaso Di Cagliari, ricco mercante di arance, chiama *mastru Pascali* per un intervento urgente sul tetto della sua abitazione. *Mastru Pascali*, però, quel giorno era a letto con la febbre alta a causa di una bronchite regalatagli dalle correnti d'aria che sempre prendeva in cima alle case, sempre esposto com'era ai venti di terra, ai venti di mare. Quindi, per non perdere il cliente, il lavoro, e la dovuta paga, mandò un supplente: suo figlio Gerardo, figlio d'arte e di mestiere che però non si era mai occupato di tetti, di tegole, di cannali.

Gerardo andò. Salì sul tetto. Osservò. Trovò il luogo dell'infiltrazione. Smontò. Scoperchiò le travi. Sistemò le tegole a cannale. Le coprì con quelle a coperchio. Le misurò con l'occhio, come se l'occhio fosse una livella. Fece un lavoro con tutti gli accorgimenti dovuti e necessari. Fece, insomma, un lavoro con coscienza, a regola d'arte. Non si pagò.

- Don Tommaso, *doppu pagati a patrima*. Il lavoro è suo; io son venuto per l'urgenza, per vostro rispetto. Per ubbidienza.

A quel tempo c'era rispetto. A quel tempo c'era ubbidienza.

A distanza di tempo, dopo un forte temporale *chi si scippava l'arburi d'i pedi e 'i casi parea ca s'i leva*, tanta era stata l'acqua buttata dal cielo e tanto forte il vento che aveva soffiato dal mare, *mastru Pascali*, come suo solito, da vero e onesto professionista, si recò da Don Tommaso Di Cagliari per rendersi conto di persona della bontà del lavoro fatto dal figlio Gerardo. Si informò, domandò, controllò. Tutto a posto: *mancu 'na guccia subb'a 'nu jirutu*. Asciutto. Le tegole erano asciutte come uscite dalla fornace: *'nu gottu, propria 'nu gottu. Mancu 'na lacrima d'acqua a pagari*. Mastru Pascali storse la bocca, inghiottì un grumo di saliva, strinse gli occhi, rise sul filo del labbro come un cane arrabbiato, prese il compenso, andò via. Andò via senza voltarsi; sapeva che in quella casa non sarebbe più tornato.

Mastru Pascali vide il figlio che tornava fischiettante da un altro lavoro. Lo fermò sull'uscio di casa, lo puntò in faccia con gli occhi che sembravano due canne di fucile. Gli sparò subito a bruciapelo due sonori ceffoni a ripetizione su tutt'e due i lati della faccia. *Ficiuru 'nu scrusciu chi 'nci rimbumbiu tuttu 'u cirveju*. Il povero Gaetano, ragazzo alle prime armi del mestiere, preso alla sprovvista, ingoiò il fischio nella pancia, strabuzzò gli occhi, traballò. Farfugliò:

- *Picchì? Picchì?* – una voce senza suono.

- *E mo' mangiamu cazzi! Mangiamu! Cazzi mangiamu!*

Gerardo non si rendeva conto del perché di quella sfuriata, del perché di quegli schiaffi. Non tardò molto a capire quando il padre, ripresosi dall'ira, continuò a parole.

- Bel lavoro hai fatto a Don Tommaso… Bel lavoro… Bel lavoro davvero…

Gerardo pensò di aver sbagliato, di aver fatto il lavoro male.

- *Picchì, spandiu?*

- *No' spandiu e no' spandi cchiù… E mo' mangiamu cazzi! Cazzi mangiamu!*

- Picchì? Picchì?

- E picchì? Picchì? Picchì quattru no' fannu tri... Picchì si no' spandi cchiù, Don Tumasi no' ti chiama... No' ti chiama, no' ti paga e tu no' mangi... Capiscisti picchì, figghju di mala nova!

In effetti *mastru Pascali* aveva un metodo particolare di lavoro, una sua specialità, un segreto brevettato nel chiuso registro del suo cuore, un sistema che gli consentiva la fiducia dei clienti e nello stesso tempo gli garantiva il lavoro per sempre. Il lavoro di *ciaramitaru*. Aggiustava il cannale dov'era, riparava per bene, in compenso ne preparava un altro più in là, in altro posto dove mai c'era stata infiltrazione di alcun genere. Così il lavoro era assicurato, non mancava mai.

A lui Filomena fece riparare il tetto della sua casa.

Mastru Pascali Cannali a casa di Filomena lavorò con coscienza. Recuperò tutte le tegole sane e quelle rotte. Le utilizzò tutte dopo averle pulite e messe in ordine. Cannale con cannale, coppo con coppo. Sui listelli ad una ad una, incastrate con la giusta pendenza. Senza un filo di luce. Non ci entrava neppure una formica. Appoggiate com'erano in fila diritte come tasselli di un mosaico arabescato, a perfezione. Sotto, per proteggere dagli spiffeti del vento, aveva messo canne e *cannizzi* a rivestimento delle travi e come isolante.

- Cusì no' trasi no' friddu e no' quaddu.

E per davvero non entrava né freddo né caldo, come diceva *mastru Pascali*. Perché aveva fatto un lavoro sincero, onesto, e generoso. Da Filomena *mastru Pascali* non si era fatto pagare. Mai un cannale è comparso in quella casa, nella casa di Filomena.

- Mastru Pascali sapi 'u misteri. Mastru Pascali Cannali...

Con i soldi che aveva guadagnato dalla vendita delle patate, Filomena comprò un porcellino. Un porcellino nero. Da crescere e ingrassare.

Filomena comprò il porcellino al mercato della domenica che si teneva *arretu l'Ortu*, nella grande piazza già del Littorio. La piazza, squadrata a rettangolo aveva al centro il monumento alla Vittoria impersonata dalla statua bronzea di un legionario romano, muscoloso e nudo, che colpiva a morte con un corto pugnale l'aquila bicipite dell'asburgico impero. Il porcellino era talmente piccolo che Filomena per portarlo a casa lo mise *'nt'o faddali* e lo teneva sulla pancia, *'nt'o scossu*, a mo' di bambino, con entrambe le mani per non farlo cadere. Chi la vedeva, scherzosamente le chiedeva:

- *Chi? Si' 'ncinta*, ah Filomena?

Lei rideva e diceva:

- Ho comprato un porcellino.

Aveva comprato un porcellino al mercato *d'i 'li'mali*, che era *'o pianu regulatori*, un po' più lontano dalla piazza dove invece c'era l'altro mercato, quello *d'i rigatteri*. E se lo portava a casa tutta contenta avvolto nel grembiule. Lo carezzava e gli parlava, come se fosse un vero bambino. Il maialino le rispondeva con piccoli grugniti pieni di paura e di spavento. Filomena lo rassicurava, lo tranquillizzava con paroline dolcemente delicate. Ciccillo l'aveva aiutata nella scelta, aveva contrattato sul prezzo, l'aveva tirato fuori dalla gabbia prendendolo per la coda e per le orecchie, l'aveva soppesato, guardato negli occhi. Filomena l'aveva pagato.

Giunta a casa, Filomena mise il porcellino *'nt'o vagghju*, il porcile che aveva preparato per lui. E andò su, in casa, a cambiarsi. In meno di cinque minuti scese giù per vedere il porcellino, mettere l'acqua *'nt'o scifu*.

Dargli da mangiare. Ma…

Il porcellino non c'era più.

Il porcile vuoto. Il cancelletto spalancato. Niente. Nessuno. Del porcellino nemmeno l'ombra.

Filomena si disperò. Sbalordita, incredula, non sapeva che pensare, che fare. Cominciò a guardare di qua e di là. Chiamava con voce affranta ripetendo il verso del porcellino:

- Gruuuhhh… Gruuuhhh…

Gru-Gru non rispondeva.

Girava intorno. Guardò dappertutto. Rubato? Chi aveva potuto rubare il porcellino nero di Filomena? Chi avrebbe potuto rubarlo?

Filomena pianse. Pianse come se avesse perso un bambino. Pianse come se avesse perso suo figlio appena nato. Pianse a singhiozzo. Il pianto le strozzava la gola. Le toglieva la voce. Non aveva forza di chiamare. Si sedette su una pietra di granito tagliata a cubo, una mano sulla bocca per trattenere i singhiozzi, un'altra scompigliava i capelli. Non vedeva dagli occhi. Le si annebbiava la vista per il dispiacere. Quando il pianto diminuì d'intensità, quando i singhiozzi cessarono, quando le lacrime si coagularono sulle guance in due scie di sale, quando gli occhi ripresero a vedere la luce, Filomena si alzò. Stirò in basso con le mani la veste sulle gambe. Ricominciò a cercare.

Cercò intorno alla casa. Cercò nella terra intorno. Cercò lungo il vialetto degli asparagi. Cercò sulla strada di fuori. Niente. Il porcellino era sparito. Scomparso nel nulla. Come se non ci fosse mai stato. Come se non fosse mai esistito. Le venne un dubbio: l'aveva comprato? O forse l'aveva soltanto sognato?

Tornò a casa. Rovistò nel cassetto *d'a culannetta* dove teneva i soldi: i soldi non c'erano. Prese la veste che si era tolta, svuotò le tasche alla rovescia: i soldi non c'erano. Ma non c'era neppure il porcellino. Dov'era il porcellino nero che Filomena aveva comprato? Il porcellino nero che Filomena aveva comprato, dov'era?

Filomena riprese le ricerche con più decisione. Ripercorse passo passo la strada di prima. Tese l'orecchio per carpire qualche piccolo rumore che indicasse la presenza di *Gru-Gru*. Scostò i fogliami, esaminò le orme sulla terra. A metà strada incontrò Ciccillo che tornava dal mercato.

- Dove vai, Filomena? Hai dimenticato qualcosa?
- Il maialino…
- Il maialino?
- Non c'è più…
- Non c'è più? Come non c'è più? E dov'è? Non l'hai portato a casa?
- Sì, l'ho portato a casa. L'ho messo nel porcile. Mi sono cambiata. Sono andata a vedere e… Il porcellino non c'era.
- Si sarà messo a dormire. Hai guardato nella paglia?
- Ho guardato a tutte le parti. Non c'è… Non c'è…
- Andiamo a vedere…
- Inutile: non c'è…
- Andiamo.

Andarono. Andarono insieme alla casa di Filomena. Il porcile era vuoto. Il cancelletto aperto. Ciccillo si mise a smuovere tutta la paglia. Del porcellino nessuna traccia, nessun segno. Niente di niente. Si guardarono negli occhi come per trovare consiglio.

- Andiamo.

Filomena e Ciccillo tornarono sulla strada. Osservavano ogni minimo particolare, davano ascolto ad ogni minimo rumore. Chiamavano:

- *Gru-Gru… Gru-Gru…*

Gru-Gru non rispondeva. Dov'era *Gru-Gru*? *Gru-Gru* dov'era?

Mezzogiorno era già passato. Era già passato da tempo. I mercanti stavano già smontando le bancarelle. Caricavano sulle carrette. Poca gente ormai per le strade. Poca gente in piazza. La gente del popolo era già nelle case. Solo alcuni signori, *'i 'gnuri*, che uscivano tardi dai palazzi, si aggiravano intorno senza far niente, altezzosi con aria di comando. Inutili. Non compravano, non vendevano: passavano il tempo gironzolando. E i carabinieri. I carabinieri di pubblico servizio. Un carabiniere semplice e un appuntato. Con la pistola al fianco e la bandoliera bianca, erano più per mostra che per utilità. Videro Filomena e Ciccillo insieme, fuori orario, con fare sospetto. Li fermarono.

- Dove andate? Il mercato è finito. Perché non siete a casa?

- Il porcellino…

- Il porcellino? Quale porcellino?

- Il porcellino che ho comprato.

- Dov'è il porcellino?

- Non lo so…

Filomena stava per piangere.

- Rubato?

- Non lo so…

Le parole si spezzavano in gola a Filomena come canne strapazzate dal vento.

- Non lo so… Non lo so…

Erano queste le uniche parole che la ragazza riusciva a spiccicare. L'appuntato faceva domande su domande come se fosse un interrogatorio. Quando l'aveva comprato, quanto l'aveva pagato… Come era, come non era… Era bianco, era nero, era macchiato…

- Nero… Nero… Era nero. Piccolino. Piccolino piccolino… – ripeteva Filomena e non si dava pace.

- La denuncia… Ci vuole la denuncia: fate la denuncia.

- La denuncia?

- La denuncia per furto.

- La denuncia per furto? E chi dobbiamo denunciare?

- Il porcellino… Dovete denunciare il porcellino che vi è stato rubato.

- Ma io che ne so se è stato rubato…

- O fate la denuncia, o siete incriminati per simulazione di reato.

Filomena fece la denuncia per furto aggravato sulle mani dell'appuntato. Firmò la carta con bella calligrafia. Attese.

- E adesso?

- Adesso iniziano le ricerche.

- Chi ha rubato *Gru-Gru*?

- Non lo possiamo dire. Le indagini sono in corso.

Filomena guardò verso corso Vittorio Emanuele III, il re soldato, il re imperatore, fuggito a Brindisi con la corte, la bella Elena, con il figlio e il maresciallo Badoglio. Fuggito. Se non l'avevano trovato, se non avevano trovato il re, i carabinieri avrebbero trovato il porcellino nero di Filomena? Lo avrebbero trovato? Le indagini sono in corso, aveva detto con dignitosa serietà l'appuntato. Filomena guardò ancora verso il corso. Nessuno. Non si vedeva nessuno. Non c'era nessuno. Non vide nessuna indagine che camminava.

- Dove sono le indagini? – chiese curiosa Filomena.

Tornò a guardare con più attenzione lungo il corso che tagliava per intero il paese da sud a nord all'affaccio sul mare, fino alla *Villetta di Lianu*, ma non vide nessuno. Nessuna indagine. Solo la luce del sole di mezzogiorno già passato luccicava *subb'e basuli* di pietra nera incastrate a spina di pesce e dava calore alle ricche case nobiliari. Ma nessuna indagine vi era sul corso, almeno su corso Vittorio Emanuele III di Tropea.

Però i carabinieri si mossero. E si mossero pure Ciccillo e Filomena. Andarono fino *a' gebbia d'u viscu-vu*. A un grande tiglio piantato sul viale legata videro una scrofa sonnecchiante che allattava soddisfatta un maialino nero, suo figlio. Uno solo che succhiava a-vidamente il latte della madre passando con la bocca da una mammella all'altra. E grufolava, *gruuu... gruuu...*, a bocca piena sazio di latte e di amore materno.

Filomena rimase estasiata a vederlo. Poi d'impeto: – È lui! È lui! È *Gru-Gru*. È il mio porcellino. Il porcellino che ho comprato. Fuggito... fuggito... È venuto dalla mamma. Da sua mamma... Dalla mamma che gli vuole tanto bene! Anche io ti voglio bene...

E si precipitò per prenderlo.

- Ferma! – intimò imperioso l'appuntato – Ferma, non lo toccare.

Filomena si bloccò nel gesto di prendere il porcelli-no. Interdetta, stupita. Sgranò gli occhi. E li appiccicò in fronte all'appuntato come due stellette di promo-zione.

- Il porcellino è mio! L'ho comprato io... Con i miei soldi... I soldi delle patate... È mio! È mio!

- Le indagini sono in corso.

- Ma qui non siamo sul corso... E non vedo nessu-na indagine...

- Procediamo al riconoscimento.

E qui altre domande, altri confronti. L'appuntato faceva domande: se era bianco, se era nero...

- È lui, è lui… È *Gru-Gru*… *Gru-Gru*, il mio porcellino nero…

Alla fine, dopo tante domande, dopo tante risposte, dopo tanti confronti, dopo l'acquisizione agli atti delle testimonianze debitamente sottoscritte, dopo la stesura del relativo verbale e la firma autografa delle parti in causa, i carabinieri si convinsero che il maialino nero era davvero di Filomena. Quindi chiusero le indagini.

- Le indagini sono chiuse. Puoi andare.

- E il maialino?

- Sotto sequestro.

- Sotto cosa?

- Sotto sequestro. Cioè, nessuno lo può toccare…

- Nessuno lo può toccare? – disse incredula Filomena – Il porcellino è mio… E me lo prendo io. Vieni, *Gru-Gru*… Vieni…

Fece per prenderlo.

- Non lo toccare… Non lo toccare senza un ordine, se no incorri in sottrazione di bene sotto tutela.

- Il porcellino è mio… L'avete accertato anche voi che è mio, l'avete firmato. È mio… Datemi l'ordine…

- Non possiamo. Non spetta a noi. Ci vuole il decreto liberatorio… Del giudice… Del giudice…

- Del giudice? Bisogna fare la causa al porcellino?

Filomena non riusciva a capacitarsi. Non si rendeva conto che la Legge è la Legge. E la Legge va rispettata. Sempre. In ogni caso. In ogni dove. Con chiunque. E la Legge è uguale per tutti. Anche per i maiali. Anche per il porcellino nero che Filomena aveva comprato quella mattina *'o mercatu d'i porci, arretu l'ortu*. E che adesso veniva portato in caserma dai carabinieri come un malfattore, come un delinquente della peggior specie.

Filomena si dimenava, gridava, inveiva. Rischiava più gravi conseguenze. Forse anche resistenza a pubblico ufficiale, e impedimento alle proprie mansioni.

Intanto la voce, simile al vento, esile, sottile, invisibile, potente, passò di bocca in bocca, di casa in casa. Fece il giro del paese. Corretta, ingrandita, trasformata.

- Hanno arrestato un maialino... Hanno arrestato il maialino nero di Filomena... Hanno arrestato pure Filomena...

Qualcuno si affacciò sulla porta di casa, qualcuno uscì fuori, qualcuno andò sulla strada, qualcuno andò fino al mercato per avere notizie più vere. Altri andarono sotto la caserma dei carabinieri che avevano chiuso il portone e avevano portato con sé il porcellino nero e Filomena. Fuori il piantone col moschetto faceva la guardia e teneva a bada i curiosi che erano sempre più numerosi, sempre più vocianti. Ciccillo raccontava la scena: il porcellino, i carabinieri, la denuncia, il sequestro... Sudava, diceva che bisognava fare qualcosa, che ci voleva un ordine...

I pochi curiosi erano aumentati. Erano diventati una piccola folla. Con donne, bambini, vecchi col bastone. Tutti gridavano, tutti si muovevano, tutti andavano avanti e indietro, tutti si agitavano come aria che soffia prima della tempesta. Tutti correvano senza saper dove, senza una destinazione. Tutti tornavano sotto la caserma più rossi, più minacciosi, più inviperiti. Si rischiava un tumulto, fors'anche una rivolta popolare. Il piantone gridava:

- Via! Via! Andate via! Andate via...

Nessuno andava via. Anzi la folla aumentava. Aggressiva, minacciosa. Il piantone, per motivi di sicurezza, fu fatto rientrare. Il portone sprangato dall'interno. Le difese rinforzate. Carabinieri armati furono posti alle finestre, sul balcone. Si aspettava il peggio. Ciccillo, scamiciato, sudato, stanco e arrabbiato, attorniato da giovani scalmanati, sembrava un capopopolo. Incitava all'azione e moderava, moderava e incitava. Lui stesso non sapeva cosa fare. Aveva ripetuto centinaia di volte il racconto che ogni volta si arricchiva di nuovi particolari: era diventato una storia. E concludeva:

- Ordine… Ordine… Si aspetta un ordine!

Chi doveva dare l'ordine? L'ordine di che? Di che cosa?

Nessuno sapeva niente. Tutto era nell'equivoco, nell'incertezza del dire e del fare. Una sola cosa era certa: Filomena era chiusa in caserma insieme al porcellino.

- L'ordine! L'ordine!… Dai l'ordine! – gridavano tutti a Ciccillo.

L'ordine di fare cosa? Di assaltare la caserma? E Filomena? Filomena era dentro.

- Calma… Calma… L'ordine arriverà.

E l'ordine, a sera, arrivò. Arrivò sotto forma di raccomandazione con un bigliettino verde chiuso in una busta gialla: *"Esimio Signor Maresciallo CC – Stazione di Tropea"*. *"La persona di cui, è di mia conoscenza. Provveda in merito"*. Firmato: *"Leone Tagliaferro – Colonnello CC"*.

Il maresciallo, che aveva preso in mano la situazione, e anche il biglietto del colonnello, ordinò l'immediato rilascio di Filomena. E del porcellino.

Quando già stava per tramontare e l'ultima luce del sole dava fuoco al colore delle case, il portone della caserma si aprì. Apparve Filomena, i capelli sciolti, gli occhi brillanti di gioia o di pianto, con il porcellino nero in braccio che guardava spaurito tutta quella gente vociante, esasperata, che urlò ad una voce: – Filomenaaa! Filomenaaa! Viva Filomeeena!

Il portone si richiuse immediatamente alle spalle di Filomena, appena uscita, con rumore di cardini pesanti, strascicanti. Si riaprì nella notte, silenziosamente. In sordina. Per far uscire l'appuntato e il carabiniere che avevano operato il fermo di Filomena e del porcellino nero di Filomena. Con un ordine perentorio: *"Interpretazione e applicazione errata della Legge. Incompatibilità ambientale. Turbativa dell'ordine pubblico. Trasferiti con decorrenza immediata. In Sardegna. Partenza: SUBITO".*

E così la vinse il porco, o meglio, il porcellino nero di Filomena.

Tutta la notte *Gru-Gru* dormì tranquillo e beato nella paglia asciutta, pulita. Sognò la mamma, il latte della mamma che per ultimo aveva succhiato da tutte le sue mammelle. Aveva in bocca il sapore del latte, negli occhi lo sguardo della madre sdraiata a terra per agevolare la suzione al figlio piccolino. E grugniva di compiacimento. Ma in sogno vide, o credette di vedere, un nuovo viso giovane e bello, diverso. Una nuova mamma?

Gru-Gru si svegliò. Balzò in piedi. Dimenò la coda. Batté le orecchie ampie sulle guance. Girò intorno. Grufolò, grufolò, grufolò. Sentì il calore del sole sulla testa. Alzò la testa: vide Filomena.

Filomena aprì il cancelletto, entrò *'nt'o vagghju*, prese a strofinare sulle spalle *Gru-Gru* con la paglia, a solleticarlo sulla pelle ruvida e nera. A carezzarlo come un bambino piccolino piccolino.

- Fuggito… Eri andato dalla mamma… Dalla mamma… Io sarò la tua nuova mamma: ti darò da bere e da mangiare. Tutti i giorni, mattina e sera… Mattina e sera… E tu crescerai grande, grande grande…

Filomena lo strinse forte a sé come un figlio. Specchiò i suoi occhi belli in quelli plumbei di *Gru-Gru*, non continuò la frase. Un languore attraversò il cuore, la mente al pensiero di *Gru-Gru* quando sarebbe stato grande. Quando sarebbe stato grande grande… Lo mise a terra, lo lasciò andare. *Gru-Gru* grugnì malinconico, malinconicamente rassegnato. Alla sua esistenza di animale non ci pensò.

Gru-Gru, il porcellino nero, cominciò a vivere una nuova vita, la sua vita. La vita di porcellino. In libertà.

Filomena lo svezzò. *Gru-Gru* cresceva. Cresceva a vista d'occhio. Era un piacere vederlo nella pelle nera lucido, asciutto, pulito. Lucido, asciutto, pulito.

Ma una mattina, una mattina presto, quando ancora il sole non si era alzato e anche *Gru-Gru* ancora dormiva ignaro di ciò che lo aspettava, *vinni 'u zzu Virgoli 'u Cicirinaru*, una specie di chirurgo dei maiali, per "fare l'operazione" al maiale, "quella operazione".

'U zzu Virgoli venne in compagnia di Nicola, Colino, il figlio ultimo di numerosa famiglia. Colino, ragazzo di dodici anni, era l'assistente del padre. Andava sempre con lui, dopo avrebbe preso lui il suo mestiere. Intanto imparava. Imparava e aiutava. Aiutava e imparava.

Colino entrò nel porcile col padre senza far rumore. Presero il maiale. Lo legarono. Gli legarono i piedi di dietro, i piedi davanti per non farlo muovere. Gli legarono il muso con la corda per non farlo gridare. Lo stesero a terra nella paglia asciutta asciutta, pulita. Lungo lungo, lo girarono sulle spalle. Colino gli salì addosso con tutto il suo peso per farlo star fermo. Il padre tirò fuori da una scatola di latta i ferri del mestiere. Una bottiglietta d'olio *d'aliva*, una bottiglietta d'aceto. Una matassa di spago sottile sottile, quello dei piombi. *'Nu maccaturi* nero di sporco. Tirò dal fazzoletto un coltello lucido immacolato, affilato come un rasoio. S'inginocchiò, fece cenno al figlio. Colino gravò tutto il peso sul maiale. Il maiale tentò di alzarsi, non ci riuscì. Rimase immobile. Aspettò il suo destino. Il suo triste destino.

'U zzu Virgoli, come un dottore, mise gli occhiali. Sparse un po' d'aceto, per sterilizzare, sulla parte da operare. Fece un segno di croce sull'inguine del maiale. Incise con la lama tagliente la pelle. Tagliò. Legò. Cucì. Con una pezzuola imbevuta d'olio strofinò, strofinò… Strofinò energicamente sulla ferita per disinfettare. L'operazione era stata fatta, perfetta. "Quella operazione".

  - *Sant'Antoni 'u ti faci crisciri grassu grassu…*

Raccolse gli attrezzi. Mise su una foglia di fico i testicoli di *Gru-Gru*.

  - *Chisti mammita t'i faci 'mpanati e fritti, figghju, ca t'aggiuvunu… T'aggiuvunu… Ti fannu crisciri…*

Il tempo passava. I giorni seguivano ai giorni. Il sole sorgeva e tramontava: portava luce e calore, portava vita, fatica e amore.

Gru-Gru, il maialino nero di Filomena, dopo lo choc dell'operazione, mangiava e cresceva, cresceva e mangiava, senza curarsi minimamente della grave menomazione subita. Semplicemente non capiva ciò che gli era stato fatto, non capiva del cambio d'essere, del cambio di vita, dello stravolgimento della natura. Non capiva che non poteva mai essere padre. Ma solo crescere e ingrassare.

Filomena lo curava, lo assisteva, lo accudiva. Gli dava da mangiare. Mais, *fica 'mpurruti, agghjanda*. Lo soppesava con gli occhi. Però, invece di essere contenta, man mano che *Gru-Gru* cresceva, Filomena aveva un filo di tristezza che aumentava sempre: non sapeva spiegare da dove le proveniva. Per quale motivo, perché.

Venne settembre. L'aria al mattino e alla sera era più fresca. C'era umidità. Le foglie già madide di rugiada e le nuvole a forme strane vaganti nel cielo anticipavano la pioggia. Che poi venne puntuale, torrenziale, a ripulire la terra dalla polvere, a lavare la terra dai veleni della guerra. La festa della Madonna dell'Isola sullo scoglio avamposto sul mare era stata già fatta, quella della Madonna di Romania anche, si aspettava *'a festa 'i Santu Cociumu.*

- *A' Santu Cociumu ammazzamu 'u porcu.*

Questa frase si faceva sentire sempre più spesso sulla bocca dei contadini. Era ripetuta con assiduità, come un ritornello. *A' Santu Cociumu,* per tradizione, per igiene alimentare, perché l'aria era più fresca, si uccideva il maiale. Tutti i contadini, prima o dopo la festa, *pi' divuziuni,* uccidevano il maiale. Anche Filomena uccise il maiale.

La vigilia di *Santu Cociumu 'u zzu Virgoli, 'u smatraturi,* di buonora ammazzò *Gru-Gru.* Con un coltellaccio nella gola gli tolse la vita. Squartò, tagliò, sezionò. Filomena non volle vederlo morire, non volle vederlo soffrire. Le rimase impresso nel cuore lo sguardo plumbeo verso il cielo di *Gru-Gru,* il piccolo porcellino nero che lo aveva visto crescere come un bambino. Che lo aveva cibato, e che adesso sarebbe stato cibo per lei. Vita della vita.

Del maiale Filomena non buttò via niente. Salò la carne, fece *'a 'nzugna, 'i zziringuli, capicoji, suppressata.* Bollì i piedi, fece *'i satizzi.*

- *Nuvulu all'ariu, a Santuru chjovi.*

Filomena appese in aria, sotto il tetto, la carne salata, la soppressata, le salsicce. Per essiccare e mangiare poi, in inverno.

- *Nuvulu all'ariu, a Santuru chjovi.*

Filomena il giorno dopo andò per devozione a *San-*

tu Cociumu, d'accurtaturi, scalza e a piedi. Insieme *'e Carminoti* e *'a muta 'a Lena* per ringraziare il santo della guarigione delle brutte vesciche alle gambe procurate-le dalle briciole infuocate della terra bruciata dalle bombe della guerra. Al ritorno, a sera, passando sotto casa *d'i l'Orbareji* sentì un profumo, un odore di carne arrostita che stuzzicava l'appetito, che ti faceva rina-scere a nuova vita.

- *'Nu javuru chi ti jettava.*

Si ricordò del detto antico. Sospettò. Corse a casa. Il sospetto fu certezza: le salsicce e la carne erano scomparse. Rubate. Erano state rubate durante il giorno mentre lei con gli altri era a *Santu Cociumu* a pregare. L'avevano rubate l'*Orbareji*, quattro donne tutte nubili *chi volenu 'nu chjovu 'nt'o partuseu* tanto erano acide e malvagie. L'avevano staccate, *'mpendula pi' 'mpendula*, con una lunga canna appuntita alla cima *cu' 'na zzanna*.

Filomena capì. Tornò veloce sui suoi passi. *'A muta 'a Lena* la vide che andava di corsa, la seguì. In poco tempo furono alla casa *d'i l'Orbareji*. La carne cucinava sul fuoco, l'ira cuoceva il cuore di Filomena. Ci fu una lite furibonda, tremenda, di donne contro donne. Parole gridate, graffi, capelli strappati. Filomena stava per infilzare con la canna a punta di forcella una *d'i l'Orbareji*. Ma vide penzolanti in mezzo ai rami di un arancio *'i 'mpenduli d'i satizzi e 'a carni salata*. Lasciò perdere l'ira e la lite. *S'accerricò* sull'albero come un fe-lino che aveva annusato l'odore del sangue. Prese le sue salsicce e la carne. E andò via inseguita dalle mi-nacce, dalle cattive parole, dai vituperi *d'i l'Orbareji*, furiose come delle arpie impazzite cui era stata sot-tratta la preda, che scagliavano contro di lei ogni tipo di ingiuria, ogni tipo di maledizione.

Filomena tornò a casa. Stanca dell'intera giornata si

addormentò. Sognò. Sognò *Gru-Gru*, il porcellino nero piccolino piccolino che le sorrideva, che le sorrideva con sorriso innocente, come un bambino. Come un bambino a sua mamma, che rinasce alla vita. A una nuova vita.

1945/1946.
Da un anno all'altro!

Si combatteva ancora. Nel 1945 si combatteva ancora sulla Linea Gotica, in Italia; da Occidente e da Oriente, in Europa. Si combatteva per la Libertà. Sulla terra, nei mari, nei cieli. Si combatteva sui fronti che stringevano in una morsa di fuoco l'Europa. Si combatteva nei piccoli paesi, in città, in campagna. Si combatteva sui monti, nelle valli. Si combatteva con gli eserciti, si combatteva con le Brigate della Libertà: si combatteva per la Libertà.

Si combatteva. A Tropea la guerra era ormai passata. Sembrava finita, o meglio, non si pensava. Tornavano i soldati in fuga dai reparti, senza ordini, privi di comando. Tornavano senza canzoni, senza armi. Allo sbando, poi si seppe che erano disertori. Ma la gente, la povera gente, madri, mogli, sorelle, fidanzate, non capivano la parola. "Disertore"? Erano contente di avere gli uomini a casa: figli, mariti, fratelli, fidanzati. "Disertori", che importava? Erano tornati. Sì, ma disertori. Tornarono nella miseria, nella povertà. Tanti non tornarono mai. Rimasero sui fronti, nei cimiteri di guerra abbandonati. Senza un fiore, senza una lacrima. Rimasero in terre straniere per sempre, dispersi. Rimasero nei campi di sterminio, nelle camere a gas. Volatilizzati in cenere, in niente. Rimasero dove la follia assassina li aveva portati. Rimasero là, dove la morte li aveva voluti.

Tornò anche Angelo Lenza, che, grazie alla sua età,

aveva avuto la fortuna di fare tre guerre. La Grande Guerra, quella che portò il tricolore a Trento e Trieste. La guerra d'Abissinia, quella che regalò al re dei fichi secchi l'impero. E la seconda guerra mondiale, quella che permise all'Italia di combattere contro la Russia e l'America.

Angelo aveva combattuto sul Piave. Aveva resistito al nemico. Era stato ferito. Ragazzo del sud era andato all'attacco con ardire e coraggio nella piana padana per respingere l'austriaco sui monti, per difendere la Patria italiana. Era stato a Trieste ad attendere il re. Era artigliere d'assalto. Fu ferito, decorato, congedato. Andò a combattere in Abissinia; combatté sull'Amba Alagi col gagliardetto nero per vendicare il sangue italiano, per la gloria di Mussolini e del fascismo. Per catturare il Negus e portare l'Italia dove Italia non era. Combatté con coraggio sprezzante del pericolo. Fu ferito, decorato, congedato. Lo mandarono a combattere in Grecia: una passeggiata. Lunga, accidentata. Veterano di guerra, combatté come un ragazzo. Fu ferito, internato, dimenticato. Ma Angelo era tornato, lacero, stracciato, malato. Mutilato. Aveva lasciato di là la gamba amputata.

Adesso Angelo non sapeva cosa fare. La carne tagliata, il lavoro negato. Andava in giro nel paese. Si sedeva sui gradini delle chiese. Raccontava, raccontava. Beveva un bicchiere di vino alla taverna. Cantava canzoni d'amore, cantava canzoni di guerra. Per non ricordare, per dimenticare. Camminava con una gamba sola, aveva imparato. Raccontava, raccontava. E camminava con una gamba sola, aveva imparato.

Filomena lavorava a *Terra di Sopra*. Non aveva tempo. La schiena si spezzava, gli occhi *si perciavano*. Zappava, piantava, tirava l'erba, innaffiava. Mai un minuto di riposo, *picchì 'nta l'ortu ci voli l'omu mortu*. Assisteva le piantine, le vedeva crescere. La vita tornava. La fatica aumentava.

- Che fai, Filomena – chiedeva Angelo quando passava di là.

- Non vedete, *zzu Angiulu*? Zappo.

- Vedo, vedo, figlia.

Angelo si fermava a guardare. A parlare con Filomena, a parlare del padre quando era vivo. A chiedere come era stato.

- Le bombe... La guerra...

- Sì, le bombe... La guerra...

Filomena raccontava: le bombe... la guerra...

- E voi, *zzu Angiulu*?

- La guerra... La guerra... Le bombe... la guerra...

Angelo raccontava, anche le bombe, la guerra...

Raccontava di quando una granata greca gli spappolò la gamba, gli maciullò la carne, lo lasciò a terra in un lago di sangue. Il suo sangue.

- In un lampo di fuoco la bomba assassina scoppiò. Scoppiò sulla mia gamba... Io correvo con la carabina in avanti... In avanti... In avanti... Ma la bomba scoppiò. Scoppiò sulla mia gamba... La gamba cadde a terra... Cadde a terra... Io camminai ancora... Camminai con una gamba sola... In avanti... in avanti... Il capitano gridava: Avanti! Avanti! Tutti gridavano: Avanti! Avanti non si andava. Io mi fermai. Mi fermai a cinque passi dalla mia gamba. La gamba non c'era. Indietro... Era rimasta indietro, in un lago di sangue. Il mio sangue. Indietro, però, non si torna. Avanti non si va. Non si va... Io caddi a terra in un lago di sangue. Il mio sangue. Con una gamba sola... Con una gamba sola...

- Siete un eroe, *zzu Angiulu*. Siete un eroe...

- Eroe!? No, figlia, sono un soldato... Un soldato... Gli eroi, gli eroi... Gli eroi sono solo nei libri di scuola. Io ero un soldato. Solo un soldato. Ubbidivo al capitano. Il capitano dava ordini: io ubbidivo. Ubbidivo…

- Enrico Toti scagliò contro il nemico la stampella… Voi, *zzu Angiulu*, cosa avete fatto quando siete caduto a terra? Cosa avete fatto?

- Niente, figlia… Niente… Vedevo il sangue scorrere, il mio sangue, rosso come fuoco, sparire nella terra. Il mio sangue è là, in Grecia.

- In Grecia?

- Sì, in Grecia.

- E la gamba?…

- La gamba… Non ho visto più la gamba. Indietro… Era rimasta indietro, la gamba… Nemmeno io, però, sono andato più avanti.

- Poi?

- Poi… Poi niente. Poi ho visto tutto bianco. Il nemico non c'era. Il capitano non c'era. La gamba non c'era. Io non c'ero. Nessuno c'era. Solo una figura bianca che mi toccava la fronte. Solo una figura bianca che mi carezzava con mano leggera. Solo una figura bianca…

- La Madonna?

- Sì, figlia. La Madonna… La Madonna mi ha salvato.

Filomena ascoltava. Filomena domandava. Filomena voleva sapere. Filomena raccontava. Raccontava anche lei la sua guerra. Raccontava la notte delle bombe. La notte in cui *'u tata* e il cugino erano morti…

- Su questa terra… La mia terra… Le bombe… Le bombe… Il fuoco… La Madonna… La Madonna mi ha salvata.

Angelo rimaneva a lungo sulla terra di Filomena a raccontare la guerra. Inchiodato sulla terra dura su un'unica gamba, sulla stampella. Angelo rimaneva a lungo ad ascoltare i racconti di Filomena. Angelo rimaneva a lungo a guardare il lavoro di Filomena. Due vite diverse in quei racconti s'incontravano. S'incontravano nella guerra, nel sangue versato sulla terra. Sulla propria terra, quello *d'u tata* e del nipote *d'u tata*. Sulla terra degli altri, quello di Angelo.

- E ora come fate senza la gamba? Cosa fate senza la gamba?

- Come faccio… Cosa faccio… Cammino con la stampella. Niente faccio. Niente…

Angelo, che prima faceva *'u ciucciaru*, aveva due asini, un capitale. Trasportava materiale con gli asini. Sabbia, pietra, *bricciu*, travi per i muratori. Montava e smontava dagli asini come un cavaliere. Li lanciava di corsa, a gara con gli altri asinai. Spericolato, conosceva gli animali, sapeva cosa fare. Equilibrava il peso *subb'o 'mbastu* come una bilancia. Andava in groppa con un solo balzo. Si faceva portare stando in equilibrio *subb'o 'mbastu* anche con un solo piede, senza cadere. Una sola volta era caduto, con tutto l'asino però. Il due luglio, prima della guerra. In un burrone pieno di rovi, pieno di spine.

- La Madonna… – diceva – La Madonna… La Madonna mi ha salvato. La Madonna delle Grazie.

Diceva, quando raccontava si commuoveva. Portava la mano in tasca ed estraeva l'immaginetta consunta della Madonna, *'a figurina d'a Madonna*, che quel lontano giorno di luglio, il suo giorno, lo aveva salvato.

- *'O jornu soi.*

Il giorno della Madonna.

Da allora quella immaginetta la portava sempre sul cuore. La Madonna delle Grazie. La Madonna che lo aveva salvato *'nt'o vajuni*, la Madonna che lo aveva salvato anche nella guerra.

Filomena lo ascoltava, ascoltava lo *zzu Angiulu* che diceva i giorni della guerra. Dei compagni morti, dei nemici uccisi. Degli assalti, delle imboscate. Del tenente Delfino che dava l'ordine:

- Fuoco! Fuoco! – E guidava l'assalto alle linee del nemico, che non si vedeva. Ma c'era. C'era, c'era. E sparava, sparava.

- Sparava su di noi. Noi sparavamo pure. Con l'artiglieria, i cannoni. Le bombe a mano. Poi si andava avanti. Avanti... Avanti...

- Il nemico... Com'era il nemico?

- Come noi. Di carne e sangue, come noi. Soldati come noi. Con un'altra lingua, con un'altra bandiera.

- Uccideva?

- Uccideva. Uccideva, uccideva. Uccideva come noi.

- Voi, ne avete uccisi nemici?

- In guerra ti mandano per uccidere, per morire. Se non uccidi, figlia, muori. O ti uccide il nemico o ti uccidono i tuoi, come disertore. In guerra, muori...

- Disertore?

- Sì, disertore... Cioè, traditore. In guerra... Eroe o disertore, in guerra muori...

Eroe, disertore... Filomena rifletteva sulle parole. Poi dava sempre qualcosa ad Angelo. Ortaggi, verdura, frutta della sua terra. Angelo rifiutava, si scherniva, accettava.

- Tu non hai per te, Filomena. Tu non hai per te...

- Prendete, prendete, *zzu Angiulu*. *'Nc'e' 'a Pruvvidenza... 'Nc'e' 'a Pruvvidenza...*

E metteva generosa quella poca roba, in abbondanza, *'nt'a vertula* che Angelo portava sempre sulle spalle. Angelo ringraziava e andava. Andava a vivere altrove la sua giornata.

- *'U Signuri 'u ti benidici… 'U Signuri 'u ti benidici…*
- *E a vui 'u vi cunzola…*

Tornò anche don Carmine Ortese, il prete soldato, che era stato al fronte ed era stato internato in un campo di concentramento.

Don Carmine anche parlava. Raccontava le sofferenze, i dolori materiali e spirituali dei combattenti. Pur esercitando la sua missione da una parte, la sua anima superava il fronte, oltrepassava ogni linea di combattimento. La sua benedizione era per tutti: per quelli di qua, per quelli di là. Confessava, dava la Comunione, diceva messa. Era in mezzo ai soldati ogni ora del giorno, prima e dopo ogni attacco, prima e dopo ogni avanzata, prima e dopo ogni ritirata. Era con loro al momento del pasto, al momento della preghiera, al momento del bisogno, al momento della morte. Era accanto a loro negli ospedali da campo ed era accanto a loro nei cimiteri di guerra sempre più numerosi, sempre più distanti, in terre lontane, in terre straniere. Per tutti una preghiera, per tutti una parola di incoraggiamento, per tutti una parola di conforto. E scriveva.

Don Carmine scriveva. Scriveva nei suoi *Diari* le ore del soldato che combatteva. Scriveva la guerra, la crudeltà della guerra. Era triste don Carmine. Era filosoficamente ribelle. Gli occhi al cielo, il pensiero a Dio, guardava alle tribolazioni dell'uomo, al sangue che inondava la terra come scia di fuoco inarrestabile che tutto consuma, che tutto distrugge. Che l'uomo distrugge.

- Come può Dio voler ciò? – rimuginava nella sua anima. Si rodeva nel silenzio della meditazione. Chiedeva lume al Signore. Chiedeva spiegazioni alla ragione. Pregava. E nella preghiera trovava consolazione. Consolazione, ma non rassegnazione. Nelle sue omelie parlava sempre dell'uomo, della natura dell'uomo, dell'uomo immagine di Dio. Dell'Uomo-Dio. Che non poteva uccidere. Che non poteva essere ucciso.

Tornato anche lui, parlava nel segreto della confessione. Parlava nelle omelie dall'altare. Parlava alle anime della gente. Parlava e la gente lo ascoltava. Parlava ed educava. Parlava della guerra, educava alla pace.

- La pace è lo Spirito del Signore! – diceva – Come una colomba bianca che viene dal cielo, una bolla luminosa d'amore. Fragile, delicata, necessaria. La pace è amore… È l'amore del Signore. La pace è volersi bene, è lavoro, è amicizia, è civiltà, è progresso. La pace è: essere fratelli. Essere fratelli…

Disfattista? Don Carmine Ortese era disfattista? No, don Carmine Ortese era sacerdote di Dio. Sacerdote e uomo. Cristiano.

Fu richiamato, fu censurato, fu processato. Fu processato da un tribunale militare, punito, allontanato dai soldati. Internato. La guerra non lo ha risparmiato. Ferito nella carne e nello spirito, tornato al paese predicava sempre la concordia, la tolleranza, il perdono. Le sue messe erano sempre le più affollate. Il popolo lo seguiva, il popolo lo ascoltava. Il popolo lo amava.

Don Carmine il prete soldato, don Carmine il prete buono.

Tornò anche la donna con lo scialle rosso e la sciarpa bianca. Tornò a girare per le vie del paese, giovane, smagrita, provata. Le mani, delicate, gentili, nel colore pallido latte, davano l'idea di una donna d'alto lignaggio, comunicavano un senso di rispetto, di ammirazione. Quando parlava muoveva le mani in una gestualità lieve e significativa, sottolineava con esse il pensiero e le parole, che esprimeva con forza nei segni degli occhi. Passava nelle strade acciottolate, nei vicoli stretti, nei larghi, nelle piazze. Salutava, parlava, ascoltava. Dignitosa nella persona e nell'aspetto, si fermava ad osservare, a capire, a captare gli umori della gente, della sua gente.

- 'Ntonia, come sta tuo figlio? È cresciuto? È da molto che non vedo il tuo bambino.

'Ntonia usciva col piccolo figlio in braccio, col moccolo che gli scendeva dal naso, e dietro di lei una schiera di altri figli silenziosi, poveri e belli.

- Cresce bene, 'Ntonia. Cresce bene. Anche i capelli… L'ultima volta erano appena appena accennati. Ora sono lunghi. Lunghi, ricciolini… Vuole mangiare… Ci ha i denti: mangia?

- Poco…

'Ntonia aveva vergogna di dire che poco, quel poco, lo mangiavano anche gli altri figli, che più crescevano più erano smagriti.

- 'Ntonia, sei un po' rotondetta…

La guardava con più attenzione, con ammirazione. Giù, sotto le gambe oscillanti del bambino che voleva il seno.

- La pancia… La pancia… Non mi dire: sei incinta, 'Ntonia? Sei incinta?

'Ntonia guardava a terra, con rossore, quasi con vergogna.

- Sì. Un dono del Signore.

La donna con lo scialle rosso e la sciarpa bianca sorrideva. Un sorriso impalpabile, distante, pieno di mistero.

- Un altro figlio, 'Ntonia. Un altro figlio…

'Ntonia non rispondeva. Arrossiva. Come una rosa giovane a primavera.

- Sì. Un altro figlio… Come vuole il Signore.

- A mezzogiorno vieni al palazzo.

La donna con lo scialle rosso e la sciarpa bianca salutava. Andava.

Andava lungo le strade imbandierate con stracci di vesti, lenzuola ruvide, mutandoni lunghi di lana, camicie appese alle canne che andavano da una casa all'altra conficcate nei buchi dei muri. Erano i buchi delle impalcature lasciati nelle case dai proprietari per non pagare le tasse. I panni della povera gente, che viveva nei *catoji*, svolazzavano nel loro colore bianco, l'unico colore insieme al bianco malato delle donne che cucivano, *rinacciavano*, filavano, tessevano, stesi al vento ad asciugare. Sbattevano in faccia a chi passava la miseria, la povertà. Lasciavano cadere a terra grosse gocce d'acqua come lacrime amare dagli occhi. I bambini per gioco facevano a gara a prenderle in mano, sul palmo della mano. Le guardavano con incanto, curiosi. Le bevevano. Litigavano.

In questi vicoli, stretti, pieni di tanfo, di cimici, di miseria, in mezzo ai poveri, agli ammalati, in questi vicoli pieni di tuguri dove la vita combatteva con la morte, in questi vicoli passava solitaria la donna con lo scialle rosso e la sciarpa bianca. A qualunque ora del giorno, della notte.

- Peppi, ancora *cu' 'sta tussi…* E non ti passa mai. Sole… Sole… Devi prendere un po' di sole. E un bel bicchiere di vino caldo.

- Dopo… Dopo… – rispondeva sempre *'u 'mbastaru, Peppi 'i Rosa*, che imbastiva i *'mbasti d'i ciucci, 'mpagghjava* le sedie, faceva le corde *c'u gutumu e cu spacu*.

Dopo. Questa parola chiudeva in sé una dignitosa rassegnazione dell'uomo che sapeva di non poter curare la malattia.

- *Chista e' 'na tussi chi mi leva.*

Tossiva, Peppi tossiva e tirava dal naso perché non

aveva fazzoletto per soffiare. Per non farsi vedere, quindi, tirava dentro di sé *'u catarru*. Come dentro di sé era la malattia, che non lo lasciava. Non lo lasciava. La tisi, la tubercolosi, gli bucava i polmoni, e la tosse gli mangiava i fianchi spezzandoli con delle invisibili bastonate. Come un cane si piegava in due quando la tosse lo invadeva, non lo faceva respirare. Ingoiava il sangue, nero, malato, per nascondere agli altri la gravità della malattia. E tossiva, tossiva.

- Bronchite… Una bronchitella… Una forte bronchite… Passerà…

- Passa? Che dite, passa?

- Passerà, passerà…

- *Comu voli 'u Signuri. O passa ija o passu jeu…*

Peppi alzava gli occhi al cielo, quel piccolo ritaglio di cielo che appena appena si vedeva *'nta chija vineja* quando non c'erano nuvole o panni *amprati*.

- *Comu voli 'u Signuri.* Sia fatta la volontà di Dio. Non mi preoccupo per me. *Tantu, prima o poi, aju 'u moru.* Mi preoccupo per questi miei figli, *chi su' ninni* e ancora *'annu 'u crisciunu*: per loro mi preoccupo. Per loro…

- A mezzogiorno passa da me, al palazzo.

La donna con lo scialle rosso e la sciarpa bianca andava. In mezzo alla gente che lavorava, che combatteva la sua giornata. Che non aveva pane per mangiare, che non aveva acqua per lavarsi. Che non aveva fuoco per scaldarsi. Che non aveva pace con se stessa. In mezzo alla gente che aveva fame, malattia. Dignità e orgoglio. Che non chiedeva, che si voltava di là per non mostrare agli altri la propria povertà. La donna con lo scialle rosso e la sciarpa bianca, signorile, austera, a tutti diceva:

- A mezzogiorno vieni al palazzo.

A mezzogiorno, tutti i giorni, davanti al portone del

palazzo c'era sempre un gruppetto di persone che a-spettava. Donne con i bambini piccoli in braccio o per mano, ragazzi senza scarpe ai piedi e *cu 'a candila 'o nasu* che tiravano tiravano fino a ingoiarla, operai senza lavoro che si stropicciavano le mani stanchi di non lavorare, ammalati che sapevano di essere ammalati, poveri che sapevano di essere poveri, vecchi piegati dalla vecchiaia, abbandonati. Aspettavano. Aspettavano sotto il sole caldo afoso di maggio dell'estate prossima a venire. Sudavano, sudavano senza far niente. Ma sudavano ugualmente sotto il sole infuocato. Parlavano della famiglia, dei figli, del lavoro che non c'era, dei dolori, della malattia che invece c'erano. Parlavano delle elezioni.

- Elezioni? Non sono elezioni. Referendum... Referendum... – puntualizzava Fefè.

Don Raffaele Schiaccianoci, non era nobile, non era prete, non aveva studiato, si piccava di sapere tutto. Tutto di tutti. Era informato sui fatti locali, piccoli e grandi, e su quelli nazionali. Raccoglieva le notizie dalle chiacchiere della gente, dai discorsi dei nobili, negli uffici dagli impiegati. Nei saloni dei barbieri. Dalle prediche dei preti. Ascoltava la radio, leggeva i giornali. I ritagli dei giornali vecchi di una settimana e più, le pagine dei giornali dove *Vicenzu, 'u putigharu*, avvolgeva la pasta, *'i ruttami*, o lo zucchero che vendeva a grammi come medicina alla farmacia. Lo chiamavano *'u giornalista*, perché aveva le notizie fresche fresche come uova fresche di giornata. Aveva le notizie prima degli altri, prima dei giornali, e le diceva, le diffondeva. Le ampliava. A chi chiedeva, a chi non chiedeva. Spiegava, commentava.

- Referendum. Referendum... C'è differenza.

Parlava, spiegava e aspettava. Aspettava come tutti gli altri sotto il sole. Sudava nelle parole. Aspettava che il portone si aprisse. Il grande portone gentilizio del palazzo.

A mezzogiorno in punto, al suono della campana grande *d'u 'scuvatu*, il portone si apriva. Due servi tiravano all'indietro le due pesanti ante. La gente ammutoliva. Stava ferma sulla soglia di granito scolpito. Aspettava l'ordine. Puntuale l'ordine arrivava:

- Avanti!

In ordine, in silenzio, tutti entravano nel grande cortile interno abbellito ai lati con statue di marmo alte nelle nicchie. Belle nelle volute dei drappeggi o nella nudità muscolosa dei loro corpi. Sul cortile si affacciavano mille porte, balconi e finestre. Occhi curiosi. E due rampe di scale avvolgenti nel colore rosato del marmo che dava calore di luce a chi saliva ai piani di sopra, ai piani nobili del palazzo. Da questi piani, preceduta da un maggiordomo in livrea rossa e guanti bianchi, scendeva maestosa nella sua figura, agile nella sua eleganza, nobile nel portamento, bella nella sua giovinezza, la donna che andava con lo scialle rosso e la sciarpa bianca, ad ogni ora del giorno e della notte, per le vie della città, in mezzo alla gente, in mezzo al suo popolo. La duchessa.

Dietro venivano servi e serve. Astiosi verso la gente, non nascondevano il loro malumore nei confronti dei presenti. Il loro raccapriccio appena velato da un sorriso che sapeva di alterigia, di superiorità. Di falsa nobiltà ubbidiente, servile. La duchessa, ferma sul primo gradino, dava gli ordini. Loro ubbidivano.

Dai magazzini veniva olio, vino, sale, farina, pane, olive, formaggio. Salame della più buona. Tutti ricevevano qualcosa. I servi, su comando, davano a tutti. Davano con parsimonia. Davano a malincuore.

La duchessa di propria mano dava una moneta. Una moneta e una carta giallo paglierino, dove c'era scritto a caratteri grossi e neri in trasversale "REFE-RENDUM – FAC SIMILE". Su di essa a fianco c'erano due disegni: la corona e la croce sabauda del re e una donna turrita di fronte. Monarchia–Repubblica. 2 giugno 1946. La duchessa con leggero sorriso, con dito snello diafano della mano, indicava la figura di donna a lato: REPUBBLICA.

Finito il rito di mezzogiorno, la duchessa tornava nei suoi appartamenti. La gente tornava nei *catoji* da dove era venuta. Il grande portone pesante si chiudeva alle sue spalle. Fefè, *'u giornalista*, che dalla mani della duchessa aveva ricevuto anche *La Voce Repubblicana*, spiegava, consigliava.

- Monarchia–Repubblica. Il re, il popolo. Volete il re? O volete il popolo? Il popolo siamo noi, noi siamo la libertà. Repubblica uguale Libertà. La duchessa dice: Repubblica, cioè, Libertà.

E tutti gridavano:

- Repubblica, libertà.

E tornavano a casa contenti per aver ricevuto tutti qualcosa. Chi *'na pezza 'i formaggiu*, chi un fiasco di vino, chi *'nu gottu* d'olio, chi fagioli, lenticchie, farina e chi, per il giorno dopo, un lavoro. Tutti erano contenti, però, della moneta che avevano in mano e di quel foglio di carta giallo paglierino dove forse c'era scritto il loro destino.

Fefè sbandierava il giornale repubblicano in mano. Era il più contento di tutti, chissà perché. Gridava, gridava, gridava.

- Repubblica: dobbiamo votare repubblica. Repubblica è l'avvenire, è pace, progresso. È Libertà. Monarchia è il passato, è guerra, la guerra che è stata. È dittatura.

Per essere più esplicito portava degli esempi più chiari, più semplici, più vicini.

- La Monarchia è fascismo, fascismo è Manuele, la camicia nera, il braccio alzato, saluto al Duce. Monarchia è sottomissione, schiavitù, povertà. Monarchia è signorsì, signorsì. Sempre signorsì. Monarchia *su' 'i 'gnuri chi vi guardanu d'a Casina e vi 'mbidiano s'aviti 'na pezza nova 'e pedi.* Volete state in ginocchio *sutt'a 'sti 'gnuri?* Monarchia è il passato. Volete rimanere indietro, volete ritornare al passato? Ah, volete ritornare al passato?

- Nooo! Nooo! – rispondevano tutti ad alta voce.

- La Repubblica siamo noi. La Repubblica sono i nostri figli. La Repubblica è il pane che noi mangiamo. La Repubblica è il sorriso della gente. Volete piangere o sorridere? La Repubblica è il futuro. Volete andare avanti? Ah, volete andare avanti?

- Avanti! Avanti! – rispondevano tutti ad alta voce e si muovevano come se per davvero bisognava andare da qualche parte. Come se per davvero bisognava andare avanti.

- Avanti! Avanti!

- La duchessa dice: Repubblica.

- Viva la duchessa! Viva la duchessa!

E con questo grido sancivano il voto alla Repubblica. Per loro, che non avevano mai votato, che avevano detto sempre sì, che il sabato avevano sempre alzato il braccio nel saluto romano, che si erano sempre chinati davanti *'e 'gnuri d'a Casina*, per loro che avevano sempre ubbidito, per loro Repubblica era ciò che aveva dato la duchessa. Per loro Repubblica era ciò che aveva indicato la duchessa. Per loro Repubblica era la duchessa stessa. E allora avanti, avanti… avanti… Con in mano quel foglio di carta giallo paglierino dove forse c'era scritto il loro destino.

- Viva la duchessa! Viva la Repubblica! Avanti! Avanti!

Fefè con il giornale in mano, come un tribuno romano, andava avanti. Più avanti di tutti, chissà perché. Gridava, gridava, gridava. *Comu 'nu vandiaturi*, che annuncia il pesce fresco arrivato ora ora dalla marina. E andava avanti con il giornale in mano e quel foglio di carta giallo paglierino dove forse c'era scritto anche il suo destino.

E allora avanti, verso il futuro, verso la speranza. Verso la Repubblica, verso la Libertà. Avanti con la duchessa. Avanti! Avanti!

Giustizia e Libertà: una donna giovane, con lo scialle rosso e la sciarpa bianca

Chi arriva a Tropea da oriente, lungo la panoramica strada del mare, e si ferma nella movimentata piazza di San Michele, cuore propulsivo della vita quotidiana, da cui si diramano tutte le altre strade che introducono nella città, è abbagliato dalla bellezza lineare e geometrica di un grande palazzo che domina imponente tutta la piazza e le case intorno. La sua classica bellezza, ben squadrata e ottimamente proporzionata nella possanza delle sue strutture, è messa maggiormente in rilievo dai raggi del sole del mattino che ferma su di esso per l'intera giornata la sua luce calda e dorata.

Il palazzo, che insiste su un antico castello poi distrutto, ha forma quadrangolare con i lati orientati ai quattro punti cardinali. Nelle linee di base riprende la struttura del *castrum* romano, con quattro grandi portoni laterali di entrata e uscita, e quattro grandi cortili interni movimentati da ampie scale, da ballatoi sospesi, da archi rampanti, agili colonne e robusti pilastri di sostegno che creano un illusorio gioco di luci e colori scanditi dai vuoti d'aria e dai pieni dei muri.

Nell'insieme spicca in contrasto il bianco colore di marmo delle bellissime statue ispirate alle dee e agli eroi della mitologia greca e latina, e le vecchie lapidi sbiadite dal tempo commemorative della storia cittadina e delle imprese della illustre casata.

Lydia Maria Stefania del Sannio duchessa di Montecelato d'Irpinia viveva in questo palazzo.

Discendente di antica e nobile famiglia beneventana venuta a Tropea nel medioevo, aveva origini longobarde con ascendenze sannite. Il sangue nordico era confluito, in un miscuglio di vita e di potere, in quello italico meridionale dando origine ad una stirpe di gente coraggiosa e intraprendente, forte e vivace. Come onde del mare che, in un rimescolio convulso delle acque, rinnovano la vita e la forza in un unico mare Mediterraneo. La duchessa era l'ultima discendente in linea diretta della famiglia, la legittima erede di tutti i beni e del titolo stesso di duchessa. Non mancavano, però, come d'uso, fratelli e sorelle di secondo e di terzo letto, o del tutto illegittimi frutto del cosiddetto *jus primae noctis* a cui il duca, suo padre, nell'espletamento delle sue civili funzioni non aveva mai rinunciato.

Era lei la donna giovane, con lo scialle rosso e la sciarpa bianca, che usciva da porte secondarie del palazzo in abiti dimessi per andare in giro fra la gente. Mimetica in mezzo al popolo, popolo essa stessa. Era lei che tutti i giorni, a mezzogiorno, scendeva alta e maestosa dalle scale rosate di marmo levigato per ricevere il popolo, il suo popolo. Era lei: Lydia Maria Stefania del Sannio duchessa di Montecelato d'Irpinia, la duchessa. Che il popolo chiamava, che il popolo acclamava. Lei, soltanto lei. Era lei, soltanto lei che il popolo invocava, che il popolo osannava.

Ma in una città fatta di nobili, *'i 'gnuri*, e di *servituri d'i 'gnuri* che, solo per essere servi e per buttare l'orina dei loro padroni nella ripa dall'alto dei balconi si sentivano *'gnuri* pure loro, in questa città dove non solo *'u speziali*, ma anche *'u falignami* e *'u varveri* aspiravano ad essere *'gnuri*, in questa città calpestata da Ercole, protetta da Giunone dea dell'Olimpo, dove riposò il console romano in Africa vincitore, in questa città la duchessa era fuori luogo e fuori tempo. In questa città così conformata, la duchessa Lydia Maria Stefania era la pecora nera della nobiltà, era l'anima persa della società.

I 'gnuri d'a Casina, gelosi delle proprie prerogative, prepotenti e arroganti, non vedevano di buon occhio la giovane duchessa. Sospettosi e preoccupati, seguivano con falso distacco il suo attivismo dinamico, che in quel mese di maggio del 1946 era sempre più visibile e consistente. Controllavano le mosse, seguivano i suoi passi. Spiavano. E stavano seduti con le gambe accavallate, il bastone bianco appoggiato al tavolino, il sigaro e la pipa, davanti al Circolo dei Nobili, a parlare e sparlare. A complottare sui futuri assetti politici della città. Ad accordarsi sulle fette di potere da ritagliarsi. In virtù di ciò facevano ibridi accordi, stringevano false alleanze. A nessuno di loro sfuggivano i movimenti della duchessa, gli strani andirivieni in alcune ore del giorno al suo palazzo.

- *Pari ca 'a signurina troppu si movi* – diceva il conte Riccardo Del Ponte. E tirava con apparente noncuranza una boccata di fumo dalla pipa che infestava l'aria per cinquanta metri intorno.

- *Caluriji 'i giuventù* – faceva tono il marchese Collegrazia passando la mano flaccida piena di grasso sulla pancia rotonda che non ce la faceva a stare chiusa nella camicia bianca.

- Sì, ma *a nnui chi 'ndi veni?* – interloquiva Renato Tirabue, neofita della ristretta cerchia della antica nobiltà tropeana.

- *Stamu a guardari: 'u mari e' ammaraggiatu… E quandu*

'u mari e' ammaraggiatu tutti 'i cerruzzi venunu a galla! – affermava con aria di vecchio filosofo il conte – *Stamu a guardari… Stamu a guardari…*

- *E quandu 'a tempesta si carma, calamu l'amu… calamu l'amu…* – riprendeva con ostentata sicurezza il marchese.

- Sì, ma *a nnui chi 'ndi veni?* – si preoccupava di sapere Renato Tirabue, *'u baroncinu,* dell'ultima nobiltà sabauda, combattuto fra la fedeltà al nuovo rango da poco acquisito e tanto agognato e l'incognita del nuovo futuro che si profilava.

- *'Ndi veni c'avimu 'u tenimu 'u cumandu, sinnò 'sti cafuni ni mangiunu* – tagliava corto il conte dall'alto della sua autorità.

Le giornate le passavano così, tra discorsi apparentemente senza senso, chiacchiere, pettegolezzi, illazioni, sospetti. Paure di perdere il potere. Il potere di antica memoria.

- E il duca?

- Il duca? Il duca, cosa?

- Il duca è con noi? È con noi o con la figlia?

- La figlia… la figlia… Ci sono altri figli… Altri figli… Di seconda e terza mano… E bastardi anche…

E le giornate finivano così, così come erano iniziate. Fino al nuovo giorno.

Mentre *'i 'gnuri* passavano in tal modo le loro giornate spilluccandosi la mente a come poter difendere i propri interessi, Filomena continuava la vita a *Terra di Sopra.* Aveva fatica e fatica, lavoro e lavoro. Sudore, tanto sudore che a volte pareva una sorgente d'acqua tanto i rivoli scendevano lungo la schiena, si insinuavano nei seni giovani e innocenti, inzuppavano le vesti che a strizzarle gocciolavano come lavate. Non riposava mai, passava da un lavoro all'altro. Dall'alba al tramonto. Fino a quando la stanchezza non la spezzava in due e tornava a casa "stanca morta", come diceva lei.

Quando andava al mercato con la carriola di legno a vendere i prodotti della sua terra, sentiva i discorsi della gente. Sentiva di referendum, di elezioni. Sentiva di monarchia, di repubblica. Sentiva di fascismo, di democrazia. Sentiva don Fefè che, da falso intellettuale, faceva la propaganda. E si accaldava, e agitava il giornale repubblicano come fosse una bandiera al vento o come un'arma affilata per la battaglia. Sentiva i buoni consigli minacciosi. Sentiva i preti, i confessori. Tornava a casa con la carriola vuota, con la testa piena di nuove idee, di nuovi propositi, che chiudeva nel cuore.

Ma venne il giorno delle decisioni. Il giorno in cui bisognò prendere partito. Il giorno in cui fu necessario scegliere, schierarsi dall'una o dall'altra parte. Per il passato o per il futuro, per la sottomissione o per la libertà, per la monarchia o per la repubblica, *p'i 'gnuri d'a Casina* o per la duchessa. Filomena scelse per la duchessa.

Scesero in campo due grandi schieramenti avversi, "*l'un contro l'altro armato*", pronti alla battaglia, pronti allo scontro: la Democrazia Cristiana che inalberava il vessillo cristiano delle sante crociate con la croce rossa nel mezzo e Giustizia e Libertà con una figura di donna in campo azzurro che alcuni volevano dire era l'immagine della duchessa. Il corso principale della città si caricava giorno per giorno di striscioni multicolori come in un circo di mattatori. Su ognuno campeggiava il simbolo di un partito con relativo nome e colore. Sui muri, nelle caselle della propaganda elettorale, si incollavano manifesti d'ogni tipo, d'ogni dimensione che davano un aspetto surreale alla città.

Man mano che la data del referendum istituzionale

si avvicinava e delle elezioni, le passioni si esaltavano, gli antichi odi si rispolveravano, le vecchie inimicizie si consolidavano. Era un guardarsi contro continuo, uno scontro verbale sempre più acceso e virulento. I toni si alzavano, le minacce passavano e spassavano. Qualche cazzotto di tanto in tanto volava, a tempo dovuto e nelle circostanze opportune. Tutte le forze erano in campo, amiche o alleate, di supporto o collaterali. Non c'erano neutrali. Da una parte o dall'altra: preti, monaci, monache e *vizzochi cu' 'i 'gnuri* per la Democrazia Cristiana e la monarchia; gli altri, artigiani, operai, maestri elementari, studenti con la duchessa per Giustizia e Libertà e la repubblica.

Il duca, combattuto da opposti sentimenti, strattonato da una parte e dall'altra, con obblighi istituzionali verso la casata, volendo rimanere *super partes* per poter dominare meglio la situazione, prese una saggia decisione: partì. Lui era il simbolo stesso della situazione del momento, la contraddizione storica del vecchio che tardava ad andar via e del nuovo che tardava ad arrivare. Con la guerra in casa tra la giovane duchessa legittima erede del tiolo e dei beni e i giovani rampolli del secondo e terzo letto che scalciavano per veder riconosciuti i loro diritti, il duca decise di partire. Andò nelle terre avite, il ricco feudo di Campania. Ma non rimase molto. La lotta era a Tropea, era a Tropea che si giocava l'ultima partita. Era a Tropea che si tiravano le sorti. Tornò. E si chiuse in camera come imparziale osservatore dei fatti.

I fatti procedevano per conto loro. Col duca e senza il duca, i fatti seguivano il proprio corso spinti dagli uomini, e dalle donne, che vi partecipavano con forza e con passione.

Le due parti avverse attaccavano con tutte le forze. Se ne dicevano di tutti i colori. I comizi erano sempre affollati. Gridavano con gli altoparlanti programmi e personali ingiurie tirate per l'occasione dai vecchi archivi della memoria. Si faceva la storia dell'avversario, della sua famiglia, della sua gente. La storia più turpe e meschina, naturalmente. La gente gradiva, ascoltava, applaudiva. Fischiava.

Il 31 di maggio, fin dal mattino la giornata si preannunciava calda e afosa. Con aria umida stagnante, sulle piante, sulle case, sulle persone. Il sole c'era e non c'era, isolato dietro fosche nubi di colore indecifrabile. Grigio topo o gatto incenerito. Il mare in bonaccia, senza un refolo di vento, era senza colore. Ognuno aveva dato inizio alla giornata secondo le proprie occupazioni. Il calzolaio risuolava le scarpe e affilava *'u trincettu*, il barbiere faceva le barbe e affilava il rasoio, il sarto tagliava le vesti e affilava le forbici, il contadino mieteva l'erba e affilava il falcetto. I carabinieri erano in all'erta e pulivano i moschetti. Ognuno, secondo il mestiere, preparava gli arnesi. Gli altri preparavano le lingue per il comizio finale.

Alle sette del mattino, all'uscita della prima messa da San Michele, il primo annuncio.

Matteo, *'u vandiaturi d'i pisci*, jettò *'u vandu*.

Fermo davanti alle Anime del Purgatorio, con una coppola di lana in testa che non levava mai nemmeno nei giorni più caldi d'agosto, respirò profondamente. Prese fiato più volte. Si mise in posizione, e, appena la gente cominciò ad uscire dalla chiesa, iniziò il suo lavoro. Accostò le mani ad imbuto alla bocca, sollevò la testa, aprì la bocca, gonfiò i polmoni. Poi, il primo grido spezzò l'aria amorfa del mattino.

- Genti di Trupea... Stasira... A piazza Erculi... Parra 'u conti Riccardu...

E ripeteva più volte finché gli durava la riserva d'aria nei polmoni e la gola non gli bruciava. Per riprendersi dallo sforzo e dalla fatica, andava *'nt'a canti-na d'a Rocia, si 'mbivea 'nu biccheri 'i vinu niru comu 'nchjostru*, e riprendeva il lavoro spostandosi di via in via per la città.

Dal lato opposto un'altra voce si levava, un altro grido. Forte, giovane, argentino.

- *Trupiani, genti bona… Stasira… Stasira… Accurriti… Accurriti… A piazza Erculi… A piazza 'i Galluppi… Veniti tutti… 'U 'ni cacciamu… 'sti 'gnuri … Veniti, veniti tutti… A piazza 'i Galluppi… All'urtim'ura, ca parra 'a nostra signura… 'A duchissa d'i Chjuppi…*

Le due voci, le due grida si rincorrevano da un lato all'altro della città. *'Ntronavunu 'nt'e vineji comu tronu*, si allargavano nelle piazze come uccelli in volo. Planavano nelle orecchie della gente con fruscio di vespa ronzante. Entravano nella memoria. Ognuno ascoltava, ognuno stava a sentire, ognuno commentava.

- *'Stasira 'nc'i canta… 'Stasira 'u conti 'nc'i canta boni boni…*

- *'Stasira jetta focu e jammi… 'Stasira 'a duchessa faci 'u diavulu a quattru…*

L'ultimo comizio si annunziava infuocato, combattuto su tutti i fronti. Entrambi i protagonisti buttavano in campo tutte le loro forze. Per le vie e per le viuzze si vedevano gli uomini di Dio parlare sottovoce come in confessione, *i vizzochi*, a gruppi di tre o quattro, entravano e uscivano dalle case frettolose frettolose. I magazzini dei palazzi si svuotavano. Le bandiere issate sulle porte dei negozi non avevano vento: aspettavano la brezza della sera, di terra o di mare, per sventolare.

'I 'gnuri d'a Casina stavano seduti avanti a Galluppi, il grande filosofo seguace di Kant, che aveva rinnovato il pensiero filosofico in Italia e che adesso osservava marmoreo le grandi manovre politiche che si svol-

gevano sotto di lui e le battaglie verbali di fronte. Facevano corona intorno al conte Riccardo Del Ponte, generale comandante di corpo d'armata, decorato al valor militare, che aveva bruciato nel fuoco dell'artiglieria austriaca la vita di migliaia di soldati italiani nell'inutile tentativo di tamponare con carne umana la frana di Caporetto e fermare il dilagante fiume nemico sul sacro suolo italiano. Fedele al re, di cui era stato anche attendente di campo, guardava al fascismo come idea unificante della nazione. Ma, su di esso, per opportunità politica, taceva e non si sbilanciava.

Per tutta la giornata Matteo, *'u vandiaturi d'i 'gnuri*, e Fefè, don Fefè come lo chiamavano tutti, si affrontarono per ogni dove, in continuazione, al grido delle parole che annunciavano l'ultimo scontro della sera. Appena l'uno finiva, l'altro iniziava. E la loro voce rimbombava per tutta la città, entrava anche nelle case. Fino a quando, verso le tre di pomeriggio, in Piazza della Rota, i due inaspettatamente, uscendo da due strade opposte, si trovarono di fronte. Matteo con la coppola di lana in testa, Fefè con un cappello di carta, a forma di busta, come usavano i muratori per ripararsi dal sole, che lui stesso aveva fatto con un foglio di giornale dove grandeggiava nei caratteri grossi del titolo LA VOCE REPUBBLICANA, improvvisamente furono di fronte. Improvvisamente si fermarono. Improvvisamente smisero di gridare. Tacquero. Si misero a guardare. Gli occhi puntati negli occhi. Le bocche chiuse serrate. Le mani protese in avanti. La tempesta stava per arrivare.

Matteo, uomo robusto e impulsivo, Fefè, freddo e ragionatore, si scontrarono. *'A sciarra* scoppiò in un momento. Prima le parole gridate sulla faccia dell'altro come furia di vento, dopo incrociarono le mani

171

come spade in un duello. Un duello fisico, umano. Un duello morale e culturale. Matteo, indubbiamente più forte, dava pesante nei colpi di mano. Fefè, alto ma magro, rispondeva all'attacco, stava in difesa, in attesa di sferrare il colpo vincente. Intanto grida, urla, schiamazzi avvolsero la piazza in un turbinio di parole contorte, spezzate, mugugnate.

Lo spettacolo della lite richiamò l'attenzione di molte persone che non persero tempo per andare a vedere, per assistere felici all'evento.

- *Jamu... Jamu... Fujimu... Fujimu... Si stannu ammazzandu... Si stannu ammazzandu...*

In un batter d'occhio la piazza fu piena di spettatori. Chi gridava, chi incitava, chi consigliava sui colpi più utili a stendere l'avversario. Chi aizzava. I due, sotto lo sforzo della lotta, istigati dalle urla del pubblico focosamente partecipe, non mollavano la presa. Davano botte in ogni parte del corpo. Sopra, sotto. Al petto, alla pancia. E quando si staccavano era per ritornare con più furia sul corpo. Rossi col sangue che scoppiava nelle vene, gli occhi stralunati, i capelli appiccicati di sudore, avevano più l'immagine della bestia che di uomo. Qualche livido di ematoma anneriva di viola la pelle, qualche goccia di sangue sgorgante da graffi profondi dava colore di tragedia alla scena. Nessuno cedeva. Erano due corpi indistinti, incollati uno sull'altro, ansanti in cerca di morte. Fino a quando...

Nessuno interveniva per separarli. Né, d'altronde, vista la furia selvaggia, era possibile farlo senza rischio per l'incolumità di ciascuno. E poi, quando due si picchiano è lo spettacolo più estasiante per la folla crudele. Da sempre.

'U sciarriamentu durò quasi un'ora. I due contendenti, sfiniti e senza forze, non si mollavano. Spente le

voci, si aspettava l'ultimo atto: l'atto finale. La tragedia. Quando, avvinghiati come due serpenti in amore, o come *sanguette* attaccate alla vena, sicuramente sarebbero caduti a terra morti. Insieme. Morti ma non vinti.

In quel momento un gran silenzio calò pesante sulla piazza. Non un filo d'aria, non un respiro. Una cappa di piombo pesava sulla testa di tutti. Nessuno diceva niente. Si aspettava. Solo l'ansito affannato di Matteo e Fefè giunti al momento estremo dell'abbraccio funereo, freddo, con la madre terra. I due respiri intermittenti si univano in un unico rantolo che si diradava nel tempo, e invadeva l'aria di uno spirito di morte.

D'improvviso un grido. La folla si aprì. La siepe di uomini, più bestie che uomini, si aprì alle bestie. Le bestie giunsero di corsa. Invasero la scena. Si avventarono arrabbiati come proiettili sparati senza direzione su Matteo e Fefè con un ringhio crudele, bestiale. Morsero.

Due cani scappati alla catena morsero impietosi alle gambe Matteo e Fefè. Morsero la carne. I denti si conficcarono in profondo, lacerarono i tendini. Un dolore nuovo scosse i due combattenti, li svegliò da un torpore letale, li portò alla realtà, li portò alla vita. Con l'ultima forza rimasta gridarono:

- Aaaaahhhhiiii! – e caddero a terra sfiniti. Uomini e bestie attaccati.

- *Passi jà… Passi jà…* – gridava la gente.

In quel groviglio di uomini e animali non si capiva chi erano gli uomini, chi erano gli animali.

- *Passi jà… Passi jà…*

Le grida della gente non sortivano nessun effetto. Uomini e bestie rimasero attaccati. Una curiosa forma di carne diversa, di carne uguale.

Micantoni, 'u figghju d'u mastru custureri, ragazzo vispo, impavido, intraprendente, si fece avanti con sorriso sornione, divertente. Guardava di qua e di là con occhi minuti infossati sotto le ciglia nere come due lumini in un bosco. Era come se cercasse approvazione, sostegno, incoraggiamento dalla gente. Ma guardava, solo guardava.

Micantoni andò subito sui cani. Senza paura, con divertimento. Li afferrò per la coda, tutt'e due, e cominciò a tirare a tirare. A tirare con forza.

I cani staccarono i denti aguzzi e bianchi dalla carne dei polpacci dove erano conficcati, e cominciarono a guaire per il dolore. *Micantoni* tirava e tirava. Li faceva roteare intorno come una trottola tenendoli lontani da sé per non subire danni. La gente si divertiva e approvava. I cani guaivano, latravano. Matteo si alzava e bestemmiava, Fefè si alzava e si scuoteva la polvere di dosso. *Micantoni* tirava e tirava.

- Fermi! Fermi tutti! Largo… Largo… Fate largo! Lasciate passare.

Erano giunti i carabinieri.

Come sempre, i carabinieri arrivavano sul posto puntuali e precisi. Dopo il fatto, però. Dopo il fatto.

Con le armi in mano, il cappello in testa, si fecero largo nella folla. Tagliarono la gente come una lama di coltello taglia una fetta di burro. Si misero nel mezzo, due di qua, due di là al comando del maresciallo che dava ordini.

- Circolare… Circolare…

Sarà stato il caldo del pomeriggio, sarà stata la paura di dover fare da testimone, sarà stato che lo spettacolo era finito, piano piano la gente sfollò. Ad uno ad uno ognuno tornò alle proprie occupazioni. La piazza rimase vuota, deserta. Non c'era nessuno. C'erano solo Matteo che bestemmiava e voleva ammazzare i cani, Fefè che si levava la polvere di dosso e guardava sbalordito per ogni dove, i carabinieri che puntavano le armi e sembravano pronti a sparare a chi non si sapeva, il maresciallo che dava ordini e ordini e sembrava un generale in pensione, e i cani che si mordevano la coda e giravano intorno intorno per il dolore. Alla fine il maresciallo ordinò: – Arrestateli.

I carabinieri, ubbidienti, si fecero avanti con le manette e le catene.

Matteo e Fefè doloranti si fermarono.

I due cani doloranti si fermarono.

I carabinieri con le armi, le manette e le catene si fermarono.

Il maresciallo, in attesa dell'esecuzione, si fermò.

L'aria era già ferma. Non un refolo di vento. Fermo. Tutto fermo.

- Arrestateli. Eseguite l'ordine.

I carabinieri si guardarono negli occhi.

- Arrestare chi? – chiesero all'appuntato.

L'appuntato si guardò negli occhi.

- Arrestare chi? – chiese al brigadiere.

Il brigadiere si guardò negli occhi.

- Arrestare chi? – chiese al maresciallo che dava gli ordini.

Il maresciallo che dava gli ordini e sembrava un generale in pensione si guardò negli occhi.

- Arrestare chi? – chiese.

E nessuno rispose.

- Arrestateli tutti! Cosa aspettate?! Tutti! Tutti! Arrestateli tutti! – gridò infuriato e diede l'ordine.

I carabinieri, ligi al dovere, ubbidienti all'ordine, arrestarono tutti. Uomini e cani. Senza distinguere fra uomini e cani. D'altronde chi erano gli uomini? Chi erano i cani?

I carabinieri portarono Matteo e Fefè, e i due cani

anche loro in stato di arresto, al carcere mandamentale dove le porte erano già state aperte per farli entrare. In lunga fila indiana, uomini e animali, ammanettati e incatenati, attraversarono tutto il paese mentre porte e finestre si chiudevano in segno di disprezzo. Avanti di tutti andava il maresciallo che dava gli ordini e sembrava un generale in pensione, a seguire il brigadiere, l'appuntato e i carabinieri che, ligi al dovere, eseguivano gli ordini. E poi, senza distinzione di ruoli, di appartenenza o di fede politica, nel più puro spirito democratico, tutti insieme uomini e animali.

Ci fu un processo per direttissima. Gli imputati ammisero le colpe. Siccome tutti erano incensurati, gli avvocati ebbero compito facile nella difesa. Tutti evidenziarono le circostanze della situazione, si poggiarono sulle attenuanti generiche. Chiesero l'assoluzione a formula piena, per non aver commesso il fatto o *in sub ordine* perché il fatto non sussiste.

Il giudice, letti i verbali dei carabinieri debitamente firmati e controfirmati, ascoltati sotto giuramento i testimoni e gli imputati, ascoltato il Pubblico Ministero, si chiuse nella camera di consiglio per decidere. Uscì poco dopo con la toga nera svolazzante e i pennacchi cadenti dalle spalle, con il bavero bianco sul davanti, preceduto dal cancelliere e dagli uscieri. Il cancelliere gli porse un foglio bianco. Il giudice lesse la sentenza. Con una velocità tale di parola in un borbottio simile al ronzio di un vespaio, che nessuno dei presenti capì niente. Solo gli avvocati che batterono le mani e i cani che si misero ad abbaiare.

Assolti. Tutti assolti: uomini e animali. Assolti con formula piena: perché il fatto non sussiste, e gli imputati non avevano commesso il fatto. In più, tenuto conto delle attenuanti generiche, disponeva l'immediata scarcerazione se non detenuti per altri reati.

In virtù della sentenza tutti furono liberi di andare, tutti furono liberi di circolare. I carabinieri immobili sull'attenti, la mano alla visiera, salutarono col saluto militare. Gli imputati non più imputati andarono fuori a bere un sorso di libertà.

Il comizio

Il pomeriggio passò tranquillo. Ognuno era impegnato nella propria attività e si affrettava a terminare il lavoro iniziato perché non voleva perdere il comizio finale che dopo le premesse si annunziava infuocato, senza esclusione di colpi da entrambe le parti. La calma piatta non lasciava presagire nulla di buono. Il fuoco era nascosto sotto la cenere.

Filomena passò le sue ore del pomeriggio ad irrigare gli ortaggi che ormai erano attecchiti, crescevano bene e soffrivano per il caldo asfissiante che rubava loro l'acqua. Sistemò le galline, il nuovo maiale e la capretta che aveva da poco comprata. Preparò sul fuoco una piccola cena, frugale e fatta con i prodotti della sua terra: una minestra con patate, cipolle, erbe amare *'i margiu* lavate e sciacquate, condite *cu' 'nu filiuzzu* d'olio d'oliva e poco sale. Fece le pulizie personali: lavò la faccia e le mani fino alle ascelle, spruzzò l'acqua sul petto e la passò sui capelli, immerse i piedi nell'acqua corrente. Sollevò la veste, l'avvolse sui fianchi, rinfrescò le gambe immacolate e belle con ancora i segni della guerra. Quel fresco la fece gioire, la tonificò, la rinfrancò, la mise di buon umore. Le rinnovò le forze. Le venne il sorriso. Si sedette davanti alla porta, fece il segno della croce in ringraziamento al Signore. E mangiò da sola sull'aia.

Filomena si pettinò. Si guardò allo specchio. Chiuse la porta. Aspettò che l'ultimo raggio di sole passasse radente sulla sua terra. Come una carezza. Poi si avviò.

Filomena andò al comizio della duchessa.

Piazza Ercole, la più bella piazza della città, tagliata nel cuore stesso della città sul sito dell'antico tempio di Era Giunone genitrice, potente dea fra i più potenti dell'Olimpo greco, prima protettrice e che diede nome a Tropea, era già piena di gente che gridava: – Vivaaahhh! Vivaaahhh! Viva il re, viva il conte!

Il conte Riccardo Del Ponte avrebbe aperto per primo le ostilità. Dopo alcuni oratori di supporto, fra cui padre Silvano, monaco francescano del locale convento di Sant'Antonio, il conte avrebbe chiuso la campagna elettorale dal grande balcone di ferro battuto a petto d'oca, opera della migliore forgia tropeana. Da più di un'ora due grossi tromboni metallici piazzati agli angoli del palazzo, l'Antico Sedile dei nobili, diffondevano la Marcia Reale a volume così alto che di rimbalzo dalle case intorno intontiva la gente, intorpidiva la mente.

In piazza c'erano tutti: *'i 'gnuri d'a Casina, previti, monaci, servituri*. Talari neri e grembiuli bianchi. La Santa Romana Chiesa, locale, con tutti i suoi rappresentanti, e i servi dei nobili signori chiamati a raccolta sotto lo sguardo imperativo dei loro dominatori. I supporter del conte, i più esacerbati, tenevano in testa un cappello di carta colorata con la corona del re e la croce sabauda. Questi, tirati su anche da qualche bicchiere di vino in più, erano talmente contenti che sembrava avessero conquistato anche loro la nobiltà. Gridavano, gridavano a perdifiato:

- Viva il re, viva il conte – tentando inutilmente di superare la voce metallica asfissiante degli altoparlanti. In mezzo a quella marea di gente d'ogni colore spiccava la testa bianca di Matteo senza corona. Reduce dall'incontro violento del pomeriggio, gli avevano fasciato la testa con bende bianche legate una all'altra che appena appena si vedevano gli occhi, il naso, la bocca. Per farsi distinguere dagli avversari e per farsi riconoscere dal conte che lo doveva pagare per il servigio reso, aveva dipinto sulle fasce una grande croce rossa che sembrava un cavaliere senza macchia e senza paura in partenza per le crociate contro i musulmani. Impedito così sulla testa, non aveva però voluto rinunciare alla sua nobiltà di carta. Teneva in mano la corona del re davanti alla pancia che a vederlo, distrattamente, dava l'impressione di uno che stesse facendo pipì nell'orinale.

Più avanti di tutti a dirigere l'attacco c'era Leonardo Cardone, figlio di Filippo Cardone e di Marianna La- spanna, conosciuto e detto come *Nandu 'u Cardiuni*. Il quale, ignorante quanto basta, intelligente non di più, stupido assai e non poco, o all'opposto secondo la circostanza, teneva il piede in due staffe. *Facea 'u fissa pi' nommu vaci a guerra. Fissa non era*. Cioè, alle otto gri- dava viva il conte, alle nove gridava viva la duchessa. Non aveva simboli addosso.

Alle otto di sera la musica cessò. Impressionante il silenzio che invase la piazza. Tutti aspettavano il pri- mo colpo, tutti aspettavano l'ultimo colpo.

Il conte vestito di bianco venne sul balcone.

La folla gridò:

- Viva il Re! Viva il conte!

Il conte parlò.

Parlò del suo passato, della sua famiglia, del suo ca- sato. Parlò della storia, della patria, della città. Blandì. Promise, promise, minacciò. Minacciò il salto nel bu- io, nel disordine, nell'anarchia. Concluse dicendo:

- Noi vinceremo... Vinceremo come Costantino l'imperatore... *In hoc signo vinces*...! – e indicò la croce rossa sullo scudo bianco della Democrazia Cristiana – Il sangue dei martiri cristiani è il nostro sangue...

Verseremo il nostro sangue per la santa croce di Dio e per il nostro Re... Viva Cristo!... Viva il Re!

- Viva il Re! Viva il Re! – urlò la piazza come un sol uomo.

- Viva il conte! Viva il Re!

Il conte Riccardo Del Ponte con gesto plateale ieraticamente alzò le mani al cielo come un Cristo Redentore. Così, uscì di scena.

- Viva il conte! Viva il Re! – urlò ancora una volta la piazza.

L'urlo si sperse lontano al suono della campana dell'orologio che scandiva le ore.

Il martello grande della campana aveva finito di battere le ore, quello piccolo i quarti d'ora per dire che erano le nove. Le ore nove di sera a Tropea e in tutte le piazze d'Italia che vivevano intense e difficili ore di libertà dopo lunghi anni che era stata negata. Erano ore in cui si parlava in libertà con comizi affollati e passionali. Erano ore decisive per il popolo, per l'Italia, per la libertà.

Ore nove in punto, appena scoccate. Lydia Maria Stefania del Sannio duchessa di Montecelato d'Irpinia, la duchessa, inizia a parlare.

- Cittadini...

Aveva ascoltato il comizio del suo antagonista stando ferma accanto alla fontana dei Tritoni in marmo squamato. Aveva memorizzato parola per parola nella sua mente il discorso che il conte aveva già fatto. Aveva sottolineato nella sua memoria i passaggi su cui attaccare a tutto campo.

- Paesani...

Dal balcone, che prima era stato del conte, dominava per intero, in tutta la sua lunghezza, una grande bandiera bianca rossa e verde. La bandiera dell'Italia, della nuova Italia, dell'Italia democratica, del futuro.

La duchessa, giovane e combattiva, non tradiva il suo sangue. Sangue fatto di nobiltà e di coraggio. Di intelligenza, di cultura, di apertura mentale.

- Amici...

Lo sguardo d'aquila rapace della duchessa volteggiava da un lato all'altro della piazza. Si fermava sui balconi di fronte affollati di oppositori concorrenti. Indugiava sul sagrato delle chiese dove, con falsa indifferenza, sostavano chiusi nella loro furbizia nera preti, canonici e sacrestani. Osservava il popolo che in muto silenzio ascoltava e aspettava a capire cosa la giovane donna avrebbe detto quella sera.

- Popolo di Tropea...

Un fremito passò in mezzo alla gente, toccò tutti e ciascuno. Ansia e commozione si facevano strada nel cuore di chi stava a sentire. La duchessa calma osservava il popolo in piazza gremita come non mai. Soddisfatta di tanta gente venuta ad ascoltare lei, l'unica donna ad affrontare in prima persona e a viso scoperto la lotta politica dura e incerta. Sapeva che non poteva sbagliare, che non doveva sbagliare. Sapeva che il clero e chi stava intorno le era contro, sapeva che i nobili e i notabili le erano contro, sapeva *ca 'i 'gnuri e 'i servituri* che svuotavano ogni mattina gli orinali nobili dei padroni le erano contro, sapeva che la sua stessa famiglia non era d'accordo, sapeva che il duca suo padre non aveva preso ancora posizione. Sapeva che doveva combattere fino in fondo e non poteva sbagliare. Non poteva sbagliare.

- Uomini e donne...

Si fermava sulle parole, aguzzava gli occhi. Gli occhi belli, color della terra. La terra aspra, meridionale, dura da lavorare. Entrava dolcemente nel cuore della gente. Penetrava come uno spillo appuntito nell'intimo più profondo. Incideva come un bisturi tagliente sui sentimenti. Sui sentimenti della sua gente. Quella gente che sarebbe entrata nel fuoco per la sua duchessa, la donna giovane, con lo scialle rosso e la sciarpa bianca che aveva guidato l'assalto al treno per dare farina e pane al popolo affamato. Quella gente che lei conosceva. Che la conosceva.

Fece una pausa più lunga come per raccogliere le idee. Come per scegliere le parole.

E le parole vennero come un fiume in piena improvviso che rompe gli argini e dilaga impetuoso nelle campagne intorno e tutto allaga e sommerge. O come fuoco irresistibile che sale travolgente dal basso del monte lungo i fianchi e giunge in volata fino in vetta senza che nessuno possa fermarlo. Arde e brucia. Acqua e fuoco era quella sera il discorso di Lydia Maria Stefania del Sannio duchessa di Montecelato d'Irpinia, la duchessa tanto amata dai tropeani.

Filomena, pulita e profumata al sapone di casa, con la vesticciola lisa lavata quella mattina stessa, era in piazza. Prendeva direttamente le parole dalla duchessa. La duchessa parlò della terra, dei contadini. La terra che deve essere lavorata dai contadini, in libertà, senza imposizioni.

Era in piazza don Carmine Ortese, il prete buono, il prete santo, il prete socialista. Che era stato in guerra, che aveva visto i soldati morire, uccidere, soffrire. La duchessa parlò della guerra, dell'insensatezza della guerra. Parlò della fratellanza dei popoli, della collaborazione. Della pace bene supremo di ogni civiltà.

Era in piazza don Fefè, l'intellettuale pesto e gonfio; aveva il braccio rigido legato con una salvietta bianca al collo, immobile in orizzontale su cui aveva appeso come un lenzuolo ad asciugare un giornale: La Voce Repubblicana. La duchessa parlò di democrazia e di repubblica. Di governo del popolo libero e sovrano, responsabile d'ogni decisione. E parlò di e-lezioni.

Ed era in piazza anche Leonardo Cardone, figlio di Filippo Cardone e di Marianna Laspanna, conosciuto e detto come *Nandu 'u Cardiuni*. Il quale, ignorante quanto basta, intelligente non di più, stupido assai e non poco, o all'opposto secondo la circostanza, teneva il piede in due staffe. *Facea 'u fissa pi' nommu vaci a guerra. Fissa non era.* Quello, cioè, che alle otto gridava viva il conte, alle nove gridava viva la duchessa. Che non aveva simboli addosso.

Anche a lui parlò la duchessa. Soprattutto a lui e a quelli come lui indecisi se stare inchiodati al passato o dare una svolta totale dalla monarchia alla repubblica, dalla dittatura alla libertà.

Quella sera la duchessa, la donna giovane, con lo scialle rosso e la sciarpa bianca, rivoluzionaria, che aveva combattuto la guerra partigiana, parlò di libertà.

La duchessa, elegante, semplice, austera, che vestiva un tailleur leggermente attillato alla persona alta e slanciata, color scuro, blu notte, con le maniche lunghe e il collo ampio, con una leggera scollatura a V che lasciava vedere il bianco colorito della pelle, parlò con foga. Parlò con passione. Parlò ad uno ad uno a quelli che erano là. E a quelli che là non erano, ma ascoltavano da dietro le finestre, nascosti per non farsi vedere. Parlò agli operai, agli artigiani, ai contadini. Parlò ad uomini e donne, giovani e vecchi. Parlò ai maestri elementari, agli avversari. Parlò agli studenti.

Contestò punto per punto l'avversario surclassandolo nella forma e nella sostanza. Usò un linguaggio alto e profondo con una versatilità di concetti che le permetteva di passare con celerità da un'idea all'altra senza perdere il filo del discorso. Senza distogliere l'attenzione dell'uditorio. Non ebbe difficoltà alcuna a poggiare il suo parlare sui grandi fatti della storia planando come gabbiano in volo dalla classicità greca e romana, le *poleis*, la *res publica*, alla storia medievale, i Comuni, e rinascimentale, le Signorie, fino a giungere a quella moderna e contemporanea, gli Stati Uniti d'America, la Rivoluzione Francese, le Repubbliche Marinare, per smontare con minuzioso e logico ragionamento le falsità politiche e ideologiche di chi l'aveva preceduta sul medesimo balcone.

Contestò al conte che il passato nella continuità era ordine, rispetto per le istituzioni, ricchezza e benessere. Con veemenza espositiva misurava i toni, bilanciava le pause, calcava forte sulle parole chiave con sottolineature pesanti in una scansione sillabica delle parole volutamente lasciate in sospeso per riprenderle più in là, subito dopo, smarcando il pubblico in un caloroso applauso che la incitava ad andare avanti, a continuare.

Il tempo passava. Una brezza di terra mitigava l'aria. Nella storica piazza di Tropea le parole della duchessa erano come balsamo sulle ferite ancora aperte nella carne della gente che tanto aveva sofferto, e continuava a soffrire, per la fame, per la guerra.

- Mai più la guerra! Lavoro e pace!

- Pace! Pace!

Il popolo riprese il grido della duchessa che si avviava a concludere il suo discorso. Il popolo capì che la duchessa era con lui, contro i nobili signori fannulloni, invidiosi e sanguisughe. Il popolo capì che la duchessa era con gli operai, con gli artigiani, con i contadini. Con gli uomini di cultura. Il popolo capì che della duchessa si poteva fidare, per la sua intelligenza, per la sua storia, per la sua passionalità, per il suo gran cuore.

La duchessa parlava col cuore, parlava al cuore della gente. La duchessa, quella sera, conquistò il cuore della gente. Della sua gente che lei amava. Della sua gente che la amava.

Ad ogni passaggio saliente e rimarcato dalla piazza si levava alto fino al cielo un fortissimo battimano e il grido unanime, condiviso, intimamente sentito di "viva la duchessa".

- Cittadini... Paesani... Amici... Popolo di Tropea... Uomini e donne... Contadini, operai... Studenti...

I battimani e le grida di plauso punteggiavano con foga ogni citazione della duchessa, che aveva parlato di lavoro, di pane, di giustizia, di libertà. Di repubblica, di democrazia. Senza voltarsi mai, senza mai perdere la parola.

- Gli avversari, i nostri avversari... sono nemici nostri, sono nemici vostri, sono nemici della pace... della libertà... Essi...

Il comizio si avviava alla conclusione. La voce diventava più acuta, più chiara, più cristallina. Come se stesse iniziando solo allora a parlare.

- Essi...

La duchessa alzò la mano verso l'alto, la roteò da un estremo all'altro del balcone in una spirale lenta e ascendente come un arco panoramico sulla volta celeste ad indicare, senza timore di sbagliare, i sagrati delle chiese, i balconi dei nobili, degli avvocati. Quasi volesse puntarli ad uno ad uno per stanarli dalle loro bugie, dalla loro ipocrisia in un eloquio sferzante, continuo, incessante. La duchessa andava avanti con fluidità di parola impressionante, convincente, sbugiardante.

- Essi... Essi si nascondono sotto la croce santa di Cristo...

Un grido tremendo di disappunto squassò la piazza. *'I basuli pigghjaru a ffocu*, le mura dei palazzi furono scossi con rumore di tuono. Voci gridate in confusione, in agitazione:

- La duchessa! La duchessa! Dov'è la duchessa?!

Il popolo si mosse. Si sentiva come un mare in tempesta mugghiante sotto il vento che porta le onde, le innalza, le solleva, le fa ricadere con tonfo profondo. Come mare in tempesta con alte onde squassanti contro gli scogli, il popolo in piazza rumoreggiava. Un risucchio di voci confuse, una sull'altra a cavallo impetuose, saliva dalla piazza in un vortichìo turbinoso di *cudarratta* che tutto aspira e solleva con forza centrifuga dal mare per poi farlo pesantemente ricadere ancora nel mare rovinosamente. Il popolo si agitava e si muoveva scomposto. Perché non vedeva, perché non sentiva la duchessa. Cosa era successo?

Improvvisamente era caduto il buio sul balcone. La luce si spense. Gli altoparlanti zittirono.

Lydia Maria Stefania del Sannio duchessa di Montecelato d'Irpinia, la duchessa, sotto l'enorne Idra di Lerna con le fauci bestiali spalancate uccisa da Ercole con le mani, la duchessa non si scostò di un millimetro, non mosse un capello. Rimase ferma, immobile al suo posto. Impassibile, guardando il popolo sotto preoccupato, sconvolto per quello che era successo. Ma, cosa era successo?

Quando la luce tornò, il popolo vide la duchessa sul balcone. Un boato di giubilo sommerse il mondo intero, quel piccolo mondo meridionale, di applausi e ovazioni. Subito dopo, la duchessa con voce calma, senza tradire emozione alcuna, tranquillizzò il pubblico, rasserenò i sostenitori.

- Non è successo nulla… I nostri nemici… I vostri nemici… Quelli che si nascondono sotto la croce santa di Cristo... Che strisciano sotto i tappeti come viscidi lombrichi... Che si avvolgono nelle tende dei confessionali... Quelli... Proprio quelli... Hanno spento la luce... Hanno spento la luce con i piedi del cavaliere Lemone, Alfonso Lemone, che ha staccato la spina col piede destro acido, perfido e traditore.

Il cavaliere, smascherato nella sua malefatta, additato con nome e cognome, trafugò la sua persona verso casa sgattaiolando via silenzioso per i vicoli adiacenti come gatto messo a mollo e bagnato cercando di scuotere di dosso l'infamia tremenda.

- Essi hanno spento la luce perché vogliono agire nel buio... Vogliono che voi non sappiate... Che voi non conosciate... Vogliono tenervi succubi e ignoranti... Ma noi accendiamo la luce. La luce del cuore, la luce della mente... La luce della ragione... Per conoscere, per distinguere, per scegliere... È la luce del pensiero che illumina la nostra bandiera: la bandiera della Repubblica, della Libertà... È la luce del sapere che illumina i passi della pace, della civiltà... È la luce della passione, dell'amore che illumina il nostro cammino sulla strada del benessere, della pace, della democrazia, della Libertà... Facciamoci avvolgere... facciamoci catturare da questa luce, e andiamo avanti tutti insieme, sotto questa bandiera, verso l'Italia nuova, giovane e bella... Verso l'Europa, verso la Libertà cantando a gran voce una canzone allegra di gioia, di amore, di Giustizia, di Libertà... Viva la Repubblica! Viva la Libertà!

Lydia Maria Stefania del Sannio duchessa di Montecelato d'Irpinia, strinse i pugni in segno di compattezza, di forza, di lotta. Per un tempo indefinibile accolse gli applausi festosi della gente che manifestava così il suo desiderio di libertà a lungo mortificato e represso da un apparente oceanico consenso usato e strumentalizzato per molto tempo da una perfida propaganda di regime.

Il popolo gridava:

– Viva la duchessa! Viva la libertà!

Immedesimava e personificava, così, la Libertà nella duchessa stessa. La quale scese dal balcone per andare incontro alla gente. La sua gente, che invase *'a Casina d'i 'gnuri*, salì tumultuosa per le scale, avvolse la duchessa in un abbraccio di gioia collettiva, la portò fuori in tripudio di bandiere e di canti per le vie affollate come giorno di festa, lungo il corso. Fino al palazzo. Dove sul portone spalancato e illuminato a giorno suo padre, il duca, la aspettava.

Il duca diede il braccio alla figlia legittimando in tal modo il suo operato, dichiarando di fatto la sua scelta di campo. Ordinò ai servi di aprire una botte. Quella notte fu notte di festa, di allegria. Il popolo bevve. Bevve a sazietà. Si ubriacò di vino… di Libertà.

Il fuoco

- *Aiuuutuuu! Aiuuutuuu! Madonna mia, aiutu! 'U focu! 'U focu! Madonna d'a Rumanea, aiutami tu!*

Il grido di aiuto passò da un lato all'altro della collina. Scese *d'a rasula larga fin'a sutta*. Attraversò l'aria con disperazione, con dolore. Salì dalla terra fino al cielo. E sulle bianche nuvole si fermò. Dove forse c'era Dio, che ascoltò.

L'udì Ciccillo che *'nzulfarava 'a vigna*, l'udì *'u Baimi* che riposava al fresco nel pagliaio, l'udì *'Mbertu 'u cacciaturi* che aveva appoggiato il fucile ad una pietra. L'udì Filomena che zappava nell'orto e mentre zappava diceva una preghiera.

L'udirono gli uccelli allegri che cinguettavano nei nidi, l'udirono i pulcini innocenti che pigolavano nelle stoppie. E l'udirono i serpenti neri che strisciavano veloci per terra.

L'udirono i Santi in Paradiso che giubilavano il Signore e cantavano Alleluja. E l'udirono i diavoli imbestialiti dell'Inferno che dormivano e bestemmiavano anche nel sonno.

L'udì la Madonna Santa di Romania.

- *Aiuuutuuu! Aiuuutuuu! Madonna mia aiutu! 'U focu! 'U focu! Madonna d'a Rumanea, aiutami tu!*

Il grido si ripeté ancora e ancora. Impotente e disperato. Tagliava l'anima, bruciava il cuore.

Un sottile sbuffo di fumo si era levato improvviso *d'arretu 'a casea*. Prima impercettibile, quasi invisibile. Molto basso al suolo. Poi cominciò a prendere forma di colonna diritta verso il cielo. Man mano che il tempo passava diventava sempre più denso, con volute più consistenti e gonfie che si aprivano la strada verso l'alto.

- *U focu… U focu… Jettaru focu arretu 'a casea…*

Al grido straziante di *cummari Rusaria 'a lentigghjusa* accorse Ciccillo che smise di dare lo zolfo nella vigna, accorse *'u Baimi* che interruppe il riposo nel pagliaio, accorse *'Mbertu 'u cacciaturi* che prese il fucile da terra e lo mise sulla spalla come un ascaro che va alla guerra, accorse Filomena che smise di zappare nell'orto e continuò a recitare una preghiera. Accorsero tutti. E videro, videro Rosaria col bambino piccolo in braccio, sconvolta, disperata, urlante.

- *U focu… U focu…*

Il fuoco stava per attaccare *'a rasula d'i luppini*, ma non si vedeva. E nemmeno il fumo si vedeva perché era dal lato opposto della collina. Rosaria, che si era trovata sola in casa col bambino piccolo, il marito era lontano nel fiume a scavare pietra per i muratori, aveva visto il pericolo imminente del fuoco annunciato da quel sottile filo di fumo levatosi dal ciglio della strada. Aveva preso con sé il bambino, aveva tirato fuori il vecchio genitore che traballante e imbambolato a stento stava in piedi sorretto da un bastone, e si era messa a gridare. A chiamare aiuto.

- Dov'è il fuoco? Dov'è il fuoco? – domandò Ciccillo sempre pronto a dare una mano di aiuto a chi ne aveva di bisogno.

- Di là… Dietro la casa.

Improvviso un crepitio di sterpi bruciati giunse sul breve spiazzo davanti casa, un odore acre sopravvenne subito dopo. E una nuvola di fumo nero, denso di caldo umore evaporante, diede conferma di un brutto incendio che prendeva forza e vigore in poco tempo.

Ciccillo andò subito dov'era il fuoco. Spezzò con le

mani una frasca di *'nestra* e andò incontro alla fiamma ancora bassa. Intanto vennero pure gli altri con zappe, con le pale. *'U Baimi*, il più anziano, dava gli ordini. Dirigeva le operazioni.

Ciccillo con la zappa e con la pala scavava terra e la lanciava sulle fiamme, Filomena e gli altri con le frasche battevano sulle fiamme più piccole e basse per spegnerle e isolarle. Sudavano al caldo del sole, sudavano al caldo del fuoco. Respiravano fumo e calore.

Rosaria andava e veniva da casa. Col bambino piccolo in braccio, portava l'acqua in una brocca di terracotta, *'nt'a 'na 'mbumbula*, a quelli che erano sul fronte del fuoco.

- Taglia di là… Stringi… Stringi… Da quella parte… Da quella parte… Batti… batti sulla fiamma più piccola… Bisogna mandarlo verso *'o petraru*, là poi si spegne da solo…

'U Baimi dirigeva le operazioni di spegnimento come un generale sul campo di battaglia. Disponeva le forze, manovrava. Sollecitava, incoraggiava.

- Dai… Dai… che ce la facciamo. Tutti in fila, uno dietro l'altro… a scendere… Ciccillo avanti con la zappa e la pala, dall'alto… *'Mbertu* nel mezzo a battere forte… *'Mbertu*, batti, batti… spezza le fiamme… Spezzale… Filomena dietro a strascico sulle fiamme di ritorno… Attenta, Filomena… Attenta…

Sembrava che ce l'avessero fatta. Solo una grossa fiamma impertinente, non raggiungibile, andava avanti lungo il confine al bordo della strada. *'U Baimi* e gli altri la tenevano sotto controllo, la guidavano ognuno dal suo posto. La fiamma isolata avanzava lenta verso la pietraia dove, non essendoci vegetazione, si sarebbe estinta da sola. Non c'era niente da fare.

- *Mo' s'astuta… Mo' s'astuta…*

'U Baimi era contento come se avesse già vinto la

guerra. La guerra del fuoco. Prese la brocca e l'avvicinò alla bocca per bere. Non bevve. Buttò via *'a 'mbumbula.*

- Attenta, Filomena… Attenta… Indietro… Indietro… Tutti via… Via… Via…

La situazione di colpo precipitò. Sfuggì di mano. Andò fuori controllo.

La fiamma grossa andava avanti sulla strada obbligata della pietraia. Non dava fastidio. Sarebbe morta là. Invece…

Invece dal ramo mezzo bruciato di un albero d'improvviso si staccò un pezzo di ramo, *'nu tizzuni ardenti.* Precipitò di schianto, col piccolo fuoco incandescente che aveva dentro, giù in basso con mille faville sparpaglianti come miriadi di stelle cadenti simili a quelle di san Lorenzo, che ardevano e non si sapeva mai dove andavano a finire. Solo che le stelle cadenti d'agosto andavano nel cuore degli innamorati per scaldare e tener vivo il fuoco dell'amore. Invece quelle briciole di fuoco vivo si sparsero un po' ovunque. Sul terreno già bruciato, sulla cenere calda e fumante, nell'aria irrespirabile: innocue, si spegnevano. Come *sisìe* portate dal vento. Il tizzone, però, col fuoco dentro, cadde giusto giusto nel mezzo di erba avvizzita e secca. Esca innescata per un nuovo fuoco.

Un nuovo fuoco più forte e virulento si sprigionò dalla brace e mise fiamme che andavano in crescendo spingendosi in avanti, sui lati, con una furia impressionante. Un uragano di fuoco. Pochi minuti, attimi, e la collina fu tutta un fuoco. Tutta una fiamma. L'erba bruciava, gli sterpi bruciavano, gli alberi bruciavano. Tutto bruciava. Gli ulivi, i vecchi ulivi saraceni piantati sulla costa, bruciavano come una torcia catramata, come una candela schioppettante per qualche residuo d'acqua nel moccolo.

- Via… Via… – gridava *'u Baimi* disperato, che vedeva la sua sconfitta.

Fuggirono tutti via. Ciccillo, incredulo ed ebete senza respiro nei polmoni, che inutilmente si era opposto faccia a faccia al fronte del fuoco con la pala e con la zappa. E non aveva più aria da respirare. *'Mbertu, 'u cacciaturi*, che aveva tentato inutilmente di schiaffeggiare le fiamme con la frasca di *'nestra* e di *bruvera* e sentiva il puzzo di carne bruciata della selvaggina morta. Rosaria, che chiuse dentro di sé il figlio nelle braccia con la faccia incollata alla spalla e correva a piedi scalzi sulle spine, sulle pietre appuntite, verso casa. Correva *'u Baimi* che abbandonò al suo destino *'a mbumbula cu' l'acqua*, e andava con le mani nei capelli. Tutti correvano verso la casa di Rosaria, verso l'ultimo, l'unico, spiazzo libero da vegetazione. Verso la salvezza.

Sul piccolo spiazzo c'erano tutti. O almeno così sembrava.

Filomena non c'era.

- Filomenaaa! Filomenaaa! Ah, Filomenaaa!

Tutti chiamavano Filomena. Filomena non rispondeva. Filomena non c'era.

Si guardarono negli occhi disperati.

- *N'appicciunu vivi… N'appicciunu vivi… Madonna d'a Rumanea, aiutaci!*

Rosaria piangeva e stringeva sempre più forte a sé il piccolo figlio volendo dare al fuoco il corpo, il suo corpo, per difendere la piccola creatura innocente. *'U Baimi* piangeva riconoscendo la sua sconfitta, impotente di fronte a un fuoco infernale uscito d'improvviso a tradimento. *'Mbertu, 'u cacciaturi*, piangeva disarmato di fronte a tanta tragedia. Ciccillo, col cuore a pezzi, che aveva abbandonato pala e zappa al fuoco, mostro vorace, piangeva. Piangeva a singhiozzo.

Solo Carmelo, il vecchio padre di Rosaria, appoggiato al bastone ricurvo che lui stesso aveva fatto con un virgulto di castagno, non piangeva. Non piangeva. Anzi sembrava aver ripreso forze ed energia. Come quando era giovane e aveva sfidato acqua e fuoco uscendone sempre indenne. Non tremava più. Alzò alto al cielo il bastone che lui stesso aveva modellato col fuoco e disse con tono perentorio, che non poteva ammettere repliche:

- Ciccillo!… *'Mbertu*! E tu, *vecchju Baimi*! Qua!… Venite qua…

Disse. E batté il bastone a terra con tono fermo. Come se volesse bucarla. Con forza di comando.

Ciccillo, *'Mbertu, 'u vecchju Baimi*, Rosaria col bambino piccolo incollato a sé, tutti inebetiti dall'improvvisa svolta degli eventi, gli furono attorno, come una corona.

- *'Mbertu, pigghja 'u fucili e spara. Spara in continuazioni… Ciccillu, raputu raputu caccia tutti 'sti 'mbarami 'ntornu 'a casa: jettili 'nt'o focu… Baimi, apri 'a cisterna e scindi jà ssutta: no' ti moviri… Rusaria, chjudi porti e finestri, e cchjù no' chjangiri…*

Pur non avendo capito il senso di quegli ordini, tutti eseguirono. *'Mbertu* cominciò a sparare in continuazione… Ciccillo svelto svelto tolse tutti gli ingombri che c'erano intorno alla casa e li buttò nel fuoco… *'U vecchju Baimi* aprì la cisterna, scese giù e non si mosse: rimase con i piedi nell'acqua… Rosaria con il bambino incollato a sé chiuse tutte le porte e le finestre della casa e della stalla; finì di piangere…

Intanto il fuoco avanzava. Irresistibile. Inarrestabile. Rinforzato dal vento, *chi, pi' meggghju*, si era levato lieve lieve dal mare e soffiava sulle fiamme che mordevano la terra, avvolgevano gli alberi, bruciavano il cielo. Prese *'a rasula d'a 'vicci*, la bruciò in un soffio.

Attaccò *'i manni d'ajna*, le bruciò come trecce di capelli attorcigliati emettendo fumo nero che andava per l'aria. Avvelenava il respiro. Entrò nel campo *d'i luppini*, mangiandoli ad uno ad uno dal piede con piccole fiamme unite insieme, indistinte in una grande fiamma, gigante di fuoco, che andava in alto, in alto, e in avanti, sempre più avanti con passo pesante, costante, verso il limite estremo.

La situazione era disperata. Si aspettava l'assalto finale. Quando il fuoco avrebbe preso la casa. Carmelo impassibile e duro, l'occhio di vetro, roteava il bastone di qua e di là in ogni direzione. Era pronto all'estrema difesa. Era pronto all'ultima battaglia, alla battaglia della vita o della morte.

Gli spari continui di *'Mbertu, 'u cacciaturi*, attirarono l'attenzione della gente che ancora non si era accorta del fuoco che bruciava *'u Cunigghjaru*, che ancora non si era resa conto della tragedia che stava per consumarsi lassù in collina. Una catena di solidarietà si mise subito in moto. Ognuno lasciò i suoi lavori. Tutti accorsero con badili, con secchi, con pale, con zappe, con accette. Ognuno portava ciò che aveva a portata di mano. E corsero a spegnere il fuoco, che però continuava a divampare forte e gagliardo, più di prima. *Ciccuzzu, 'u sacristanu*, sciolse le campane e cominciò a suonare a martello con rintocchi cupi e secchi che sembravano di morte. Altre chiese risposero, altre campane *battiavunu* sullo stesso tono, *a longu a longu*.

Ormai il fuoco stava per raggiungere *'a casea*. Tutti gli alberi intorno *sbamparu*, tutti insieme in una palla di fuoco. La quercia bruciava, il carrubo bruciava, il castagno bruciava, *'u cucumbararu* bruciava. Bruciava il mandorlo e le mandorle già grosse. Non c'era più albero intorno alla casa che non bruciasse, con sfrigolio di umore caldo che otturava i polmoni. Quando il fuoco in aria divenne più intenso, quando il cielo si oscurò per le nuvole di fumo, quando le fiamme di terra si unirono con quelle del cielo Carmelo fermò il bastone a terra. Ordinò:

- Acqua! Acqua! Acqua da sotto…

'U vecchju Baimi dentro la cisterna riempiva il secchio. Rosaria con una mano tirava il secchio pieno, lo dava a *'Mbertu, 'u cacciaturi*, che aveva smesso di sparare. *'Mbertu* lo portava di corsa a Ciccillo sul fronte del fuoco. *'U catu jea chinu e tornava vacanti*, per riprendere di mano in mano di nuovo il cammino.

Carmelo, senza un tremito, senza un tentennamento, senza tradire alcuna emozione, non parlava più. Stava fermo, inchiodato al bastone. Inchiodato alla terra.

Quando tutto sembrava finito, quando ormai il fuoco aveva stretto un cerchio intorno alla casa sempre più stretto, quando già le fiamme più vicine erano sotto il muro alto della casa, in un punto le fiamme si abbassarono. Si abbassarono, si abbassarono. Carmelo se ne accorse.

- Ciccillo… Ciccillo… Là… Là… Acqua a tutta forza…

Anche lui si mosse col peso della sua vecchiaia verso quel punto stretto dove il fuoco era più debole, dove le fiamme si abbassavano, dove le fiamme si piegavano su se stesse. Dove le fiamme perdevano forza. *'U catu jea e venea 'ncontinuazioni*. Senza fermarsi mai. Ciccillo buttava acqua e quando acqua non ne aveva picchiava sulle fiamme, che diventavano sempre più deboli, *cu' frasca 'i 'nestra* consunta e bruciacchiata.

Quando in quel punto le fiamme smisero di bruciare e rimase solo fumo che non sapeva dove andare, sulla cenere calda, come un'allucinazione, o come una miracolosa apparizione, comparve Filomena. Uscì dalle fiamme con un ramo in mano come santa Domenica, la martire tropeana, sfuggita al martirio di Diocleziano. Nera, tutta nera come la Madonna di Romania. Con le ciglia e le sopracciglia completamente bruciate, i capelli un poco poco bruciacchiati.

- Sono qua... Sono qua...

Ciccillo non credeva ai suoi occhi. Pensava un'allucinazione. Si strofinava con la mano arrossata il sudore che impastava con la cenere sul viso in una maschera nera appiccicata alla pelle, dalla quale altro sudore usciva a fontana a fontana.

- Filomena!

- Sono qua... Sono qua...

- Filomena! Filomena! – ripetevano tutti. Ciccillo *c'a frasca 'i 'nestra* in mano, *'Mbertu c'u catu 'i l'acqua* che non si sapeva se era vuoto o se era pieno, *'u vecchju Baimi* uscito come un tritone dalla cisterna senza acqua, Rosaria col bambino incollato al collo con gli occhi chiusi che guardava dietro e pareva la Madonna delle Grazie col Bambino al seno, e Carmelo come biblico profeta col bastone che andò fino al confine del fuoco.

- Filomena! Filomena!

- Sono qua... Sono qua...

Filomena ripeteva come in trance le stesse parole:

- Sono qua... Sono qua...

E Filomena raccontò.

- La fiamma... La grande fiamma mi circondò, mi avvolse ai fianchi... Chiusi gli occhi: andai avanti... *'Ntisi comu 'na mani chi mi pigghjò d'i capji.* E un caldo... un caldo... Poi niente. Aprii gli occhi: la fiamma era avanti. La fiamma era passata. Il fuoco era passato su di me... Io ero passata in mezzo al fuoco... in due direzioni opposte: ognuno per conto proprio… io da un lato, lui dall'altro. Mi fermai a respirare: era tutto nero come la pece dell'inferno, ma non c'era fuoco. Solo colonnine di fumo dai cespi arsi, che in solitudine andavano verso il cielo. E la Madonna di Romania che mi guardava dall'alto… Nera… tutta nera… con Gesù in braccio e gli occhi pieni di luce… La Madonna mi aveva salvato. La Madonna mi aveva salvato… *'A Madonna mi sarvò…*

- *'A Madonna… 'a Madonna ti sarvò…*

- Sì, *'a Madonna mi sarvò…* Presi fiato… Mi girai contro il fuoco che andava avanti. Picchiavo, picchiavo col ramo… Ormai non c'era pericolo: la fiamma era passata… Era passata… Dall'altra parte sentivo che c'era qualcuno che picchiava pure lui e lo sfrigolio dell'acqua bruciata che evaporava…

- Ero io… Ero io… – disse Ciccillo rasserenato. Contento di vedere davanti a sé Filomena sana e salva.

Tutti erano contenti di vedere salva Filomena, perché tutti volevano bene a Filomena. Tutti le volevano bene…

Il fuoco intanto continuò la sua corsa. Arse, bruciò. Bruciò tutto ciò che c'era da bruciare. Passò sulla casa come una folata e andò a spegnersi sul tornante alto della strada dove era schierata ad attenderlo una folla di soccorritori: contadini, operai, artigiani, uomini e donne, giovani, ragazzi. Il prete con l'acqua benedetta e il sacrestano con la croce in mano. I carabinieri con le carabine, le giberne nere, le bandoliere bianche, e le pistole ai fianchi. Erano tutti schierati in alto, vocianti come se aspettassero il nemico da abbattere al primo assalto.

Il prete aspergeva la terra con l'acqua santa, il sacrestano faceva grandi segni in aria con la croce, le donne dicevano il rosario, alla litania tutti rispondevano *arapranobis* (*ora pro nobis*). Solo i carabinieri, chiusi nella loro divisa grigio verde, stavano zitti. Ufficialmente non tradivano alcuna emozione. Ufficialmente…

Sull'aia della piccola casa di Rosaria tutti si misero intorno a Filomena, uscita dal fuoco, viva per miracolo. Per miracolo della Beata Vergine di Romania. Le buttavano con le mani dell'acqua, come se fosse lei il fuoco. Ciccillo saltava di gioia, *'u vecchju Baimi* sedette a terra sul secchio rovesciato, Rosaria girava avanti e indietro col bambino attaccato al collo, *'Mbertu, 'u cacciaturi*, sparò un colpo in aria (l'ultimo colpo che aveva), il bambino piccolo, che era rimasto zitto fino ad allora, figlio di Rosaria, cominciò ad agitarsi, a dare botte e pugni con le manine sulla testa e sulle spalle della mamma. Cominciò a urlare stridulo, a piangere… a piangere in continuazione… Carmelo, vecchio e tremolante, che aveva perso il bastone piegato col fuoco, si appoggiò a Filomena in un abbraccio stanco.

Il giorno che andava alla sera mostrava le prime stelle nel cielo. A terra, di tutto quel fuoco, una piccola fiamma, una fiammella restava… Consumava a poco a poco il bastone di Carmelo forgiato dal fuoco.

Le elezioni: il popolo vota

Il popolo, come tutti i popoli, obnubilato per molto tempo da un lungo periodo di oceanica propaganda di regime, portata in piazza dalla folla del sabato fascista e dalla voce al carbonio di palazzo Venezia, come scosso da un lungo torpore e da un ipnotico sonno, d'improvviso si sveglia, apre gli occhi, si strofina le mani, stira i muscoli. Va a votare.

Dopo una campagna elettorale in cui i due candidati degli opposti schieramenti, il conte Riccardo Del Ponte e Lydia Maria Stefania del Sannio duchessa di Montecelato d'Irpinia, avevano buttato in campo tutte le loro risorse persuasive con parole, con cenni, con atteggiamenti, il popolo, il 2 giugno 1946, andò a votare.

Già alle prime luci dell'alba per le vie della città si notava un insolito e nuovo movimento. *'A muta 'a Lena* si alzò per tempo, più presto del solito. Mise in ordine la casa, se casa si poteva dire *'u catoju*, stretto e senza luce, dove appena appena ci entravano il letto *cu' 'i trispiti*, *'na cridenza* carica delle figurine di tutti i santi del mondo che davano speranza col loro martirio e un tavolo attaccato al muro dietro la porta. Dietro la porta c'erano dei chiodi a cui la sera appendeva le sue misere vesti, una sì e una no, di ricambio per il giorno dopo, e l'abitino, sempre lo stesso, del figlio. Il figlio del prete, come lo chiamavano tutti, anche se in effetti forse, forse forse, peccato di gioventù e di ignoranza, era figlio del conte. *'A muta 'a Lena*, indicando il bambino, con le dita della mano riunite a pigna picchiando sul petto alto e rigoglioso, faceva intendere con quel gesto deciso e imperioso che il figlio era suo figlio. Era figlio suo e di nessuno. Di nessun altro. N. N.: nessun nome, figlio di nessuno, senza padre, figlio di sola madre. Ed era orgogliosa di essere sua madre, di questo suo figlio che le riempiva di gioia la sua vita, tutta la sua giornata.

Quel giorno *'a muta 'a Lena* si alzò più presto. Svegliò il figlio, gli diede il latte. Gli lavò le manine, gli lavò la faccia. Spinse fuori le galline, che, ancora addormentate, sbattevano le ali dal sonno; non sapevano dove andare, con gli occhi piccini non vedevano la luce del giorno. Non vedevano la luce della libertà.

- Andiamo a votare – disse la donna al figlio e tracciò in aria un cerchio rotondo. Così rotondo che nemmeno Giotto l'avrebbe fatto, neanche col compasso. Mise la cesta *d'i rrobbi lordi* sulla testa, accostò la porta e uscì nel vicolo stretto e puzzolente col figlio in braccio come una Madonna che esce in processione.

'A muta 'a Lena chiuse la porta dietro di sé proprio mentre suonava la campana del Purgatorio per la prima messa. Quella degli operai, degli artigiani, dei muratori, che la sentivano prima di andare a lavorare. *'A muta 'a Lena* non sentì il suono della campana, era sorda. Andò diritta per la sua strada. Tagliò per vicoli e vicoletti, attraversò larghi, piazze e piazzette. Giunse al Municipio, dove era stato allestito il seggio elettorale, per votare. Fece un grande giro intorno, il segno della croce, voltò le spalle al portone e andò via insieme alla cesta *d'i rrobbi lordi* sulla testa e al figlio in braccio che non aveva capito perché la mamma aveva fatto quel girotondo.

Gennaro, per non far torto al suo nome, infilò il cappotto, che lui usava anche d'estate come fosse d'inverno, borbottò parole comprensibili solo da chi le diceva, e andò diritto diritto al Municipio. Puntava i piedi sui ciottoli come le capre e batteva la testa su e giù, su e giù come una trottola di legno giorno del Venerdì Santo. Sul portone del Municipio c'erano i soldati e i carabinieri con le armi. I carabinieri lo salutarono con la mano alla visiera. Lo fecero entrare.

- Dov'è *'a seggia*?

Il carabiniere, veneto di Mestre, che non conosceva il calabrese, prese la parola *seggia* per seggio.

- Di là.

Fece segno con la mano verso un corridoio coperto a botte dove gravava ancora lo stemma dei Padri Redentoristi con croce affiancata da una lancia e da una canna con spugna in campo azzurro sovrastante su tutto l'occhio vigile di Dio.

Gennaro, nella sua pochezza mentale, non faceva differenza fra seggio, seggio elettorale dove con un segno di croce esprimere la propria volontà, e sedia, *seggia*, mobile usato per sedersi. Vide accostata alla parete di lato una sedia dal contorno di legno, impagliata nel fondo, la guardò come se vedesse per la prima volta una sedia siffatta. Si piegò tenendosi stretto stretto il cappotto, con la mano fece un segno di croce sul fondo della sedia. Si sedette comodo comodo. E aspettò.

Il tempo passò. Passò più di un'ora. Poi Gennaro si annoiò. Si annoiò e se ne andò.

- Hai votato, Gennaro?
- Gggrrruuuhhh… Gggrrruuuhhh…

Voleva dire:

- Sì… Sì…
- Dove hai votato, Gennaro?
- *'A-a-a-h-h-h… 'A-a-a-h-h-h… 'A seggia.*
- Hai fatto il segno di croce, Gennaro?

- Gggrrruuuhhh… Gggrrruuuhhh…

Voleva dire: – Sì… Sì…

- A chi hai messo la croce, Gennaro?

- *'A-a-a-h-h-h… 'A-a-a-h-h-h… 'A seggia.*

- Ah, Gennaro… Gennaro…

La gente chiedeva, sorrideva. Andava via.

In chiesa, la prima chiesa fuori le mura di Tropea, l'ultima costruita in ordine di tempo, alla fine dell'Ottocento, il buon prete alzò la mano in alto verso la cupola ogivale che chiudeva il cielo, vide il Padreterno con la barba bianca, i capelli incolti, le mani scarne, aperte, che gli stava di sopra come aquila pronta a ghermire, con voce tonante come di rimprovero o di minaccia spiccò una ad una le parole perché nessuno potesse pensare di non aver capito e disse:

- La croce…

Ognuno aveva la sua croce.

- La croce… Portate la vostra croce…

Tutti portavano la propria croce.

- La croce… Portate la vostra croce… Mettete la vostra croce sull'altra croce… Mettetela lì accanto… accanto al conte Riccardo Del Ponte… In ginocchio: nel nome del Padre, del Figlio e dello Spirito Santo…

Tracciò una grande croce sul popolo in ginocchio pesante come la croce di Cristo, che la portò sulle spalle piagate dalle botte dei soldati romani fin sul Calvario.

- Vi benedica Dio Onnipotente… Andate in pace e… Portate la croce…

Portate la croce. Un'altra croce in aggiunta a quella che ognuno aveva, in aggiunta a quella che ognuno portava.

- E con il tuo spirito…

Presero la croce. Anche l'altra che non avevano, e

andarono con la croce di Dio. A votare.

Ciccantoni, che di intelligenza era come Gennaro, o forse lo superava in deficienza, prima di uscire dal Purgatorio, si fece la croce, passò dalla sacrestia, prese una gran croce nera di legno con una corona di spine e la stola bianca e andò a votare.

- Niente simboli politici – intimò il capoposto quando lo vide arrivare.

- La croce di Cristo… La croce di Cristo… C'è il certificato…

Ciccantoni mostrò il certificato elettorale.

Il capoposto verificò il certificato.

- A posto… Vai a votare.

- La croce…

- In chiesa… In chiesa… Portala in chiesa…

- Qui niente croce… – aggiunse perentorio.

Ciccantoni non sapeva cosa fare.

- Come faccio senza croce?

- Se la vuoi… Tienitela… Ma nel seggio ci devi andare senza croce. Hai capito? Senza c- r- o- c- e!

Ciccantoni in grande imbarazzo politico non voleva disubbidire al prete per non avere la punizione di Dio. Ma non voleva disubbidire neppure al capoposto per non avere la punizione del capoposto. Era uscito dal Purgatorio con la croce, non voleva andare nell'Inferno col fuoco. Si voltò, si girò, non vide Dio e neppure il prete con la mano in alto che segnava la croce. Si voltò, si girò, vide il capoposto in carne e ossa, minaccioso. Su due piedi prese una decisione. Si voltò, si girò, prese la croce. La portò al vecchio conte, che proprio in quel momento stava uscendo dal palazzo. La diede a lui con devota reverenza.

- Che me ne faccio della croce?

- Mettetela sull'altra, signor conte… Mettetela sull'altra…

Ciccantoni salutò con rispetto e andò via. Per via rimase il conte Riccardo Del Ponte, con la croce. La Santa Croce. Non sapeva che farsene. Non era quella la croce che lui voleva, non era quella...

Nel frattempo, a passo più lento, ad uno ad uno, come in processione, sopraggiunsero gli altri. Quelli usciti dal Purgatorio, che avevano anche loro una croce. Piccola, grande, d'ogni forma e dimensione. Videro il conte a piedi, con la croce. La grande croce nera di legno con la stola bianca e la corona di spine, iniziarono a recitare il rosario davanti a lui come se fosse il Cristo salito al Calvario. Giunsero alle litanie intonate con nenie cristiane, dicevano sempre *arapranobis*. Diedero a lui le loro croci, voltarono le spalle, salutarono il conte, portavano loro le altre croci.

Cicciu 'i Betta, menu ciotu e cchjù paecu, si recò al seggio elettorale a votare. Rideva con un riso che non diceva niente. Roteava gli occhi intorno senza cercar nessuno e niente come per cercare consenso. Girava e voltava il capo da una parte e dall'altra senza sapere dove fermare lo sguardo. E rideva, rideva con riso di scemo.

- *Cicciu*, sei venuto a votare? – chiese uno scrutatore che conosceva molto bene *Cicciu 'i Betta* e spesso si era divertito alle sue spalle con idiozie e facezie a carico del poveretto.

- *Cicciu*, vuoi votare? – ripeté in modo serio con ufficialità di tono.

Cicciu 'i Betta girò gli occhi in ogni direzione della stanza. E insieme agli occhi girò la testa. E insieme alla testa girò il naso, e insieme al naso girò le orecchie. E insieme al naso e alle orecchie, con tutta la testa, girò anche la bocca. Girò la bocca che sembrava un forno, un forno largo che ci entrava una fascina di legna.

- Sì.

Rise, rise, rise. Come solo uno scemo sa ridere. E si aspettava che anche gli altri ridessero da scemi come lui. Fatto strano, nessuno rise. Non risero gli scrutatori e non risero i rappresentanti di lista. Non risero i candidati vestiti di nuovo e non risero i carabinieri piantati come pali sulla porta. Non risero gli elettori in attesa di votare e non rise il presidente chiuso nella giacca nera di velluto.

Cicciu 'i Betta, menu ciotu e cchjù paecu, come tutti quelli che vivono la sua stessa condizione, ne approfittano e ne godono, si accorse che nessuno rideva. Quando si accorse che nessuno, che nessuno rideva di lui, smise di ridere.

- Dammi il certificato elettorale – gli disse lo scrutatore di prima.

- Cosa ti devo dare?

- Il certificato elettorale.

Cicciu non capì. Rimase impalato davanti alla transenna *comu 'nu ciucciu chi azzippa 'i pedi a terra e no' voli 'u vaci avanti, no' pi' Deu no' pi' santi.*

Intervenne il presidente.

- Signor Francesco, dia il foglio di carta che ha in mano.

Cicciu consegnò allo scrutatore il foglio di carta che prima era stata bianca. E che ora era di color giallo sporco, tanto che teneva in mano. La scuoteva, come se volesse levarle la polvere. Non sapeva se adoperarla come fazzoletto per soffiarsi il naso o per qualche altro uso di bisogna.

Lo scrutatore prese il certificato, lo porse al presidente. Il presidente lesse. Con voce asettica. Imparziale.

- Francesco Panizzo di Salvatore e di Elisabetta Tuttasana, nato a Tropea provincia di Catanzaro, il ventotto ottobre millenovecentoventisei, residente a Tropea in via Setteventi, professione non definita. Così c'è scritto. Siete voi?

Cicciu si voltò, si girò. E rispose.

- Sì.

- Lo conoscete?

Il presidente alzò il foglio in alto, sopra la sua testa. Lo svolazzò come una bandiera. Lo inchiodò a mezz'aria. Chiese una conferma.

- Lo conoscete?

- Sì – dissero gli scrutatori e i rappresentanti di lista.

- Sì – disse lo scrutatore di prima, e aggiunse, senza tonalità nella voce – *Cicciu 'i Betta*…

- Signor Francesco, vada a votare – disse il presidente di seggio.

- Vado dove? – rispose con sospetto *Cicciu*.

Abituato ad essere sempre messo alla berlina da tutti, abituato ad essere sempre preso in giro da tutti, abituato ad essere lo zimbello di tutti, *Cicciu* non si capacitava del nuovo stato in cui si trovava. Non capiva tutta quella serietà fatta di protocollare ufficialità verso di lui. Per la prima volta nella sua vita *Cicciu* veniva preso sul serio, era considerato una persona. Come gli altri, come tutti gli altri. Nessuno lo scherzava, nessuno lo sfotteva. Con subitanea versatilità, si adattò immediatamente alla nuova situazione. Non rise. Fece il serio.

- Dove vado?

- In cabina… A votare. Metti la croce…

- Dove metto la croce?

- Dove vuoi.

Cicciu 'i Betta prese dalle mani del presidente le schede, la matita copiativa, ed entrò in cabina.

Il tempo passava. Cinque minuti, dieci minuti, mezz'ora… *Cicciu 'i Betta* non usciva. Intanto dalla cabina si sentivano strani rumori, grugniti, ansiti, respiri affannati… Come di chi cerca di fare qualcosa, non ci riesce e si sforza, e si sforza… I rumori col passare del tempo divenivano sempre più forti, i grugniti sempre più asmatici, i respiri sempre più affannosi…

- Signor Francesco, si sente male?

Nessuna risposta. Rumori, grugniti, respiri, ansiti…

Il presidente del seggio, chiuso nella sua giacca nera di velluto, in piedi, impassibile, inamovibile, si guardò intorno. Guardò gli scrutatori, guardò i rappresentanti di lista, guardò gli elettori. Bisognava fare qualcosa; che stava succedendo là dentro, in cabina?

- *Cicciu… Cicciu… No' ti spicci?* – chiese lo scrutatore che sempre lo sfotteva.

- *No' mi veni… No' mi veni…*

- *E moviti, ca 'a genti aspetta…*

- *Mi sporzu… Mi sporzu… Ma no' veni… No' veni… Mo' mi sporzu di cchjù…*

Un rumore consistente come un suono sgargiato di tromba arrugginita giunse dalla cabina e un filo di malodore fatiscente irruppe nella stanza in tutta la sua dimensione. Passò sotto il naso del presidente, il presidente storse il naso. Lo chiuse col pollice e l'indice come una molletta dei panni, storse gli occhi. Passò sotto il naso degli scrutatori e passò sotto il naso dei rappresentanti di lista, gli scrutatori e i rappresentanti di lista storsero il naso. Lo chiusero col pollice e l'indice come una molletta dei panni, storsero gli occhi. Passò sotto il naso degli elettori, gli elettori storsero il naso. Lo chiusero col pollice e l'indice come una molletta dei panni, storsero gli occhi. Passò in tutta la stanza, giunse sotto il naso dei carabinieri fermi di guardia sulla porta. I carabinieri guardarono, non notarono niente contro la legge. Rimasero fermi.

Quel rumore consistente come un suono sgargiato di tromba arrugginita partito dalla cabina del voto con un filo di malodore fatiscente si fermò lì, sotto il naso dei carabinieri, di guardia. Che rimasero fermi.

La situazione era gravida d'incognite. Destava sospetti. Che stava facendo *Cicciu 'i Betta* dentro, in cabina? Perché non usciva più? La situazione era preoccupante.

Il presidente si preoccupò.

Fece un breve consulto con gli scrutatori e i rappresentanti di lista. Consultò la legge elettorale fresca fresca d'inchiostro, col regolamento alla mano entrò nella cabina. E vide... Cosa vide il presidente chiuso nella sua giacca nera di velluto col regolamento alla mano?

Cicciu 'i Betta aveva una scheda del voto in mano, pronta per l'uso. L'altra scheda, quella azzurrina era per terra bella *sciamprata*. Sul tavolo la croce, la piccola croce di legno che *Cicciu 'i Betta* portava al collo legata con uno spago sfilacciato.

- Alzati, che fai?! – gridò il presidente del seggio inorridito.

- *No' mi veni... No' mi veni...*

- Vai via! Vai via! O te la faccio venire io... A calci nel culo... A calci nel culo... Te la faccio venire...

Cicciu 'i Betta accovacciato per terra come una gallina che fa l'uovo, con i pantaloni abbassati nell'atto di fare la bisogna, guardò da sotto il presidente all'altezza del piede. Vide le scarpe lucide di cromatina nera pronte all'azione. Immaginò i calci, sentì nel pensiero i dolori. Si alzò. Sollevò i pantaloni. Prese la croce. Uscì dalla cabina. Andò via veloce veloce. Portò con sé la sua croce.

Il presidente del seggio, rosso in viso come un tacchino innervosito, recuperò le due schede e il posto di imparzialità assegnatogli dalla legge. Recuperò autorità e impassibilità. Con voce asettica annunciò:

- Francesco Panizzo di Salvatore e di Elisabetta Tuttasana, nato a Tropea provincia di Catanzaro, il ventotto ottobre millenovecentoventisei, residente a Tropea in via Setteventi, professione non definita, ha votato.

Lo scrutatore di prima, sempre lo stesso, confermò:

- Francesco Panizzo di Salvatore e di Elisabetta Tuttasana,… ha votato.

Filomena lavorò tutto il giorno. Non pensava a votare. Non pensava alle elezioni. O meglio, pensava a modo suo.

Quando, nei giorni scorsi, *'u scieri*, il messo comunale, aveva portato le carte, cioè i certificati elettorali, lei le strappò.

- *'I fici acini acini, mujcati mujcati* – amava dire compiaciuta quando raccontava.

Tant'è vero che il messo, preso da paura, scappò via e non chiese neppure la firma di avvenuta consegna. Firmò lui *cu' 'nu scarabocchju macchjatu di 'nchjostru*.

Poi si ravvide. Raccolse i pezzettini di carta dove c'era scritto il suo nome, li raccolse uno per uno. Li mise sulla tavola in gran confusione. Le lettere grandi, le lettere piccole si accostavano, si sovrastavano, si urtavano l'una con l'altra. Si spingevano, cercavano la giusta posizione. Filomena le guardò in quella posizione. Si divertì a vederle in lite fra loro, fare schiamazzo senza parlare. Pensò a quanto era importante un pezzo di carta. Ne andava della vita e della morte. Ne andava della libertà. Della Libertà…

Filomena pensò quanto era importante la libertà, quella libertà per cui tanti giovani avevano combattuto, avevano sofferto ed erano morti nelle campagne e nei monti d'Italia. Quella libertà per cui anche la duchessa, la giovane duchessa ribelle al conformismo e alle ataviche leggende di famiglia, Lydia Maria Stefania del Sannio duchessa di Montecelato d'Irpinia, era andata a combattere al nord nelle formazioni partigiane di Giustizia e Libertà che si rifacevano al pensiero liberale dei fratelli Rosselli uccisi da sicari fascisti in Francia. Quella libertà per cui la duchessa, coronata di nobiltà, con sangue blu nelle vene, aveva spezzato i fili della storia per scrivere altra storia fatta di lavoro e di sudore, fatta di libertà. Quella stessa libertà per cui la duchessa era andata in mezzo al popolo, aveva vestito i panni del popolo, aveva parlato al popolo, si era confusa in mezzo al popolo, aveva gridato forte e potente dal balcone della sua città:

- Viva la Repubblica! Viva la Libertà!

Pensando a tutto questo, Filomena cambiò parere. Decise di andare a votare. A votare per la duchessa, per la repubblica, per la Libertà. Come fare? Il certificato elettorale, che attestava il diritto di voto, lo aveva strappato in mille pezzettini, piccoli, grandi, d'ogni dimensione. Li guardò lì, sulla tavola accostata al muro, da dove scendeva una opaca farinella *d'a camula*, prodotto visibile di antichità e del lavoro paziente e invisibile del tarlo che rosicchiava il legno in minuscoli forellini.

- Cosa ho fatto… E adesso, come faccio a votare?

Prese i pezzettini di carta. Li voltò, li girò nelle mani. Li guardò attentamente da ogni lato. Su alcuni si leggeva qualche lettera, qualche parola a metà. Su alcuni non si vedeva niente, bianchi o con qualche riga tracciata non si sapeva se in orizzontale o in verticale. Raccolse tutti i pezzettini a cumulo nelle mani chiuse a conca. Li mise tutti insieme, in miscuglio, in un sacchettino di pezza. Lo chiuse con uno spaghettino sottile e andò a votare.

- Qua dentro c'è tutto: nome, cognome, paternità, maternità, data e luogo di nascita... Tutto, tutto... Qua dentro c'è Filomena...

E le venne da pensare come una persona, un essere umano che vive, si muove, cammina, possa essere un pezzo di carta, possa stare in così poco spazio, possa essere chiuso in un sacchettino di pezza legato con uno spaghettino sottile usato nei sugheri delle bottiglie.

Filomena giunse al seggio elettorale con quel sacchettino di pezza dove c'era in mille pezzi il certificato elettorale, il suo certificato elettorale. Quando fu il suo turno, il presidente la chiamò.

- Signorina, avanti...

Era la prima volta che qualcuno la chiamava signorina. Nome che veniva dato alle ragazze di "buona famiglia", alle ragazze nobili, alle ragazze ricche, alle ragazze della borghesia. Quel nome, rivolto a lei senza possibilità di dubbio, la mise in imbarazzo, la confuse. Arrossì. E un leggero calore le salì alle guance che, infuocate di caldo, presero il colore del fuoco. Rimase ferma come una statua in mezzo alle transenne. Aspettò gli eventi.

- Signorina, ci dia il certificato elettorale...

Le parole del presidente, l'invito rivoltole dal presidente in modo così gentile, la scossero. La riportarono alla realtà. Sollevò il grembiule pulito che aveva indossato sulla vesticciola di lino, *izò 'u faddali*, e tirò fuori dalla tasca il sacchettino di pezza legato con lo spaghettino sottile dei sugheri delle bottiglie. Lo porse timorosa al presidente.

- Dov'è il certificato? Signorina, mi dia il certificato...

- Qua... Qua...

E spinse il sacchettino sotto il naso del presidente.

- Signorina, per votare ci vuole il certificato... Lei ha il certificato?

Altra parola nuova per lei. Il presidente aveva usato per lei, proprio per lei, e solo per lei, una parola, megliappunto un pronome così breve e gentile, "lei", che nessuno mai le aveva dato e che non pensava fosse per lei.

- Sì – rispose Filomena e si fermò sulla parola. Monosillabo balbettato o gridato che ti blocca un'esistenza, che ti lega e ti scioglie. Che ti fa vivere e morire.

- Sì! – ripeté Filomena con decisione – È nel sacchettino.

E mise il sacchettino nelle mani del presidente.

- Cosa c'è nel sacchettino?

- Il... Il... Il certificato elettorale.

Il presidente guardò il sacchettino. Lo voltò, lo rivoltò. Soppesò il sacchettino. Lo aprì. Grande fu il suo stupore quando vide che c'erano tanti, tantissimi, pezzettini di carta. Con tono forzatamente asettico e distaccato, si rivolse a Filomena e disse:

- Signorina, le consiglio... Ci porti il certificato elettorale... Integro...

Consegnò il sacchettino di pezza a Filomena, dopo averlo legato con lo spaghettino sottile dei sugheri delle bottiglie.

Filomena si riprese il sacchettino con il certificato elettorale stracciato dentro e andò via. Passò in mezzo ai due carabinieri fermi sulla porta che non capirono cosa era successo, la salutarono con la mano alla visiera. La fecero passare. Uscì. Confusa dalla gentilezza del presidente, dalle sue parole a lei dette, espressione di civiltà, di educazione e di buon comportamento, che la fecero riflettere sul valore della persona umana, sulla dignità della persona.

Tornò a casa quasi di corsa, in agitazione, col cuore che le palpitava.

- *Mi scruscea com'a campana* – a volte diceva.

Rovesciò sul tavolo tutti quei pezzettini di carta che rappresentavano il diritto per lei di votare. Il diritto di scegliere fra il conte e la duchessa, il diritto di scegliere fra la monarchia e la repubblica, il diritto di scegliere la Libertà. Un diritto acquistato col sangue. Col sangue dei soldati uccisi dalla guerra, col sangue dei partigiani uccisi da Mussolini e dai nazisti suoi alleati, col sangue *d'u tata* e del cugino uccisi dagli americani con le bombe. Uccisi sull'arancio, il 5 agosto 1943, una notte d'estate. Quel sangue che colava dai rami e inzuppava la terra, che riprendeva la vita che lei aveva nutrito, tornò col ricordo nei suoi occhi come un film appena trascorso. Doveva votare, doveva votare per tutti quelli che erano morti. Doveva votare per la repubblica, per la duchessa, per la Libertà.

In un gioco illusorio di immagini, dai pezzettini di carta sul tavolo stranamente emergevano sempre e solo due parole: Repubblica e Libertà.

Quando si fu calmata, e lentamente riprese il ritmo normale di prima, Filomena fu più calma e serena. Dal mucchietto di carte cominciò a selezionare quelle più grandi, quelle angolari, quelle che incastravano più facilmente alle altre. Con un lavoro minuzioso, paziente e certosino riuscì a ricomporre per intero il certificato elettorale, il "suo" certificato elettorale.

Dove compariva il suo nome e cognome, paternità e maternità, data e luogo di nascita, residenza. Filomena fu soddisfatta. Ma come portare al presidente di seggio così umano e gentile il certificato elettorale così ridotto?

Dopo un momento di riflessione, Filomena, ragazza intelligente e volitiva che non si arrendeva di fronte a nessuna difficoltà, trovò la soluzione. Su un foglio di carta velina, che *'u tata* adoperava di tanto in tanto *pimm'u si torci 'na sicaretta*, imbevuta di colla gommosa, riportò uno ad uno tutti quei pezzettini di carta nello stesso ordine e alla fine, con perfezione di mosaico, il certificato di Filomena ricostruito fu nuovo, o quasi nuovo.

Filomena lo guardò, aspettò che asciugasse, lo ventilò. Poi lo prese da un angolo con precauzione. Tornò sui suoi passi. Andò a votare.

Filomena correva sui suoi passi. Teneva in mano quel suo certificato come fosse una vela spiegata al vento, o *comu 'nu maccaturi sventuliatu pimmu 'u s'asciuca*. A chi la incontrava non dava ascolto, non dava voce. Andava con nella mente il voto per la duchessa, per la repubblica, per la libertà.

Al seggio c'era poca gente. Il presidente prese il certificato incollato sulla carta velina a melograno. Non tradì alcuna emozione, alcun sentimento. Lesse come d'obbligo le generalità complete di Filomena.

- Fu…

Fu… Filomena ebbe un brivido, che le percorse in verticale tutta la schiena. Si attorcigliò nel cervello in un gomitolo di altri pensieri. La invase in tutto il corpo. Si fermò come pietra sul suo cuore.

- … Fu?

Il nome *d'u tata* pronunciato dal presidente fu come una sferzata sulla sua pelle macerata dalla guerra. Negli occhi una fiamma di fuoco bruciò il suo tempo presente. Il passato era cenere. Il futuro un filo di fumo portato in cielo dal vento.

- … Fu… Perché fu?

Il presidente paziente:

- Fu,… perché è morto. Signorina, si accomodi: vada a votare.

Chiusa nella cabina, Filomena trovò se stessa. Con un segno di croce votò la foglia d'edera, per Giustizia e Libertà. Con un altro segno di croce votò la donna turrita, per la repubblica. E pensò al peso di quella croce, alla forza di quella croce, al significato di quella croce. La guardò soddisfatta, aveva segnato sull'icona della duchessa, della repubblica, della libertà. Chiuse le schede ordinatamente lungo le pieghe. Uscì sicura di aver fatto la cosa giusta, di aver scelto un cammino nuovo. Un cammino di democrazia, di libertà.

- … ha votato.

La voce asettica e imparziale del presidente le corse dietro lungo la strada del ritorno: … ha votato. Aveva messo sulle schede una croce, ma la croce vera, la sua croce, la inchiodò nel suo cuore con una goccia di sangue tracciata con linee brucianti di fuoco.

Sulla strada del ritorno pensò con sorriso ironico a tutti quelli che nei giorni passati erano andati a casa sua a chiederle il voto. Ognuno con una promessa, ognuno con una bugia. Ognuno con un'idea, ognuno con una illusione. A tutti Filomena aveva detto di no. A quelli della bandiera rossa e a quelli della croce sullo scudo cristiano. A quelli della corona in capo e a quelli con la corona del rosario. Disse di no a monaci e a preti, a ruffiani e servitori, alle bizzoche che andavano in processione. Disse di no fin'anche a don Rubino che, dimentico della brutta tempesta passata qualche anno prima, era andato con la scusa della messa dei caduti in guerra a chiedere il voto a Filomena per la monarchia, per il conte. E fu un miracolo se il canonico si salvò.

- Aspetta, aspetta *pigula nighira… pigula di morti… pigula sanguetta…* Se non ti bastò, *mo' ti dugnu 'u restu e t'atterru 'nt'a 'sta terra comu 'nu porcu…*

Filomena afferrò il fucile. Lo caricò. Sparò. Gli sparò. Sparò a don Rubino. Il primo colpo andò a vuoto, bucò la porta di casa. Il secondo gli bruciò la sottana.

- Aiuto! Aiuto! Aiuto! È pazza! È pazza! È pazza!

Inseguito dalle grida, dalle minacce, dalle maledizioni di Filomena, il canonico don Rubino sollevò *'a zimarra* e scappò. Scappò *comu 'na saitta*. A *Terra di Sopra* più non ci andò. Nemmeno per la benedizione di Pasqua, nemmeno per la benedizione.

Quando la campana grande del duomo normanno suonò mezzogiorno e subito dopo l'ora esatta fu confermata dal suono intervallato delle due campane della Casina *d'i 'gnuri*, il pesante portone di palazzo del Sannio, come d'incanto, si aprì sulla bella piazza alberata di San Michele. Da esso uscì una donna giovane e bella con lo scialle rosso e la sciarpa bianca, simbolo di lotta, di battaglia. Era la signora duchessa. Lydia Maria Stefania del Sannio duchessa di Montecelato d'Irpinia andava a votare.

La piazza, bruciata dal sole, era piena di gente. Era come una festa, gente d'ogni età, d'ogni colore, d'ogni condizione. Donne col fazzoletto bianco in testa, uomini col cappello di paglia, artigiani, muratori che avevano momentaneamente lasciato le loro incombenze per aspettare che la duchessa, puntuale come il sole a mezzogiorno, uscisse dal portone. C'era Matteo con la coppola di lana in testa e c'era Fefè con un cappello di carta, a forma di busta; c'era don Carmine Ortese e c'era Leonardo Cardone.

C'erano tutti, amici, sostenitori, qualche avversario a fare la spia. Non c'era il conte Riccardo Del Ponte. Chiuso nelle sue stanze faceva i conti su chi lo avrebbe votato: l'alto clero, il vescovo, e *'i vizzochi, 'i 'gnuri e 'i servituri d'i 'gnuri*.

Con portamento regale la giovane duchessa andò incontro al suo popolo. Alzò in aria il certificato elettorale e disse imperiosa, convincente:

- Andiamo a votare!

Come se ci fosse una regia occulta, in un solo momento, tutti levarono in alto il foglio di carta color giallo paglia, il certificato elettorale. Tutti quei fogli agitati come bandiere al vento facevano ombra, pareva oscurassero i raggi del sole. Rinfrescavano l'aria.

Tutti gridarono:

- Andiamo a votare! Andiamo a votare! Viva la Repubblica! Viva la Libertà! Viva la duchessa!

Leonardo Cardone senza simboli né bandiere andava avanti avanti come quei cani sciolti senza padroni che si accodano a chiunque si muove nelle grandi occasioni, che si mettono a fianco, precedono e seguono una persona in processione o ad un funerale. Si era da sé autopromosso cerimoniere.

- Largo… Largo…

Allungava la mano in mezzo alla folla per fare strada alla duchessa, scansava con gesto deciso chi troppo si avvicinava. Batteva le mani e gridava:

- Viva la duchessa! Viva la duchessa! – gridava solo – Viva la duchessa!

Tutti ad un sol grido rispondevano:

– Viva la duchessa! Viva la duchessa!

La folla si apriva e si richiudeva come una scia luminosa sul mare che tagliava l'acqua e la ricomponeva. La duchessa passava come una stella lucente nel cielo di notte. Camminava, la duchessa salutava. Parlava, stringeva le mani. La gente seguiva e applaudiva. Un cane abbaiava.

In piazza delle Tre Fontane la duchessa si fermò. Radunò il suo popolo. Salì su un gradino e parlò. Parlò al popolo che le rimase intorno, che la circondò. Il popolo ascoltò.

- Popolo di Tropea… Fratelli e sorelle… Oggi è un

giorno importante… È un giorno in cui la storia mette la sua impronta… È il giorno in cui la storia mette fine al passato… Oggi inizia il futuro… Oggi, finalmente, dopo tanto sangue, lutto e dolore, siete voi che decidete del vostro destino, della vostra vita, della vita dei vostri figli, dei vostri fratelli, delle vostre sorelle… Siete voi a decidere del vostro futuro… Siete liberi di decidere, di esprimere la vostra volontà… Non vi fate condizionare da chi vi comanda, non abbiate paura di chi vi guarda: andate a votare… Usate la croce come segno di libertà: votate! votate! votate!

Un sol grido si levò dalla piazza al cielo, come tuono dirompente:

– Viva la duchessa! Viva la Libertà!

La giovane donna con lo scialle rosso e la sciarpa bianca seguita da una marea di gente andò a votare.

I carabinieri si misero sull'attenti e salutarono con rispetto e deferenza. Gli scrutatori, i rappresentanti di lista si alzarono. Il presidente di seggio chiuso nella sua giacca nera di velluto, in piedi, rimase impassibile nel ruolo imparziale della carica. Prese il certificato dalle mani della duchessa, lesse per intero le generalità.

- La conoscete?

- Sì.

- Cabina numero uno… A sinistra…

La duchessa uscì quasi subito. Alzò le due schede votate, appesantite dalla croce, in alto. Le consegnò al presidente, che le mise nell'urna.

- Lydia Maria Stefania del Sannio duchessa di Montecelato d'Irpinia… ha votato.

Un lungo applauso sommerse il seggio elettorale, sorprese il presidente. Che immediatamente, però, riprese autorità e controllo.

- Silenziooo! O faccio sgomberare l'aula!

Anche la duchessa aveva votato. Con la croce laica e liberale sulla scheda la duchessa aveva votato: per la Repubblica… per la Libertà…

Quotidiano e straordinario: giorno dopo giorno

È ben strano come il tempo passi in modo impalpabile e invisibile e lasci segni indelebili sulla terra, sugli animali, su di noi. È ben strano che nessuno si accorga della sua esistenza, del suo passaggio. Del suo essere accanto a noi, insieme a noi. Si vive nel tempo, col tempo, contro il tempo. Giorno dopo giorno, in una quotidianità fatta di semplici cose, piccoli avvenimenti o grandi avvenimenti che danno impronta e significato a chi è nato, vive, e aspetta a morire. Il quotidiano si intreccia con lo straordinario in un connubio indivisibile e inseparabile.

A *Terra di Sopra* il sole al mattino sorgeva sempre dallo stesso lato e tramontava sempre dal lato opposto. Il sole seguiva sempre lo stesso cammino, la strada tracciata era sempre quella. La notte si riempiva di stelle e la luna rideva sempre allo stesso modo con luce d'argento, senza calore.

Filomena faceva sempre gli stessi lavori. Tirava i solchi, piantava, irrigava. Lavorava ad ogni ora del giorno, a volte anche della notte. E non aveva tempo per pensare. Per pensare al tempo che passava, che passava insieme a lei, su di lei. Le ore si susseguivano alle ore, i giorni ai giorni e il tempo passava nella monotonia del quotidiano fatto sempre delle stesse cose.

Quando di là passava qualcuno, Filomena dava voce e chiedeva:

- Che si dice in paese?

Così per dire, magari anche per ascoltare la sua voce. Se no, presa dal lavoro, dalla continuità del lavoro, non avrebbe avuto modo con chi parlare. Tranne che con Ciccillo a sera accanto al fuoco.

- *Nenti di novu… Nenti di novu… 'I soliti cosi… 'I soliti cosi…*

E proseguivano la loro strada, sul cammino della vita che avanza e più non ritorna.

E non si rendevano conto che loro erano la storia. Nelle piccole cose d'ogni giorno, nei fatti singoli, collettivi o straordinari non si rendevano conto che c'era sempre il dito della storia. Storia piccola o grande che sia: storia del mondo, storia dell'uomo. Che costruisce e distrugge, che lavora e fatica. Storia di sudore, di pianto, di sangue. Storia d'amore.

Ed era storia d'amore quella che Filomena, immersa nella quotidianità del lavoro, giorno dopo giorno viveva. Storia d'amore fatta di piccole cose. Parole dette, non dette, parole sospette. Gesti, lievi carezze. Sospiri, incertezze. Attorno al fuoco di sera che bruciava il tempo che andava. Anche Ciccillo andava, andava a riposare dopo un'intera giornata fatta di lavoro, di duro lavoro. E pensava, pensava a Filomena così bella, illuminata dal fuoco.

Filomena, però, non si lasciava frastornare, non si lasciava confondere con pensieri d'amore. Lavorava, sapeva ciò che faceva. La guerra, la sofferenza, la fatica l'avevano forgiata come ferro nell'acqua fredda alla vita. La vita, che per lei era la terra, la sua terra, nella quale lei si immedesimava. Terra lei stessa come la terra. E a guardarla bruciata dal sole appariva color della terra, nei capelli, negli occhi, nella pelle. Color della terra nel cuore.

La terra arsa dal sole aveva bisogno d'acqua, aveva bisogno d'amore.

Filomena dava l'amore. Qualcuno rubava l'acqua.

L'acqua veniva dal fiume, ad ore. Solo un giorno la settimana, di notte. Di notte, nel cuore della notte era il turno di Filomena. Che la prendeva con la zappa, la deviava, *'a votava*, e l'accompagnava come una bambina alla luce argentina della luna fin sulla sua terra. E quando la luna non c'era, illuminava il cammino con la piccola fiamma di un lume di campagna, a petrolio, che puzzava e puzzava e puzzava… E c'era qualcuno che gliela rubava. Quando l'acqua mancava, Filomena correva indietro, scappava. Al buio, senza lume. Scalza. Perché l'orario passava.

Più volte era successo. Le minacce, le grida, le preghiere non avevano prodotto niente. Puntualmente, ogni giovedì, a mezzanotte l'acqua mancava. Filomena, esasperata, *'na notti chi 'nci votaru l'acqua 'nt'e pedi*, decise di vendicarsi. Decise di punire il ladro dell'acqua. Pensò come fare. Quella notte non corse indietro a riprendersi l'acqua. Non corse scalza, al buio nella notte, sul viottolo del fosso dell'acqua. Posò la zappa, andò a dormire. O finse di andare a dormire. Spense il lume, chiuse la porta, lasciò tutto al buio. Solo un raggio di luna nascente accorciava le ombre degli alberi, della casa. Allontanava le stelle.

- Te la faccio pagare. Tu asseti le mie piantine, le tue moriranno. Anche tu morirai, di crepacuore…

Filomena si lasciò calare silente dalla finestra. Andò con passo di gatto nel campo di Peppi La Vina: era lui il ladro dell'acqua. Era lui che ogni giovedì di notte, a mezzanotte, puntuale come un treno che parte dalla stazione, rubava l'acqua a Filomena.

- *Dumani 'i 'bbiviri 'i cavuli e 'i vrocculi…*

Filomena, gli occhi le lucevano come piccole fiammelle di fuoco, vedeva di notte meglio che di giorno. Quando non udì più rumori, scese nel campo di Peppi La Vina. Tirò una ad una tutte le piantine di broccoli. Le lasciò a terra con le radici alla luna.

Il mattino dopo Peppi La Vina si alzò per tempo. Voleva svuotare la vasca dove aveva raccolto l'acqua che aveva rubato a Filomena. Tirò *'u piruni* e andò con la zappa ad irrigare i cavoli e i broccoli. Con stupore e raccapriccio vide che tutte le piantine erano tirate con le radici all'aria. Bisognava fare qualcosa se no cavoli e broccoli sarebbero seccati appena illuminati dai caldi raggi del sole. Scappò di *prescia, stuppò 'a gebbia cu' piruni pi' nommu perdi l'acqua*, piantò di nuovo le piantine, le irrigò. Con l'acqua di Filomena. E *si roceja 'u ciriveju cu' mai 'nci potti scippari 'i cavuli e 'i vrocculi*…

Il giovedì seguente Peppi La Vina, puntuale come sempre, *ghotò* l'acqua a Filomena. Filomena restò senza acqua.

- *Mo' 'u sacciu ca si' tu*… Ti farò morire di crepacuore… Vedrai, vedrai…

Filomena spense il lume, finse di andare a casa, finse di dormire. Invece scalza e in silenzio, tanto silenziosa che neppure i cani la udirono passare, andò *'a gebbia* di Peppi La Vina. L'acqua *scruscej 'nt'a gebbia vacanti*, a cascata. Quel rumore nella notte carica di stelle innervosì Filomena.

- Te la faccio pagare… Te la faccio pagare… Morirai di crepacuore…

Quando si accertò che non c'era nessuno in giro, che Peppi La Vina era andato davvero a dormire, infatti lo seguì passo passo senza farsi vedere né sentire, Filomena tornò alla vasca di Peppi La Vina. L'acqua entrava abbondante. Gorgogliava con rumore dispettoso. Filomena tirò di forza il palo di legno che chiudeva la vasca già quasi piena. L'acqua con getto potente schizzò via sotto la forza non regolata della pressione, andò in libertà. L'acqua si perse nella notte.

- *No' jeu e mancu tu... Mori, di crepacori mori...*

E andò a dormire.

Il mattino dopo Peppi La Vina si alzò per tempo. Voleva svuotare la vasca dove aveva raccolto l'acqua che aveva rubato a Filomena. La vasca era vuota. *'U piruni no' 'nc'era... E si roceja 'u ciriveju comu mai non aveja stuppatu bona 'a gebbia...*

- *Penzu ca m'a scordai...*

Il giovedì seguente Peppi La Vina, puntuale come l'orologio *d'a casina* che batte le ore, le ore ufficiali della giornata, *ghotò* l'acqua a Filomena. La votò, cioè la girò, con le mani senza zappa per non fare rumore. Filomena, però, lo aveva anticipato. Non aspettò che le mancasse l'acqua.

- *Tocchila... Tocchila... Ti fazzu 'u mori... Ti fazzu 'u mori 'i crepacori...*

- Aaaahhhiii!

Un grido terribile, un grido lancinante di dolore, un grido strozzato squarciò il silenzio della notte. Un gufo con gli occhi gialli che dormiva sulla quercia si svegliò, si spaventò. Mosse le ali, volò via. *'A pigula*, che non si sapeva dove era, emise quel suo verso jettatore nel buio spezzato dal dolore, uccello del malaugurio continuò a fare quello che era: la civetta. I cani, svegliati di soprassalto, presi alla sprovvista, cominciarono ad abbaiare. Abbaiavano, abbaiavano. Non sapevano perché abbaiavano, non sapevano a chi abbaiavano. Ma abbaiavano, abbaiavano. Perciò abbaiavano più forte. Abbaiarono tutta la notte.

Filomena udì il grido. Continuò ad irrigare come se nulla fosse sotto la luce del lume alla fiamma sempre più fioca.

- Aaaahhhiii!

Un altro grido roco tagliò la notte, un altro grido lancinante di dolore. Come quello di prima, più forte di quello di prima.

- L'acqua non si tocca… L'acqua non si tocca…

Filomena aveva irrigato l'orto. Passò l'acqua in anticipo a chi veniva dopo di lei nel turno. Andò a casa. Chiuse la porta. Spense il lume. Dormì fino all'alba.

Il mattino dopo Peppi La Vina si alzò. Non irrigò. La vasca era vuota: non c'era acqua nella vasca, asciutta *comu 'nu gottu*. Le mani piene di sangue, le dita gli dolevano. I piedi pieni di sangue, camminava a saltelli. A saltelli camminava anche il suo pensiero. Non si dava pace come era stato fregato in quel modo. Come un bambino, come un ragazzo senza senso. Il dolore alle dita della mano e alle piante dei piedi aumentava. Diventava insopportabile, al pensiero di come era stato fregato da una ragazza senza padre, senza nome, senza storia.

- *Ancora 'nci puzza 'a vucca 'i latti, e mi futtìu…*

Perché era chiaro: Filomena gli aveva messo la trappola. Anzi, due trappole. E lui era caduto come un ingenuo. Gli era andato sopra con mani e con piedi, ad occhi chiusi senza vedere.

Cosa aveva fatto Filomena?

Per impedire che Peppi La Vina le rubasse l'acqua e quindi il suo orto ne avesse a soffrire, Filomena andò all'attacco di prima sera. Alle prime ombre della notte, quando come al solito Peppi La Vina cenava e beveva pure un mezzo litro di vino abbondante per far passare più lentamente il tempo, Filomena andò. Andò guardinga guardinga sul viottolo *di l'acquaru*, passò rasente alle case basse e alle stalle in modo tanto silenzioso che sentiva perfino il respiro affannoso delle mucche legate alla mangiatoia che dormivano. Giunse alla vasca di Peppi La Vina, il luogo dove si consumava il furto dell'acqua. Tolse con precauzione tutta la terra *d'a prisa*. Al suo posto ci mise *'na manata di spalissi* pungenti che ricoprì ben bene con foglie e poi con sabbia bagnata. Una fila di *spalissi*, arbusti senza foglie molto spinosi e pungenti, la sistemò per terra da dove Peppi La Vina dopo sarebbe passato per ritornare a casa. Fatto questo, andò a *Terra di Sopra* a prendere l'acqua e ad irrigare l'orto.

Peppi La Vina nel frattempo aveva chiuso gli occhi "per asciugare il vino e per riposare la vista". Annebbiato un poco, ma sicuro su ciò che doveva fare, si alzò dalla sedia e andò filato filato alla vasca. Si guardò di qua e di là. Non vide nessun movimento. Tossì. Tossì ancora. Niente. Niente. Nessuno. Solo le stelle, sempre le stesse che andavano in arco nel cielo. Mezzanotte. S'inginocchiò sulla terra dove c'era il piccolo invaso. Era ciò che faceva sempre per rubare l'acqua a Filomena. Non si accorse di nulla. Tutto come sempre. Infilò sicuro la mano per tirare la terra, un gesto fatto migliaia di volte, ed emise un grido di bestia ferita.

- Aaaahhhiii!

Peppi La Vina aveva impugnato con tutt'e due le mani il grumolo di spine che si erano conficcate profonde nelle dita. Preso dal dolore, impaurito che qualcuno lo avesse udito, si alzò di scatto e cominciò a correre prima che giungesse qualcuno. Intanto scuoteva le mani per togliersi le spine. Man mano che ne levava una il dolore aumentava. Mugugnava a voce stretta per non gridare.

Non aveva fatto per intero la strada del ritorno, quando calpestò i rami *d'i spalissi* messi sulla terra. *'I spalissi* si conficcarono come chiodi appuntiti nella pianta dei piedi. Una lacrima di dolore si conficcò negli occhi. Gridò. Peppi La Vina gridò. Gridò per la seconda volta nella notte e imprecò.

- Aaaahhhiii!

Il grido doloroso si conficcò nella notte come le spine nella sua carne. Il giorno dopo Peppi La Vina non irrigò.

Filomena non era tranquilla. Sapeva che Peppi La Vina le avrebbe ancora rubato l'acqua. *Picchì 'u lupu perdi 'u pilu e non 'u vizziu*, ma *tantu 'a quartara vaci all'acqua affina chi si ruppi.*

Il lupo perse il vizio e la quartara si ruppe l'ultimo giovedì d'agosto. A mezzanotte sotto la luna attorniata dalle stelle.

- *L'acqua e' sangu… E' sangu d'a terra… L'acqua com'o sangu no' si tocca… E se 'a tocchi, se ancora 'a tocchi, mori… Mori 'i crepacori…*

Filomena studiò l'ultima mossa, il colpo mortale. Avrebbe vinto la guerra dell'acqua.

Terra di Sopra, la sua terra, confinava con Villa Adua, una bella villa settecentesca con ampi viali a croce greca intersecantisi in una rotonda centrale dove intorno intorno vi erano dei sedili di granito scolpito e un tavolo centrale pure esso di granito con una gran fioriera nel mezzo. I viali erano delimitati da muretti in pietra dipinti nei cassoni a rettangolo centrali intervallati da alti pilastri laterali, dove poggiava *'na pergula aliveja* e *'na pergula a corniolu janca* che facevano ombra e rinfrescavano l'aria. Siepi di bosso e di mirto ben squadrate a linee regolari davano un'idea della bellezza geometrica delle forme e della valentia del giardiniere che le potava. Lunghi filari di cetratella aromatizzavano l'aria con i loro profumi. Cespugli di rose bianche, rosse, gialle davano colore, rallegravano l'aria. Mettevano allegria. Non mettevano allegria nel cuore di Filomena, che meditava la vendetta.

Villa Adua era proprietà della duchessa.

Uno dei viali della villa andava dal cancello d'ingresso in ferro battuto, opera d'arte di *mastru Biagiu 'u forgiaru*, sormontato dalla corona ducale a cinque stelle, fino al confine opposto, dove da una fontanina scorreva di continuo acqua sorgiva, chiara, limpida, fresca che dava movimento allo scenario della villa a ricordo, forse, dello scorrere fuggevole della vita. Impreziosivano il tutto due belle statue in marmo bianco di Adone e Dafne plasmate nelle nude forme e leggere che tendevano la mano l'un l'altro in un impossibile abbraccio. L'altro viale, tracciato in verticale al primo, era limitato dai punti cardinali. A nord affacciava con ampio balcone panoramico coronato di glicine viola e andava a picco sul mare. A sud, invece, finiva in un'ampia peschiera con zampilli d'acqua, cascatelle, piccole isole di pietra. Verdi felci, piccole palme, ninfee sospese nell'acqua davano un tocco di esotico provocante alle ore calde del giorno. Pesci rossi davano guizzi e movimento, agili anguille smuovevano l'acqua. Davano brividi di vita, davano brividi d'amore.

Zinnie, geranii e viole erano piantati in vasi e in grandi aiole.

A questa peschiera, nelle ore calde o di sera, veniva Lydia Maria Stefania del Sannio duchessa di Montecelato d'Irpinia a prendere frescura, a parlare soffuse parole di cuore, a vivere furtive delizie d'amore.

A questa stessa peschiera scese l'ultimo giovedì d'agosto Filomena.

Si appostò, aspettò, mise i piedi nell'acqua. A mani nude prese una anguilla viva. La avvoltolò, l'avvolse in una ampia foglia di fico, la legò con una sottile liana *'i ligareja*. Se ne andò a casa tranquilla ad aspettare la sera.

- *Stavota mori… Stavota mori daveru…*

Pregustava già il sapore della vendetta. Quella notte non irrigò Filomena. Non le importò; aveva un altro pensiero. Quella notte fu la notte della vendetta, fu la notte della vittoria gloriosa di Filomena.

Un'ora prima di mezzanotte, per tempo, Filomena andò sul fosso dell'acqua. L'acqua scorreva in un rivolo d'argento sotto la luna. Brillìi mutevoli e cangianti ne segnavano il cammino, come stelle riflesse, come stelle cadenti. Filomena andò alla vasca dove si consumava il furto dell'acqua, dove Peppi La Vina le rubava l'acqua. Trovò una posizione adatta, si acquattò. Aspettò. Aspettò mezzanotte. Aspettò che venisse il ladro dell'acqua.

Anche stavolta, per l'ultima volta, puntuale come la morte, allo scocco dell'ora esatta dell'orologio della piazza, plafftthh plafftthh, a mezzanotte, venne il ladro dell'acqua.

Peppi La Vina avanzava guardingo. Sospettava qualche agguato nascosto. Qualche tranello pericoloso. Metteva i piedi piano sulla terra, uno dietro l'altro. Cercava di non gravare il peso tutto d'un colpo. Aveva l'andamento d'un orso più che di agile gazzella. Portava un bastone nodoso, a difesa di eventuale aggressione a sorpresa. Tastava il terreno e andava avanti di un passo. Respirava affannoso. Si fermava, studiava le ombre di lato. Quella notte le ombre gli sembravano strane. Un angelo con le ali dorate, un demonio con gli occhi di fuoco. Una bestia feroce affamata, un nemico pronto a colpire. E il vento leggero di brezza gli sembrava un grugnito bestiale, un colpo strisciante di sferza. Da un lato guardava, guardava dall'altro. Dietro, davanti, dall'alto, dal basso. Ovunque guardava con grande sospetto.

Niente. Le solite ombre. Le solite voci. I soliti notturni rumori. La luna, le stelle segnavano i punti brillanti di notte.

Peppi La Vina non guardava la luna. Peppi La Vina non guardava le stelle. Peppi La Vina non sapeva di poesia. Peppi La Vina era il ladro dell'acqua. Sentiva vicino il rumore dell'acqua. Sentiva la voglia di prendere l'acqua. Di prendere l'acqua…

Salì sul viottolo dove c'era il piccolo invaso. Si fermò. Osservò dappertutto. Girò lo sguardo per ogni dove come un faro sul mare. Niente. Nessuno. Poteva rubare.

Piantò il bastone nodoso a terra. Scese con i piedi nell'acqua. Prese la terra con le mani. La scostò. Smosse la pietra che lo impediva. L'acqua cominciò a gorgogliare nella vasca con scroscio vitale, con nuovo rumore.

Peppi La Vina aveva quasi finito. Stava per rinforzare con terra e con sabbia *'a prisa*. Non vide un'ombra leggera fugace, non udì alcun passo a lui dietro vicino. Non vide nulla, nulla sentì. Stava per alzarsi…

- Aaaahhhiii!

Un urlo di bestia morente, un urlo di bestia ferita, furente, investì la luna, le stelle. Bruciò la notte di fuoco che divenne più oscura.

– Aaaahhhiii!

Quell'urlo ripetuto di notte andò su tutte le terre. Lo udirono le genti, le bestie in veglia, gli animali nel sonno. Sorrise sorniona la luna, ad una ad una andarono via tutte le stelle.

Filomena in silenzio, nascosta, aveva consumato per intero tutta la sua vendetta. A mezzanotte dell'ultimo giovedì d'agosto sotto la luna piena.

Filomena si avvicinò come un gatto alla preda. Gli fu sopra in un baleno che illumina di colpo la sera. Nella camicia, alle spalle, fece cadere l'anguilla della

232

peschiera. Sinuosa, viscida e fredda. L'anguilla si mosse sulle spalle di Peppi La Vina, scivolò sulla carne, sui fianchi, sui reni. A Peppi La Vina raggelò il sangue nelle vene. L'anguilla sentiva l'acqua vicina, si muoveva. Scese di più, scese sui fianchi. Cercava dell'acqua la via più breve. La strada però non trovava. Andò sulla pancia, annusò l'ombellico. Non era la via che voleva. Andò nel profondo. Entrò nelle brache, le bianche mutande di Peppi La Vina. Girava, girava, voleva andar via. Era però prigioniera. Si agitava; scuoteva la coda, spingeva la testa. Si era persa in un labirinto di peli. Non voleva morire, voleva uscire. Voleva andar via in libertà.

Peppi La Vina ghiacciato come un morto, sentiva le tempia battere forte. Il sangue affluiva tutto alla testa, illanguidiva il resto del corpo. Un sudor freddo gli colava dal viso, pallido morto. Ebbe paura. Cos'era quel viscido corpo: un serpe, una biscia?

Tirò fuori la camicia di colpo. La buttò in aria con gesto scomposto. L'anguilla si agitava e muoveva ancora più sotto. Batteva con la coda la pelle contrita, scivolava viscida da un lato e dall'altro, picchiava con la testa la carne nervosa, tastava col muso dove non doveva.

Peppi La Vina disperato, quasi già morto, sconvolto, freddo, più freddo di un morto, si agitò balzelloni scomposto. Scuoteva i calzoni, le brache. Batteva i piedi, le mani. Tirò giù di colpo i calzoni e le brache. L'anguilla agile agile sgusciò via dalle bianche mutande. Andò nell'acqua limpida e chiara. Quell'acqua che Peppi La Vina voleva rubare. Andò via in libertà. Nuotando veloce sotto la luna, al luccichio di tutte le stelle.

Rise sarcastica Filomena quella notte. Rise di cuore a vedere il ladro dell'acqua scamiciato, correre corre-

re, correre come un matto. I calzoni in mano, le brache sospese Peppi La Vina era una canna tremante.
La testa piena di sangue, il volto grondante freddo
sudore, il corpo esangue tremante.

- *Cussì volisti... Chistu ricivisti... T'a 'mmeritasti... No'
ti lamentari... Stavota mori... Mori daveru... Stavota mori
di crepacori... E jeu ti vegnu arretu arretu... Cu' patranostru
'o funerali...*

Il giorno dopo Peppi La Vina non si alzò. Non andò *'u sdiuppa 'a gebbia.* Non irrigò. Rimase a letto giallo, freddo, ansante, senza fiato, senza più respiro. Più
morto che vivo. Una febbre quartana lo prese in tutto
il corpo. Lo scuoteva in tutte le membra, lo sfiniva.
Lo prendeva, lo lasciava. Lo bruciava nelle carni con
fuoco di fiamme. Era tutto un sudore. Lo sfibbrava
nel corpo, nel cuore. Sempre più debole, era tutto un
pallore.

- Febbre quartana! – disse il dottore – Febbre caval-
lina... Da grande spavento... Mattina, mezzogiorno
e sera: una iniezione... Riposo, riposo a letto...

Peppi La Vina guarì dopo un mese. Sulla siepe di
rovo agitata dal vento come bandiera di prima mattina a primavera rimase abbandonata la camicia, la camicia strappata di Peppi La Vina a memoria di un
furto meditato, consumato. Il furto dell'acqua.

Ma il tempo passava. Giorno dopo giorno il tempo
passava, scriveva la storia.

Filomena a chi passava, per ammazzare la noia,
chiedeva:

- Che si dice in paese?

- *Nenti di novu... Nenti di novu... 'I soliti cosi... 'I soliti
cosi...*

Ognuno andava per la sua strada, sul cammino della vita che avanza e più non ritorna. E non si accorgeva del tempo che passava, del tempo che scriveva

la storia. Ognuno scriveva la storia, la sua storia. Piccola storia o grande storia. Quella più grande di noi che ci prende come una fiumara in piena o un mare in tempesta, ci avvolge, ci trascina, ci porta via in un vortice travolgente di avvenimenti. La piccola storia supporto della grande storia, la piccola storia dominio offuscato della grande storia. La storia. La storia che vive nel tempo, che supera il tempo, la storia che non ha tempo. Ognuno viveva la storia, non sapeva che faceva la storia. La storia del paese, del mondo, dell'umanità.

Filomena era la storia, la duchessa era la storia. La storia viva, che si realizzava. Che si consolidava. Che andava più in là. Del resto, non è un ingranaggio, piccolo o grande, che fa girare in avanti la ruota della storia? Filomena, la duchessa, non erano la storia? Ognuno con ciò che faceva scriveva la storia. Scriveva la sua storia. Era la storia dell'acqua e della vacca, o del referendum e delle elezioni: ma era la storia.

Filomena scriveva la storia e non lo sapeva. La duchessa scriveva la storia e lo sapeva.

A giugno c'erano state le elezioni. Le prime elezioni libere in Italia dopo il lungo periodo della dittatura fascista che aveva compresso il popolo alla volontà di un solo uomo: il Duce. Il popolo fu chiamato a scegliere con referendum se voleva la repubblica o la monarchia, e fu chiamato a votare, cioè a scegliere, i suoi rappresentanti ai comuni con elezioni amministrative. In tutta Italia si votò. Si votò anche a Tropea.

A Tropea i due schieramenti, rappresentati fisicamente dal conte Riccardo Del Ponte per la monarchia e da Lydia Maria Stefania del Sannio duchessa di Montecelato d'Irpinia per la repubblica, si erano battuti fino alla fine senza esclusione di colpi in una dura campagna elettorale che aveva diviso in due la città. Per cui c'era grande attesa per i risultati.

Leonardo Cardone, figlio di Filippo Cardone e di Marianna Laspanna, conosciuto e detto come *Nandu 'u Cardiuni*, il quale, ignorante quanto basta, intelligente non di più, stupido assai e non poco, o all'opposto secondo la circostanza, teneva il piede in due staffe. *Facea 'u fissa pi' nommu vaci a guerra. Fissa non era.* Cioè, alle otto gridava viva il conte, alle nove gridava viva la duchessa. Non aveva simboli addosso. E neppure bandiera. Anche lui voleva entrare nella storia. Di chi, però, non lo sapeva. Prese due bandiere avvolte all'asta. Con quelle si presentò davanti al seggio elettorale e aspettò che iniziasse lo spoglio delle schede.

Lo spoglio iniziò in un clima di grande tensione. Di attesa, di incertezza. Nulla era scontato. D'altronde lo diceva e lo ripeteva in continuazione don Fefè, la voce intelligente della ragione, che dell'urna non c'era da fidarsi.

- Ah… Ah… No' 'ni fidamu 'i l'urna: l'urna e' traditora. L'urna e' com'a fimmana: sai chi menti d'intra, e no' sai chi nesci fora… Ah… Ah…

Dentro e fuori, al sole di giugno c'erano tutti. Le transenne in legno, all'interno dell'aula, a stento trattenevano la gente. I carabinieri tenevano l'ordine a difesa della legalità di uno stato che non c'era.

Il presidente del seggio, chiuso nella sua giacca nera di velluto, in piedi, impassibile, inamovibile, si guardò intorno. Guardò gli scrutatori, guardò i rappresentanti di lista, guardò il popolo che aveva votato. Quando fu ora, l'ora della storia, iniziò lo spoglio delle schede. Come per legge luogotenenziale cominciò con le schede color giallo paglia del referendum istituzionale. Impassibile, freddo, obiettivo nel ruolo che la legge gli aveva assegnato, prendeva una per una le schede che uno scrutatore gli porgeva. Con voce che non tradiva nessuna emozione, senza alcuna flessione, leggeva.

- Monarchia…

Un mugugno si levò nella sala.

- Silenzio! Silenziooo! O faccio sgomberare l'aula!

- Repubblica…

Un mugugno si levò nella sala. D'altro genere, d'altra provenienza.

- Silenzio! Silenziooo! O faccio sgomberare l'aula!

I carabinieri con autorità e forza imposero il silenzio. Silenzio e ordine. Tutti zittirono in attesa degli avvenimenti. Silenzio: era l'ora della storia.

E la storia passò sulla voce amorfa del presidente di seggio, chiuso nella sua giacca nera di velluto, in piedi, impassibile, inamovibile, che leggeva una dopo l'altra le schede.

- Monarchia… Repubblica… Monarchia, monarchia, monarchia… Repubblica, repubblica… Monarchia…

Quando già si profilava un primo orientamento, la gente fuori, in piazza, cominciò a vociare. Si parlava, si commentava, si facevano previsioni. Pro o contro.

- *Sim'avanti… Sim'avanti…* – dicevano soddisfatti i sostenitori della monarchia e del conte, che però era chiuso nel suo palazzo in attesa dei risultati.

- *V'arrivamu… V'arrivamu… V'arrivamu e vi passamu…* – dicevano a denti stretti i sostenitori della repubblica e della duchessa, che però anche lei era chiusa nel suo palazzo in attesa dei risultati.

- *Ah… Ah… No' 'ni fidamu… No' 'ni fidamu… L'urna e' traditora… E' com'a fimmana: sai chi menti d'intra, e no' sai chi nesci fora… Ah… Ah…* – ripeteva in continuazione don Fefè, dall'alto della sua saggezza con voce della ragione – Aspettiamo i risultati.

Tutti aspettavano i risultati. Chi non aspettò i risultati fu Leonardo Cardone, che, senza bisogno di scientifiche proiezioni elettorali, volle anticipare la storia. Srotolò la grande bandiera della monarchia con la croce bianca dei Savoia nel mezzo e gridava: – Viva il conte… Viva il re…

Gli informatori del conte e della duchessa andavano e venivano in continuazione. Facevano la spola dal seggio elettorale ai palazzi. Con pezzettini di carta dove c'erano segnati i voti riportati dall'uno e dall'altro schieramento.

- Vince la monarchia… Vince la monarchia… – disse dentro di sé con tristezza triste la duchessa.

Intorno a sé imbarazzo, rammarico, incredulità, e tristezza.

- Vince la monarchia… Vince la monarchia… – dicevano con rabbia, con raccapriccio, quelli che le erano attorno, disperati.

- Chi ha tradito? Chi sono stati i traditori?

Qualcuno meditava punizione e vendetta.

Qualcuno usciva per prendere notizie dirette. Qualcuno cambiava di campo.

- Aspettiamo i risultati… Aspettiamo i risultati… – diceva la duchessa ai suoi pur sapendo che il risultato finale non sarebbe cambiato. Era serena. Come un generale sul campo dove si sta svolgendo una battaglia importante, decisiva. Tranquillizzava i suoi sostenitori con una calma interiore e esteriore che non lasciava trasparire nessun segno di preoccupazione. Che pur c'era.

- Tutto è in movimento. Non ci sono traditori. Il popolo ha avuto paura… Il popolo è stato ingannato… Niente traditori… La battaglia continua… Aspettiamo i risultati… Aspettiamo i risultati…

I risultati giunsero freddi e precisi dalla voce amorfa

del presidente di seggio, che, chiuso nella sua giacca nera di velluto, in piedi, impassibile, inamovibile, lesse in forma ufficiale i numeri. I numeri della storia.

- Risultati del referendum istituzionale legge luogotenenziale numero 98 del 16 marzo 1946. Aventi diritto al voto numero… Hanno votato numero… Hanno riportato voti: Monarchia voti…; Repubblica voti…; schede bianche numero…; schede nulle… numero…

- Ha vinto la monarchia! Ha vinto la monarchia!

Disse il conte Riccardo Del Ponte che era sceso da palazzo poco prima della proclamazione dei risultati finali quando ormai la vittoria della monarchia era matematicamente sicura. E alzò le mani in alto sulla testa della gente in segno di vittoria.

- Viva il re! Viva il conte!

- Silenzio! Silenziooo! O faccio sgomberare l'aula! La seduta è temporaneamente sospesa. Riprenderà alle ore diciassette per procedere allo spoglio delle schede delle elezioni amministrative.

I sostenitori della monarchia erano in fermento come il vino che fermenta nel tino. Aveva vinto la monarchia. Aveva vinto il re. A Tropea, degna erede della storia medievale, aveva vinto il re. *Sola Tropea sub fidelitate remansit"* c'è ancora scritto sul gonfalone della città, a memoria della grande rivolta del Centelles e del sostegno dato contro i francesi di Carlo VIII quando solo Tropea rimase fedele al re d'Aragona.

Leonardo Cardone, come se fosse stato morso dalla tarantola saltava e gridava:

- Viva il conte… Viva il re…

Agitava in continuazione la grande bandiera della monarchia con la croce bianca dei Savoia nel mezzo ai quattro angoli della piazza senza vento.

Ma il vento, si sa, non ha una sola direzione, non

soffia sempre e solo da una sola parte. Cambia. Cambia direzione. Cambia da un momento all'altro. Aliti. Sbuffi. Lievi brezze. Forti venti. Uragani. I primi segni vennero dai paesi vicini. I ventiquattro casali che facevano corona alla città. A Tropea, la nobile. Che nel segno della sua nobiltà aveva votato per la corona, per il re.

- Aspettiamo i risultati… Aspettiamo i risultati… – diceva la duchessa.

Un'aria nuova, di speranza spirava nelle ampie stanze di Palazzo del Sannio decorate con grandi arazzi dell'oriente e con policromi affreschi settecenteschi di pittori di scuola napoletana fra cui emergeva, per la forza incisiva e luminosa nei tratti del pennello, il Grimaldi, autore di una grande tela nella chiesa dei Liguorini. Un'aria di fiducia, di attesa man mano che giungevano i risultati dei paesi vicini. I paesi dei contadini.

Repubblica aveva votato Parghelia. E repubblica avevano votato Drapia, Spilinga e Ricadi. Si aspettavano i risultati degli altri casali, ma soprattutto si aspettavano i risultati dell'Italia.

- Calmi… Calmi… Stiamo calmi – la duchessa calmava i più esasperati. Quelli che volevano andare in piazza e iniziare la rivoluzione.

- State calmi… Il voto ci darà ragione… Vinciamo noi… Noi vinciamo… Vince la repubblica… Vince la libertà… E poi, se ci sono imbrogli, se necessario faremo ricorso.

Che il vento stava cambiando lo capì subito il conte che rientrò di fretta a palazzo per avere più sicure notizie dagli emissari inviati nei casali.

Zambrone, Brattirò, Caria hanno votato repubblica. E repubblica con lieve scarto di voti aveva votato anche Dafnà il bel giardino ombreggiato di allori, feudo e proprietà personale del conte Riccardo Del Ponte, che d'estate andava a villeggiare con la servitù e tutta la famiglia a ritemprarsi dalle fatiche cittadine, a fare festa e baldoria, ma, in particolare, a prendere dai massari e dai contadini il frutto di un anno di lavoro, di fatica e di sudore. Dafnà, anche Dafnà, aveva votato per la repubblica, per la libertà.

Che il vento stava cambiando lo capì anche Leonardo Cardone, che svelto svelto avvolse al bastone la bandiera con croce e corona e la poggiò in disparte ad un angolo della piazza. All'ombra. Anche lui si mise nell'ombra. Si asciugò il sudore, *comu s'avea minatu 'a zzappa*, si sedette e riposò.

Alle diciassette in punto riprese lo spoglio. Il presidente del seggio, chiuso nella sua giacca nera di velluto, in piedi, impassibile, inamovibile, cominciò a leggere una dopo l'altra le schede.

- Giustizia e Libertà... Voto di preferenza: Lydia Maria Stefania del Sannio...

Un urlo si levò nella sala.

- Viva la duchessa!

- Silenzio! Silenziooo! O faccio sgomberare l'aula!

I carabinieri con serietà si fecero avanti. Imposero l'ordine. Il silenzio tornò. Il presidente continuò a leggere.

- Giustizia e Libertà... Voto di preferenza: Lydia Maria Stefania del Sannio...

Lydia Maria Stefania del Sannio, la duchessa, uscì dal palazzo in silenzio e di nascosto. Con uno scialle rosso avvolto alla testa e una sciarpa bianca intorno al collo, con semplicità, come donna del popolo, da sola andò al seggio elettorale per seguire di persona le operazioni di spoglio. Unica donna all'interno della sala.

Il presidente procedeva nella lettura. Voto di lista...

Voto di preferenza… Leggeva lento. Scandiva le parole. In un silenzio sacrale le sue parole tagliavano l'aria. Andavano nel cuore della gente. La gente aspettava. A metà dello scrutinio, quando già il risultato era ormai matematicamente acquisito, si levò un gran grido rombante come tuono che improvviso squarcia la sera poco prima di tempesta di mare. Fece oscillare, sobbalzare di colpo, sotto vento di tramontana, le lampade accese sospese a mezz'aria.

- Viva la duchessa! Viva la sindachessa!

Quel grido spontaneo, inaspettato, prese alla sprovvista il presidente che sospese la lettura. Prese alla sprovvista i carabinieri che rimasero fermi. Era un grido soffocato, vietato da lunghi anni di dittatura che aveva imposto il municipio, il podestà. Si tornava al comune, alla libertà. Quel grido vero, sincero, come onda del mare si riversò nella piazza antispante, andò nei vicoli, nelle strade, nei larghi. Entrò nei negozi, nelle case, nelle botteghe. Entrò nei tuguri, nei palazzi, nelle chiese. Entrò nei cuori di tutta la gente.

La gente uscì dalle case. I fabbri, i falegnami, i barbieri smisero di lavorare. Una fiumara umana si mise in movimento. Andava in piazza a festeggiare la vittoria. Andava in piazza all'appuntamento con la storia.

Anche Leonardo Cardone non volle mancare. Svelto come un'anguilla uscì dall'ombra. Srotolò l'altra bandiera. Il tricolore nuovo, vivace nei colori, bianco rosso e verde. La bandiera dell'Italia, la bandiera dell'unità. Senza la corona, senza la croce. Anche per lui era ora la storia.

- Silenzio! Silenziooo! O faccio sgomberare l'aula! – ripeteva in continuazione il presidente del seggio.

Nessuno ascoltava. Le sue parole, la sua minaccia cadevano nel vuoto.

I carabinieri si schierarono lungo le transenne pronti ad eseguire l'ordine. I soldati col moschetto abbassato erano sulla porta. L'ordine doveva essere eseguito, ad ogni costo.

La giovane donna, con lo scialle rosso e la sciarpa bianca, si girò verso il pubblico, salì su una sedia, alzò le mani in alto. Sorrise. Senza parlare, senza dire una parola, muoveva le mani come ali di gabbiano. Lentamente, piano. Col palmo aperto nell'aria, con movimento verticale, dava segno alla calma. Impose il silenzio. Il silenzio. Comandò il silenzio. Tornò l'ordine.

Il presidente del seggio, chiuso nella sua giacca nera di velluto, in piedi, impassibile, inamovibile, continuò a leggere. Una dopo l'altra le schede.

- Giustizia e Libertà… Voto di preferenza: Lydia Maria Stefania del Sannio…

Fino alla fine.

Vinse Giustizia e Libertà. Vinse la duchessa.

Una pagina importante fu scritta quella sera nel grande libro della storia. Il popolo festante invase la piazza. Portò in trionfo sul corso affollato la duchessa fino a Palazzo del Sannio che rimase aperto a tutte le persone. Leonardo Cardone andava avanti con la bandiera tricolore. Tutti gridavano:

- Viva la duchessa! Viva la sindachessa!

La duchessa, la sindachessa, a mezzanotte si affacciò dal balcone. Dal balcone gentilizio sorretto da due alte colonne di granito poggianti su due grossi leoni ruggenti, a protezione. Salutò gli elettori.

- Cittadini di Tropea… Amici… Fratelli e sorelle… L'Italia è appena uscita da una guerra… Dalla catastrofe della guerra… Il paese è in rovina… Case distrutte… Ferrovie, strade bombardate… Ponti caduti… Fame, povertà, sofferenze, lutti, malattie, morte... Il tempo è difficile: non è tempo di odio e rancore, non è tempo di vendetta, non è tempo di divisione... È tempo di lavoro, di sacrifici, di sudore... È tempo di lasciare il passato... È tempo di dimenticare il presente... È tempo di andare al futuro... I nostri figli, i vostri figli ci guardano... Rimbocchiamoci le maniche e subito al lavoro... Rimuoviamo le macerie... Con le macerie del passato costruiamo il futuro... Un futuro di benessere, di democrazia, di libertà... Viva l'Italia... Viva la Repubblica... Viva la Libertà...

Un boato rumoroso squassò Tropea da oriente a occidente, dal mare ai monti, dalla terra al cielo.

- Viva Tropea! Viva la duchessa! Viva la sindachessa!

Era il grido del popolo. Spontaneo, gioioso. Era il grido della storia. Che mai non si ferma e va avanti a piccoli, a grandi passi, sul cammino eterno dell'umanità.

Quella notte nella città in festa, sotto il balcone ad ascoltare la duchessa, la sindachessa, c'erano tutti. C'era anche Filomena. Al passaggio della storia, della grande storia della città, c'era anche Filomena. Filomena che in piccolo viveva anche la storia, la sua storia, in un percorso straordinario di normale quotidianità.

Aveva gridato Viva la duchessa... Viva la sindachessa... quella notte insieme con gli altri Filomena. Tornò a casa con negli occhi la libertà. Si mise a letto. Non pensò al lavoro del giorno dopo. Sognò un mondo nuovo. La democrazia, la libertà.

Dormì poco quella notte. Dormì a sazietà. Il giorno dopo, che era lo stesso giorno, si alzò come al solito al far della luce. Sbrigò le piccole faccende personali, le prime pulizie della casa, andò nella stalla per dar da mangiare alla mucca. Ma non la trovò.

Filomena aveva preso *'n guadagnu 'na 'jenca figghjata c'u latti* da *massaru Saveri d'a Pignara, senza viteju.* La mucca, una vacca alla prima figliata, le era stata data "in guadagno", cioè non era sua. Lei la doveva assistere, le doveva dar da mangiare, e restituire al proprietario quando lui la voleva. Era, però, responsabile della vita, della sua salute. Era *'nu capitali.* In cambio prendeva il latte e, alla vendita del vitellino una parte del ricavato.

Quella mattina la vacca non c'era. La porta della stalla aperta, *'u mandali izatu*, la vacca non c'era.

- Brunina… Brunina…

Brunina non c'era.

Dopo un primo attimo di stupore, di perplessità, di sgomento, Filomena, intelligente nella sua semplicità, capì subito cosa era successo.

- Rubata… Hanno rubato Brunina… Stanotte alla festa, *mi ficiuru 'a festa*…

Lasciò tutto com'era. Con le mani nei capelli corse sulla strada. Andò dai carabinieri. Denunciò il fatto.

- Torna a casa! – le disse il piantone che era di guardia – Appena viene il maresciallo, faremo le ispezioni.

Filomena tornò a casa disperata. Non sapeva capacitarsi. Brunina non c'era, era stata rubata. Cosa avrebbe detto a *massaru Saveri d'a Pignara.* Come l'avrebbe pagato?

Entrò nella stalla, *nt'a pinnata*, vuota. Un vuoto che le riempiva l'anima. Cominciò da sola le prime ricerche. Fece le prime osservazioni sul posto. Seguì le impronte nel viottolo lasciate, *'i pedati.* All'ora di servizio giunsero quattro carabinieri e il maresciallo. Con gli stivali *ati affin'o garruni*, i berretti in testa *ligati c'u suttagula*, le pistole, i fucili armati.

Il maresciallo osservò le impronte.

- Sono impronte regolari… Sono della vacca…

- Sì, sono di Brunina…

- La vacca è passata di qua…

- Sì, è passata di qua.

- Anche i ladri sono passati di qua…

- I ladri?…

- Sì, due ladri…

- Due ladri?

- Sì, due ladri… Uno avanti la tirava per la corda, l'altro dietro la spingeva *c'a virga*… Le impronte parlano chiaro: uomo-vacca-uomo… Seguiamo le impronte. Vieni con noi.

Filomena andò con i carabinieri. I carabinieri controllavano le impronte. Le impronte erano regolari. Filomena chiamava, chiamava.

- Brunina… Brunina…

Brunina non rispondeva.

Le impronte erano regolari.

- Seguiamo le impronte… Troveremo la vacca…

Il maresciallo era fiducioso, sicuro del suo mestiere.

- Se non l'hanno già ammazzata – rifletté preso da un dubbioso pensiero.

Poi aggiunse:

- No. Il tempo è breve. Avanti!

Avanti a seguire le impronte. Il maresciallo prima di tutti. Poi i carabinieri. Poi Filomena dietro di tutti.

Filomena chiamava, chiamava.

- Brunina… Brunina…

Brunina non rispondeva.

Andarono tutti quanti sul sentiero degli asparagi, sulla strada sterrata.

- Hanno cercato di cancellare le impronte – disse il maresciallo che procedeva passo passo davanti a tutti.

- Il reato è evidente: abigeato…

Una scia di strascico era tracciata sulla strada, i sassi smossi.

- Chi andava dietro la vacca e la spingeva con la verga per farla camminare, insieme *raghava*, strascinava una frasca per cancellare i segni del passaggio. Qualcosa è rimasto, però…

Il maresciallo ora si fece più attento. Tutti si fecero più attenti. Mettevano i piedi di lato per non confondere le tracce.

Filomena chiamava, chiamava.

- Brunina… Brunina…

Brunina non rispondeva.

Andarono sulla strada buona, sulla strada regia costruita dai Borboni. Passarono sopra il ponte. Sempre dietro alle tracce di Brunina, la vacca di Filomena, che però non era di Filomena. Ce l'aveva "in guadagno", di *massaru Saveri d'a Pignara*.

- *Cu' 'nci'u dici mo' a massaru Saveri? 'Nu capitali… 'Nu capitali… Comu 'nci'a pagu?*

Si lamentava Filomena. E andava dietro dietro. Andava sulle tracce…

Ma le tracce scomparvero. Al passaggio a livello, *'e catini di Nora*, le tracce della vacca si fermarono. Non c'erano più. Le tracce si persero. Nessun segno. Niente di niente. Come se tutto si fosse volatilizzato, disperso nel nulla.

Il maresciallo andava avanti e indietro. Si fermava. Girava intorno. Osservava il terreno. Diede ordini ai carabinieri di perlustrare la zona in fondo in fondo. Filomena chiamava, osservava, scrutava. Si disperava.

Le ricerche stagnavano. Non si andava avanti. Poi…

Poi, sul mezzogiorno, *quandu 'u suli era 'mpocatu*…

- Maresciallo… Maresciallo…

Alle sbarre *d'i catini* giunse un carabiniere con una

frasca strofinata.

- *'A frasca...* *'A frasca...*

L'indizio.

- Dove l'hai trovata?

- Sulla scarpata... Sulla scarpata della ferrovia...

- Andiamo... Venite con me...

Come prima, con lo stesso ordine andarono sulla ferrovia. Il maresciallo avanti nel centro dei binari saltellava sulle traversine come un canguro australiano. I carabinieri sulla massicciata, due da un lato due dall'altro. Filomena dietro, in coda. Pure lei in mezzo ai binari. Scalza, andava sul pietrisco rovente, metteva i piedi sulle traverse appiccicose, nere di catrame. E chiamava, chiamava con la voce asciutta di saliva, con la voce impastata di sudore. Con speranza. Con disperazione.

- Brunina... Brunina...

Brunina non rispondeva.

Solo il rumore dei passi, solo il rumore del pietrisco infuocato smosso dai passi affrettati, concitati, perplessi dei carabinieri che andavano sotto il sole. Filomena non faceva rumore. Di Brunina neppure l'ombra. Il maresciallo non parlava. I carabinieri non parlavano. Filomena non aveva più voce. Non aveva più cuore.

- Alt!

Il comando imperioso del maresciallo che andava avanti di tutti si impose improvviso e inaspettato. Il maresciallo si fermò. I carabinieri si fermarono. Filomena si fermò. Si fermò la voce in gola a Filomena, non uscì più.

- Merda! Merda!

Nessuno disse nulla. Una constatazione? Una imprecazione?

- Merda! Merda! Ancora merda... La vacca è passata di qua…

Sul ponte grande di ferro dove nessuna impronta poteva essere visibile neppure se la dipingevi a colori, c'era una traccia. Merda di vacca… Per dieci metri c'era una scia di questa sostanza organica d'animale non trattenuta, che il maresciallo analizzò a lungo con attenzione. Con professione.

- È merda… Venite… Questa merda ci farà trovare la vacca.

In silenzio ripresero la processione. Ripresero a camminare. Più lentamente. Con più attenzione. La merda intanto asciugava al sole.

Uscirono all'altro passaggio a livello, vicino alla stazione. Uscirono in perlustrazione. Sulla terra polverosa della strada comparvero nitide e chiare, come su carta stampata, le impronte. Regolari: uomo-vacca-uomo. Bastava andare lungo le impronte, il cammino era segnato.

- Seguitemi – ordinò il maresciallo. Impugnò la pistola.

Passo passo, dopo poco tempo, sul tracciato delle orme, giunsero in una campagna. Chiusa da una siepe alta e da un cancello di legno. Il maresciallo scavalcò il cancello. I carabinieri forzarono il cancello. Filomena dietro li seguì.

Dietro una cortina di acacie fiorite con piccoli fiori a grappolo c'era un pagliaio. La porta chiusa. Davanti alla porta una forma di merda. Fresca, più fresca di quella di prima. E un bambino che giocava. Che giocava davanti alla merda.

Il maresciallo diede un ordine. Con voce forte.

- Circondate il pagliaio!

Poi disse al bambino sorpreso, che aveva smesso di giocare. Guardava curioso, credeva iniziasse un nuovo gioco.

- Apri la porta.
- Papà non vuole.
- Dov'è papà?
- Al lavoro.
- E tu che fai?
- Gioco.
- Da solo giochi?
- Sì.
- Quando viene papà?
- Fra poco.
- Allora, aspettiamo papà.
- Sì, aspettiamo papà.

Papà arrivò dopo poco. Portava sotto braccio un mazzo d'avena fresca fresca tagliata nel prato.

Antonio Ruina andava tranquillo, senza sospetto.

- Altolà! In nome della legge!

Antonio Ruina subito fu circondato dai carabinieri con i fucili spianati. Il maresciallo gli puntò addosso la pistola. Filomena gli puntò negli occhi gli occhi. Il bambino rimase a guardare.

- Apri la porta!

Il bambino credendo ad un gioco diede la chiave. Antonio Ruina buttò a terra avena e falcetto. Non poteva scappare.

- Mmmuuuhhh! Mmmuuuhhh! Mmmuuuhhh!

Filomena ebbe un sussulto. Filomena ebbe uno schianto. Filomena ebbe un brivido, un brivido di vita. Deglutì, inghiottì saliva. Con nuova voce chiamò:

- Brunina... Brunina...

La vacca rispose:

- Mmmuuuhhh! Mmmuuuhhh!

Filomena chiamava:

- Brunina... Brunina...

La vacca rispondeva:

- Mmmuuuhhh! Mmmuuuhhh!

Il maresciallo aprì la porta. Entò nel pagliaio. Constatò la presenza della vacca. Formulò i capi d'accusa.

- Abigeato, furto aggravato, concorso in furto, sottrazione di bene altrui, soppressione di prove del reato… In nome della legge, siete in arresto.

Un carabiniere mise le manette ad Antonio Ruina. Arrestato.

Tutti in fila, una nuova fila, si misero in cammino. Il maresciallo in testa con la pistola. Antonio Ruina, con le manette legato, e due carabinieri, in mezzo. Dietro Filomena e Brunina, insieme. In coda, col fucile in mano, un carabiniere di guardia chiudeva il corteo. Un altro, a lato, andava di scorta.

Brunina muggiva. Filomena la carezzava, rideva.

Era un giorno della storia. Un altro giorno della storia. Una nuova pagina al grande libro della storia si aggiungeva. Giorno dopo giorno la storia si scriveva. Un libro che non aveva indice né fine. Un libro che non si chiudeva. Che non si sapeva.

Il bambino piangeva.

Una nuova vita in due

- Caro Francesco…
- No… No… *Cicciu*…

Filomena, che era andata a scuola e aveva anche vinto il Premio dell'Impero per la lingua italiana, voleva scrivere la lettera in italiano.

- No… No… *Caru Cicciu*…
- Perché? Si scrive in italiano…
- Ma lui non capisce…

Lui era Francesco. Faceva il militare a Modena. Era un ragazzo alto, slanciato, con i capelli folti ondulati, gli occhi azzurri color del mare. Era *discipulu falignami*. L'avevano chiamato militare.

- Torno presto – disse – Aspettami…

Lei era Micuccia, cioè Domenica. Era una ragazza giovane e bella. Di una bellezza popolare, meridionale. Con linee marcatamente orientali. Gentile, delicata, minuta nella persona, con capelli neri acconciati *a tuppu*, a conocchia, con trecce e spadine. Mettevano in risalto il viso per intero visto in tutta la sua freschezza, quasi infantile, e gli occhi due perle castane. Aiutava la mamma. Faceva la fornaia.

Micuccia non aveva studiato. Non era andata a scuola. Non sapeva scrivere. Non sapeva leggere. Il padre ammalato, la madre lavorava. Lavorava pure lei. Perché studiare? Perché andare a scuola? Non era necessario. Lavorava.

Filomena intinse la penna nel calamaio. Caricò il pennino d'inchiostro. Lo sollevò sul foglio. Guardò la busta bianca.

La lettera. Doveva scrivere la lettera. La lettera *'o zzitu luntanu*. A Francesco che era militare.

Scrisse l'indirizzo. Mittente. Destinatario.

- Caro Francesco…

- No… No… *Cicciu… Caru Cicciu…*

Filomena insisteva con l'italiano.

- Si scrive in italiano… I giornali, i libri, i documenti… sono scritti in italiano. Le lettere… Non si scrive in dialetto.

Micuccia replicava. Supplicava. Nella sua ingenuità quasi piangeva.

- *Caru Cicciu… Caru Cicciu…* Se no, lui non capisce…

Filomena a spiegare perché bisogna scrivere in italiano.

- L'italiano è più importante: lo capiscono tutti…

Micuccia a ripetere perché voleva che si scrivesse in dialetto.

- Il dialetto è la nostra lingua. È più bello, è più sincero. È più vero. E poi… No. Gli altri non devono capire. Solo lui deve capire…

Dopo molto tempo a dire perché era meglio così, a ribattere che non voleva così. Si misero d'accordo.

Filomena scrisse la lettera.

- *Caru Cicciu… Comu stai, jeu ti penzu sempri. Jeu penzu a ttìa. Javuru chi 'mprofumi 'u jatu a mmìa. Comu stai, jeu ti penzu sempri. Jeu penzu a ttìa. Spitu chi mi trasi 'nt'o mo' cori e no' mi dassa. Parola duci chi mi porta a mori'. Jamma chi sbampa e mai no' s'astuta. Focu c'ajuma ad ogni ura 'a 'stati e 'mbernu. Focu c'appiccia ad anta ad anta e mi cunzuma. Focu chi trasi intra a 'stu cori e no' trova modi 'u nesci fori. Comu stai, jeu ti penzu sempri. Jeu penzu a ttìa. Jornu e notti no' aju mai ricettu. E' comu 'nu grandi chjovu 'intra 'o pettu. E' comu 'na spina longa 'i sipala chi pungi pungi e mi turmenta 'u cori. Jatu, anima mia, ti 'nd'isti e mi dassasti sulita-*

ria. Mi pigghjasti l'ura cchjù bella d'a vita mia. Comu stai, jeu ti penzu sempri. Jeu penzu a ttìa. Acejuzzu chi canta subb'o 'rramu. Jeu ti chjamu a ghuci forti e china, sempri jeu ti chjamu matina e sira. Ma tu si' luntanu, si' luntanu: no' senti 'u richjamu 'i 'st'anima affritta e scunzulata. No' senti quantu duluri 'nc'e' 'nta 'stu cori adduluratu, 'nta 'stu cori chi s'inchi cu tant'amuri. Comu stai, jeu ti penzu sempri. Jeu penzu a ttìa. No' cuntu l'uri pimmu tu veni accantu a mmìa. Ti mandu cu 'stu fogghju brevi e cortu 'nu grandi vasu a pizzicottu. E sugnu, caru Cicciu, Micuccia toi pi' tutti quanti. Mi fermu a 'stu puntu, caru Cicciu, Cicciu meu caru, mi fermu cu 'nchjostru e pinna, e no' vaju avanti.

Filomena lesse la lettera.

Micuccia ascoltava. Un luccichio di luce velata negli occhi, un rossore accennato sulle guance rosate dicevano dei sentimenti emotivi portati dentro di sé dalla ragazza.

- Ancora… Ancora… Un'altra volta… Un'altra volta ancora…

Filomena ritornava daccapo. Rileggeva piano piano. Si soffermava sulle parole. Ripeteva alcuni passaggi. La guardava.

Micuccia parola dopo parola riviveva con ansia, con gioia la sua nascosta storia d'amore. Una frenesia impulsiva di vita la agitava in tutta la sua persona portandola nelle meraviglie di giovani sogni. Sogni rubati alla sua giornata di lavoro su una fascina di legna con Cicciu che le dava amore davanti al fuoco incandescente del forno. Il pane cuoceva. Le carni bruciavano in fremiti intensi d'amore. Era lo stesso amore, lo stesso desiderio d'amore, che Micuccia ricordava all'amante lontano. Lo stesso bisogno d'amore che chiedeva, che voleva, che la consumava nell'attesa di un suo prossimo ritorno. E ricordava, col cuore colmo di emozione ricordava, quando si amarono la prima volta. Quando si diedero per la prima volta per intero tutto il loro amore in una delicatezza di gesti, di movimenti che li portarono a scoprire per la prima volta insieme i loro corpi in uno spasimo di gioia e di dolore. Nella freschezza di un reciproco dono che gli aveva fatto superare tutti i confini del mondo, giungendo fino all'anima con un piacere goduto in tutti i particolari. Senza nulla nascondere.

Filomena leggeva. Micuccia ascoltava. Ascoltava le sue parole d'amore. Che Filomena aveva scritto per lei nella lettera che bruciava con fuoco d'amore nelle sue mani. Filomena leggeva, Micuccia aspettava. Aspettava la risposta di Francesco. Che puntuale arrivava dopo una settimana. Arrivava a casa di Filomena. Filomena lo sapeva. La conservava.

- Cosa c'è scritto? Cosa dice?… Cosa dice… Cosa dice…

Micuccia teneva la lettera di Francesco nelle mani. La guardava, la osservava. La girava avanti e indietro. La tastava, la soppesava. La scrutava in trasparenza come se volesse spiare le parole, quasi in un tentativo di indovinare le parole che Cicciu le aveva scritto. Che Cicciu aveva scritto per lei, solo per lei.

- Apri – le diceva Filomena.

Micuccia apriva la busta piano piano, lentamente. Con sacro rito sacerdotale. Apriva la lettera fitta fitta di parole. Ficcava gli occhi su ogni parola per portare l'immagine dentro il suo cuore. Passava la mano sulla carta in uno strofinio leggero per sentire il peso delle parole, per avere un contatto fisico con le parole. Erano tutte parole d'amore.

- Cosa dice… Cosa dice…

- Cara Micuccia…

- Dice così?

- Sì… Amore mio…

- Amore mio... Così? Amore mio... Dice così? Amore mio?...

- Sì... Amore mio...

- È scritto così? Amore mio... Così è scritto? Amore mio?...

- Sì... Amore mio...

Micuccia le strappava la lettera dalle mani. La stringeva forte forte. La poggiava come una santa reliquia sul petto dalla parte dove c'è il cuore. Fremeva, tremava. Chiudeva gli occhi. Ripeteva: – Amore... Amore... C'è scritto amore...

- Sì. C'è scritto amore.

- Dove è scritto? Dove?

- Qui è scritto. Qui...

Filomena indicava col dito.

Micuccia visualizzava la parola. Micuccia fotografava la parola. La baciava. Incollava le labbra alla carta in un bacio lungo di passione. In quel contatto materiale tornava sulle sue labbra il sapore del bacio vero. Sentiva il profumo dolce dell'amore.

- Cosa dice ancora... Cosa dice...

- Che ti vuole bene... Che ti ama con tutto il cuore... Che sei tu il suo tesoro... Che sei bella come un fiore... Che muore, che muore per tuo amore...

- Pure io... Pure io...

Prendeva la lettera, la carezzava, la baciava. La legava *'nt'a 'nu maccaturi ricamatu*, un fazzoletto, e la nascondeva dove nessuno potesse trovarla. Nel seno, al caldo del suo cuore. Come pegno d'amore.

Prima di andare metteva le dita sulle labbra a forma di croce. Filomena ripeteva lo stesso gesto con le dita sulle labbra a forma di croce. Silenzio. Segreto. Complicità femminile per un amore nascosto. Per un amore che non si poteva sapere. In cambio ogni domenica Micuccia portava una forma di pane.

La settimana però era piena di lavoro. Ora che era sposata, Filomena aveva molto da fare. Divideva la sua vita con Ciccillo, che l'aiutava nell'orto. I lavori più pesanti li faceva lui. Preparava il terreno. Zappava profondo per dare ossigeno alla terra, concimava *cu' fumèri*, il letame della stalla che ammucchiava *'nt'o munzèu* per farlo maturare. Livellava la terra, la squadrava lenza a lenza. La lenza la divideva in tante *famèji cu 'i currenti longhi pimmu curri l'acqua*. Pareva davvero un ingegnere idraulico. Era tanto preciso nel lavoro di livellatura, che faceva ad occhio con la zappa, che non si perdeva una goccia d'acqua. L'acqua scorreva lungo i *currenti mastri. Trasèa 'nt'a fameja* che era divisa in tre o quattro *'ndani. 'Na 'ndana* aveva tre o quattro solchi a chiocciola secondo il metodo arabo, o a pettine, cioè tutti appoggiati a un lato, o liberi, cioè senza nessun appoggio.

Filomena preparava la colazione al marito: *'na cantunata 'i pani cu' alivi e 'na scorcia 'i formaggiu siccu*. Ciccillo la mangiava *a murzeu*, a terra, seduto sul manico della zappa, verso le otto del mattino. La giornata di lavoro era *'i suli a suli*, dal sorgere al tramonto.

Filomena riempiva di lavoro la sua giornata. Dava da mangiare agli animali. Piantava, irrigava, curava l'orto. Puliva la casa. Lavava. Mai si fermava.

A sera, quando Filomena e Ciccillo si vedevano, era tutto un'effusione di carezze, un chiedere, un domandare. Parole sussurrate, cenni compiaciuti, penetranti sguardi, languide tenerezze.

- Cosa hai fatto, hai lavorato, sei stanco?

Ciccillo subito subito non rispondeva. Sedeva sotto le stelle, sotto la luna, su una pietra di granito duro. Non parlava. Riposava.

- Filomena…

Filomena gli andava accanto. Sedeva.

- Sei stanco…

Gli prendeva la mano. Gli scompigliava i capelli. Lo guardava negli occhi. Gli carezzava il pensiero. Beveva la sua anima.

- Mi vuoi bene?

Aspettava. In silenzio. Ascoltava il respiro dello uomo che amava. Ascoltava il canto delle stelle e il riflesso della luna sorridente.

Il fresco della sera leniva i corpi, annullava le sofferenze, levava le stanchezze. Il fuoco acceso sul focolare dava immagini voluttuose sulla parete sbriciolata, senza intonaco. La stanchezza di un giorno lungo di lavoro, di fatica, scompariva di colpo. Una nuova forza scorreva nelle vene, il sangue affluiva tumultuoso. Una nuova vita risorgeva nei giovani corpi che chiedevano amore. Che volevano amore. Soltanto amore.

E l'amore veniva immediato, subito, spontaneo.

- Mi vuoi bene?

Non aspettava la risposta. Non era necessaria. Non occorreva. Filomena prendeva le mani forti, callose, dure di lavoro e di fatica di Ciccillo, nelle sue mani. Piccole mani di donna. Le sfiorava con morbide carezze. Le baciava. Andava sul viso, sugli occhi per spiare l'intimo sentimento in un connubio di pensieri. Uguali pensieri. Racchiusi nel cuore. Pensieri d'amore.

- Mi vuoi bene… Mi vuoi bene… – ripeteva in un sussurro. Temeva di rompere l'incanto.

- Ti voglio bene… Ti voglio bene… – le diceva nell'orecchio vicino. Le soffiava il suo respiro.

Nella notte brillante di stelle, sotto lo sguardo della luna accondiscendente, i due giovani si cercavano. Si volevano. Le carezze scivolavano lente sulla pelle. Andavano dagli zigomi tondi al collo levigato, dalle braccia muscolose alle spalle geometriche squadrate, ai fianchi sinuosi come onde del mare, al petto delicato emergente. Alle carezze aggiungevano i baci. Innumerevoli baci. Sulle labbra arse dal fuoco, sulla pelle bruciata dal sole. Scivolavano lenti. Indugiavano. Si spostavano in altra parte del corpo. Si intrecciavano nelle mani. Si impigliavano nei capelli. E i loro corpi illuminati dal fuoco, complice la luna, le stelle ridenti, si univano in un afflato di sentimenti. Andavano insieme in un cammino antico e poi nuovo. Uscivano, entravano. Si davano. Sussulti, languori, sospiri gridati, smorzati, li accompagnavano su una strada già vista d'amore. Con piacere, con gioia. Fondevano insieme i pensieri, i battiti sfrenati del cuore. I corpi andavano altrove. Le anime gioivano insieme. In un unico abbraccio.

- Mi vuoi bene, tesoro?

- Ti voglio bene, amore…

Contente le stelle, sorridente la luna, il fuoco spegneva su immagini d'amore. L'amore di Ciccillo e Filomena. Uniti per mano vivevano insieme una nuova vita in due.

I due giovani sposi dimentichi della povertà, della miseria facevano progetti per il futuro. Parlavano del giorno dopo. Dei lavori da fare il giorno dopo. Avevano fiducia nella vita, che piano piano rinasceva e andava avanti con tante difficoltà e incertezze. Si amavano e nell'amore davano impulso alla vita. Alla vita che avrebbe scacciato per sempre la morte.

- Avremo dei bambini.

- Sì, tanti bambini.

- Ti piacciono i bambini?

- Sì, i bambini… I nostri figli…

- Maschietti o femminucce?

- Uguale… Uguale…

- Uguale, come?

- Come la mamma.

- Allora femminucce?

- Femminucce… Anche maschietti…

Poi, guardandolo negli occhi, piano con timorosa voce: – Comprami una bambola.

- Una bambola?

- Una bambola… Bella, bionda, con i capelli a boccoli, con gli occhi azzurri…

Filomena amava le bambole. Amava giocare con le bambole. Prima della guerra. Suo padre, *'u tata*, gliele comprava. Lei le vestiva. Cuciva i vestitini. Le accudiva. Le educava. Faceva da mamma. Voleva solo bambole. A volte le faceva lei stessa, bambole di pezza imbottite di *puju*, la pula del grano, o *cu' pilu 'i viozzu*, i fili secchi della pannocchia del mais. La guerra aveva ucciso *'u tata*. Aveva ucciso le bambole. Aveva ucciso i sogni. I sogni di Filomena sotto le bombe.

- Comprami una bambola.

- Sì. Ti comprerò una bambola.

I sogni ritornavano.

Ritornavano con la vita grama d'ogni giorno. Con le fatiche al sole, con le privazioni.

Filomena era diventata donna. Non aveva rinunciato ai sogni.

La casa mostrava i segni della guerra. Non c'erano mobili. Per i bisogni si usciva fuori, di notte, di giorno. E ci si puliva con una foglia bagnata nell'acqua o fresca di rugiada. Filomena costruì un piccolo rifugio con canne appoggiate a V capovolta dove appartarsi quando necessario, per proteggere dall'occhio indiscreto il pudore, la propria vergogna.

Ma un giorno Ciccillo tornò a casa con un grosso involucro leggero, di carta.

- Filomena… Filomena…

- Che c'è? Che c'è?

- Guarda cosa ti ho portato.

Ciccillo portava sempre qualcosa a Filomena, a sera. Ogni sera. Un grappolo d'uva, un'albicocca, mandorle secche, un pugno di *zinzuli*, una *'nona*. Filomena era sempre contenta di questi doni. Segno di un cuore delicato e affettuoso, segno di un grande amore. Filomena lo prendeva nelle sue braccia, lo baciava, gli faceva le carezze. Mangiava quei frutti. Lui la guardava.

- Cosa mi hai portato? Ciccillo, cosa mi hai portato?

- Un regalo… Un regalo… Dammi un bacio…

- Fammi vedere…

- No. Dammi un bacio…

Filomena lo baciò. Lo baciò in modo nuovo. In modo diverso. Solo, lo baciò.

Ciccillo le diede l'involucro.

- Come è leggero…. Cosa c'è?

- Apri…

Filomena lo soppesò. Lo girò, lo rigirò. Cercò di indovinare cosa c'era. Non ci riuscì. Aprì piano piano. Svolse la carta con sofferta lentezza.

- Una bambola! Una bambola!

- Una bambola…

Gli occhi di Ciccillo erano lucidi di gioia. Pure quelli di Filomena.

Filomena lo abbracciò forte forte. Lo strinse a sé. Lo coprì di baci. Mille baci scesero sulla sua persona. Mille baci scesero su Filomena emozionata, piena di gioia. La guerra era finita. Era finita. Era davvero finita.

- Un regalo, Filomena… Un regalo…

Poi pensò alle tante privazioni di tutti i giorni. Al cibo che mancava. E la bambola…

- Ho bollito le patate…

Le patate. Questo era il loro cibo. Patate bollite, *chi ti scippavunu 'u cori*. Riso senza olio né sale. *Ruttami* di pasta una volta al mese. Solo una volta al mese. Mai una fetta di carne, soltanto lumache. *Erbi 'i margiu amari com'o landru, stranghiati*.

La bambola…

- Dove l'hai presa? Chi te l'ha data? Rubata… L'hai rubata?

- No. Non l'ho rubata…

- Comprata? Chi ti ha dato i soldi?

- No. Non l'ho comprata…

- E allora? Come l'hai avuta?

Ciccillo raccontò.

- Dieci chili di rame, di alluminio vecchi e capelli spettinati…

Ciccillo, senza dir niente alla moglie, per un anno intero aveva raccolto dove trovava oggetti vecchi di rame, di alluminio e capelli. Li aveva messi in un sacco, che pesava ogni quindici giorni per vedere il peso. Quando il peso fu giusto, li portò a donna Grazia *'a ferravecchjara*. In cambio prese la bambola.

- Un regalo… Un regalo per te, Filomena, che sei tanto buona con me. Che mi vuoi bene…

- Un regalo… Un regalo… Anche io ti voglio fare un regalo… Un regalo per te, Ciccillo, che sei tanto buono con me. Che mi vuoi bene…

- Un regalo?!

- Sì. Un regalo… Ti faccio un regalo…

- E cosa mi regali? Cosa mi regali?

- Indovina… Indovina cos'è…

Ciccillo era in ansia. Aveva curiosità di sapere. Cosa gli poteva regalare a lui Filomena? Cosa gli poteva regalare? Cosa?

Filomena prese le mani di Ciccillo. Le appoggiò insieme alle sue dolcemente sulla pancia.

- Un bambino… Ti regalo un bambino… Nostro figlio… Sono incinta, Ciccillo… Incinta…

Ciccillo pianse di gioia. Ciccillo pianse sulle mani di Filomena, prossima mamma. Le lacrime scesero anche sulle mani di Ciccillo, prossimo papà.

Filomena percepiva la sua nuova condizione. Alcuni segni gliene davano conferma. Dapprima appena percepibili. Poi sempre più frequenti e noiosi. Capogiri, vomito, nausea frequente. Inappetenza. Qualcosa dentro di sé si muoveva, dava altra forma al suo corpo. Una nuova vita nasceva. La sua stessa vita che si moltiplicava. Lei la raccoglieva come perla dentro la conchiglia, la curava, la proteggeva. Aveva curiosità di questo cambiamento. Curiosità e paura. Aveva sempre creduto che i bambini li portavano le cicogne dai paesi lontani, in un fagotto nel becco resistente e forte. Con un viaggio lungo, impervio, difficile. Invece il bambino era dentro di lei. Come avrebbe fatto a venir fuori? Avrebbe provveduto il Signore. La Madonna l'avrebbe aiutata. La Madonna di Romania.

Nella sua grande fede religiosa diceva le preghiere al Signore e alla Madonna. Per sé ché le dessero forza e coraggio, e per Ciccillo ché lo aiutassero nel lavoro e lo proteggessero dai pericoli. E pregava anche per il piccolo bambino, suo figlio, suo e di Ciccillo, che si formava nel suo seno giorno dopo giorno, di momento in momento. E cresceva. Cresceva. E si muoveva.

- Come sarà? – si domandava.
- Bello… – le diceva Ciccillo.
- Sì. Bello…
- Come la mamma.
- Come il papà.
- Sarà maschietto o femminuccia?
Lei voleva maschietto.

- Così quando è grande ti aiuta e tu non lavori.

Lui voleva femminuccia.

- Così quando è grande ti aiuta e tu ti riposi.

- Sì. Ma come sarà?

- Bella come la mamma.

- Bello come il papà.

Alla fine si mettevano d'accordo: come la mamma se sarà femminuccia, come papà se sarà maschietto.

Cercavano di indovinare i contorni della creatura passando e ripassando con delicatezza le mani sulla pancia che lentamente ingrossava come pane che lievitava al calore della vita.

- È qua... È qua... Senti come si muove...

Filomena guidava la mano di Ciccillo con la sua nel luogo dove si percepiva qualcosa di nuovo. Una nuova vita che prendeva forma, che cresceva. Una nuova vita: la loro stessa vita.

Quel soffio vitale si trasmetteva a loro con gioia. Erano felici. Filomena e Ciccillo erano felici.

- Ringraziamo il Signore.

Guardavano il sole che spuntava al mattino, le stelle, la luna la sera. Mano nella mano pregavano il Signore.

Nonostante il nuovo stato che lei viveva, Filomena continuava il lavoro. Con la stessa alacrità, con lo stesso impegno, con la stessa dedizione. A volte sentiva sintomi di malore: svogliatezza, stanchezza, pesantezza. Un dolore specifico era un dolore alla schiena che la costringeva a sollevarsi dalla terra, a sedersi su una pietra, a riposarsi. Poi faceva uno sforzo a rialzarsi. Filomena aumentava di peso. Continuava a lavorare.

- Non ti stancare... Non ti stancare... Riposati... – le diceva sempre Ciccillo. Premuroso. Le raccomandava.

- Non mi stanco… Non mi stanco… Faccio quello che posso: siamo poveri… – lo rassicurava tutti i giorni Filomena.

Tutti i giorni, però, lavorava. Ugualmente lavorava. Mieteva l'erba nei campi, lungo i sentieri. Quella più corta la metteva in un sacco. La pressava. A sera, dopo il lavoro, Ciccillo la portava sulle spalle. La fascina più leggera la portava lei. E qualche legno secco da accendere il fuoco.

Man mano che i giorni passavano e che la pancia ingrossava, Ciccillo aumentava di attenzioni verso Filomena. Usciva più tardi di casa, tornava più presto la sera. La risparmiava in ciò che poteva. Le portava un frutto che da loro non c'era: *'nu picciulu d'ammenduli,* quattro mandorle, solo quattro in una mano o nascoste nella fodera *d'u bascu, zinzuli, orzalori,* selvatiche more. Anche *'a muta 'a Lena* veniva più spesso per dare consiglio, per far compagnia. Per distrarla. Per allontanarla dal continuo lavoro.

Le diceva di come nascono i figli. Le spiegava. La consigliava. Le diceva di non avere paura, ché era una cosa normale, una cosa della natura. Le dava conforto. E, aggiungeva:

- *Quandu 'u piru e' maturu, cadi sulu.*

'U piru, o meglio la pera, cresceva, cresceva. Maturava lentamente. Giunsero i giorni che Filomena era molto pesante. Non ce la faceva a fare i lavori di prima, nei campi. A stare in piedi tutto il giorno non ce la faceva. Doveva riposare. Lunghe ore rimaneva sdraiata anche a letto. A faccia in su con il pancione che pareva una montagna. Lei si toccava. Sentiva il bambino che si muoveva, che si agitava. Scalciava.

- Stai buono… Stai buono… Non dare calci a tua mamma… Non le far male… Non aver fretta… Quando è ora, vedrai…

Filomena era contenta del bambino che era dentro di sé. Era contenta del figlio che voleva nascere. E diceva:

- Come farò?… Come farò?

E pregava, pregava.

Alcuni giorni prima della fine della gravidanza le visite si fecero più frequenti, numerose, più premurose. Ciccillo inutilmente cercava di nascondere la sua apprensione. Rimaneva a casa, non andava a lavorare. Stava con la moglie seduto sul letto. La guardava. La ammirava. Non parlava.

- Vai a lavorare… Fatti la giornata… Vai… C'è tempo… Ancora c'è tempo…

Ma era contenta di avere Ciccillo accanto a sé, di sapere che la voleva bene. Lo toccava. Gli baciava la mano. Lui si commuoveva. Gli veniva una lacrima agli occhi. Si girava di lato. Lei lo accarezzava. Gli portava la mano sulla pancia in una carezza doppia: al figlio, alla madre. Allora lui usciva, andava dagli animali, andava nell'orto. Tornava: non aveva testa di stare fuori, di stare lontano. Le diceva se voleva qualcosa, le portava da bere. Lei lo guardava. Lei sorrideva.

Per distrarlo parlava di niente. Si informava di come andavano fuori le cose. Gli alberi, i frutti, le piantine che lei aveva piantato.

- I fiori… Non li fare seccare… Ti raccomando: innaffiali… Innaffia i miei fiori…

- Sei tu il mio fiore…

- E le rose… Innaffia le rose…

- Sei tu la mia rosa… Il fiore più bello: mio fiore d'amore…

La copriva di lacrime e baci. Ma lei si stancava.

Qualche giorno prima della fine del tempo, ormai era tempo di provvedere, Ciccillo andò *d'a signorina*. Andò a chiamare la signorina Adelina, *'a mammina*, per far visitare Filomena.

- Portale le uova! – disse Filomena – Le uova della gallina…

Ciccillo portò le uova. Le uova fresche della mattina.

Adelina, *'a signorina* come la chiamavano tutti, era una giovane donna sui trenta anni. Di origine settentrionale, nubile, non sposata, era una donna alta, bella. Bionda con gli occhi azzurri, come una walkiria, viveva sola in un vicino paese. La levatrice. Era venuta dal nord per far nascere i bambini.

Adelina andò da Filomena. La trovò a letto. Le parlò, fece delle domande. Le sollevò la veste sul seno, la scoprì tutta come un dottore. La visitò. La toccò con le mani. Le fece fare dei movimenti con le braccia, con le gambe. La fece alzare.

- C'è tempo ancora.

Poi, rivolta a Ciccillo:

- Quando cominciano i dolori vieni a chiamarmi. Vieni da solo. E non ti voltare…

Ciccillo disse di sì.

- Non ti voltare…

Così disse. Da sola andò via.

Una notte, nel pieno della notte, vennero i dolori. I primi dolori. Improvvisi. Lenti. Sempre più forti. Intermittenti.

Ciccillo si alzò dal letto. Accese il lume. Alla luce della debole fiammella vide Filomena pallida, sofferente. Si spaventò. Mise i calzoni, camicia, basco in testa. Aprì la porta. Una folata d'aria nuova entrò nella casa. Svelto uscì nella notte. Chiamò le donne. Andò.

- Non ti voltare… Non ti voltare… Se qualcuno ti chiama, tu non rispondere… Non rispondere… È il diavolo che ti vuole dare parole… *Voli 'u t'a faci…*

Non rispondere… Non rispondere…

Andò. Non si voltò. Non rispose. Aveva un peso nella testa. Una pietra che premeva sulle tempia e pressava per rompere l'osso. Aveva le ali ai piedi. Scalzo volava sulla strada sconnessa, sulla scarpata. Non sentiva *'u bricciu tagghjenti* della ferrovia che feriva la carne. I lamenti. Solo i lamenti sentiva di Filomena, che sentiva più forti.

- Muore, muore – pensava e correva più forte. *'Nu minutu 'nci parea millanni.*

Adelina dormiva vestita. Udì i colpi secchi, decisi alla finestra. Si alzò.

- Chi è?

- Io… Io… Ciccillo… Filomena sta male…

- Sei solo?

- Sì. Sono solo.

Adelina non si fidava. Una volta era stata messa in violenza da alcuni giovani sconsiderati. Non si fidava.

- Sei solo? – ripeté più volte – Sei solo?

- Sì. Sono solo.

Ciccillo fremeva. Non reggeva il peso dell'attesa. E se Filomena moriva?

Adelina scostò poco poco l'imposta. Guardò, osservò, si accertò. Aprì la finestra.

- Entra.

Chiuse la porta. Stirò il letto. Si lavò. Si pettinò. Mise al polso l'orologio. Controllò la borsa. Fece tutte queste operazioni lentamente, con calma. Intanto parlava con Ciccillo, gli chiedeva. Ciccillo andava da un piede all'altro. Non aveva pace. *'Nu minutu 'nci parea millanni.*

Adelina prese la borsa. Spense il lume. Chiuse la porta.

- Andiamo. Vai avanti… Non ti voltare… E, non rispondere a chi ti chiama…

Andarono. Ciccillo avanti, Adelina dietro con la borsa. Andarono nella notte.

Un cuculo cantava alle stelle. Svegliò anche la luna.

La casa era piena di gente. Madre. Suocera. Sorelle.

Filomena si lamentava. Gemeva.

Stringeva le mani in un pugno. Mordeva il cuscino del letto.

Il dolore aumentava.

La porta era aperta.

Entrarono.

Adelina, *'a signorina*, guardò Filomena. Accostò il lume. La guardò negli occhi. Aprì la borsa. Misurò la temperatura. Misurò la pressione. Le passò la mano sulla fronte.

- Stai tranquilla, Filomena… Va tutto bene… Ancora ci vuole…

Poi ordinò:

- Acqua… Acqua… Bollite l'acqua…

Ciccillo accese il fuoco. *Attizzò 'u luci cu 'nu tizzuni ardenti.* Una gran fiamma illuminò con nuova luce tutta la casa. Mise calore alla gente. Proiettava sulle pareti le ombre che si muovevano intorno. Fuori la luna passava da un lato all'altro della finestra. Sorrideva alle stelle.

Adelina diede le ultime indicazioni. Bacinella. Tovaglia bianca. Pannolino pulito. Una saponetta. Alcool. Fiammiferi. Pronto sul tavolo. Tutto a portata di mano.

- Acqua…

Lavò la bacinella smaltata di bianco con bordo azzurro, l'unico oggetto nuovo in quella casa mangiata dal fuoco delle bombe. Versò l'alcool, lo bruciò. Prese pinzette e forbici. Le sterilizzò. Le adagiò su un batuffolo di cotone bianco. Mise un camice bianco, i guanti.

Era ora.

Filomena si mosse. Con dolore lancinante si mosse un poco sul letto. Sapeva che era ora. Apriva e chiudeva gli occhi. Guardava tutto ciò che c'era nella stanza. Le donne indaffarate, Ciccillo che girava intorno. Il fuoco.

Adelina le andò vicino. Le passò la mano sulla fronte.

- Non ti preoccupare, Filomena... Va tutto bene... Fra poco nascerà...

- *Signorina, aiutatimi...*

- Non ti preoccupare, Filomena... Ci sono io... Tu aiuta il bambino a venir fuori... Vuole uscire, sai... Vuole vedere la mamma... Quanto è bella la mamma... Tu non vuoi vederlo?

Sorrise Filomena.

- Sì.

- E allora su... Spingi... Decisa... Vuole uscire... Vuole uscire... Dai, uno sforzo... Ancora... Ancora...

- Aaaaahhhhh!!! Iiiiihhhhh!!!

Un grido. Un pianto.

- Brava, Filomena... Brava... È nato...

Adelina prese il bambino nelle sue mani. Lo pulì delicatamente. Tagliò il cordone ombelicale.

- Acqua... Acqua...

Lavò il bambino con l'acqua tiepida. Lo osservò in ogni parte.

- È una bambina.

La porse a Filomena.

Filomena prese la bambina. La baciò. Sorrise stanca. Con gli occhi chiamò Ciccillo.

- Nostra figlia...

Ciccillo la baciò. Pianse di gioia.

Tutt'intorno era una gioia. Una frenesia. Un movimento. Tutti volevano fare qualcosa. *'U luci si cunzumava a pocu a pocu…*

Adelina prese la bambina. La mise a testa in giù, la scuoteva. La portò alla finestra, alla luce del sole che sorgeva. Una nuova luce entrava nella casa di Filomena. Una nuova vita nasceva.

Adelina si levò il camice, ripose gli attrezzi nella borsa, tirò fuori un quadernetto con copertina azzurra, penna e calamaio.

- Come volete chiamare questa bambina?

Il sole entrava in quella stanza con un raggio di luce.

Filomena guardò Ciccillo. Guardò il sole. Ciccillo fece cenno di sì con gli occhi.

- Maria…

- Lucia.

- Maria Lucia – confermò ad alta voce la signorina Adelina.

Intinse la penna nel calamaio. Maria Lucia scrisse sul quadernetto con la copertina azzurra. Poi avvolse la bambina in un pannolino. La imbracò. La legò con delle fettucce. La avvolse in delle bende bianche. La fasciò in tutto il corpo, dai piedi al collo. Le lasciò scoperte solo le manine rosee e la faccia rossa per il sangue che circolava. Sulla testa mise una coppola con i bordi arricciati. Bianca.

Maria Lucia, vestita, era tutta bianca. Fasciata, come una piccola mummia egiziana.

Vedendo movimento, la gente che passava chiedeva:

- *Chi fu? Chi fu?*

- *Accriscimmu… Accriscimmu…*

Quel giorno, il giorno dopo, i giorni successivi ci fu un va e vieni continuo di parenti e amici per fare gli auguri a Filomena. Per vedere la bambina. Ognuno, nella miseria che aveva, portava qualcosa. Micuccia portò *'nu panettu 'i pani quaddu quaddu*, appena tirato dal forno. *'A muta 'a Lena 'nu picciuneu 'i palumba* per fare il brodo, *pimmu si rimporza*. Il colonnello Tagliaferro portò olio e vino. La signora Cutumbula un vestitino rosa: vestina rosa lunga lunga con ricci e merletti bianchi, una coppolina rosa, scarpine di pezza rosa con lacci bianchi, baverino e fazzolettino rosa con coniglietti bianchi ricamati. Tutto rosa. Insieme a tutto questo ognuno portava un cartoccio di zucchero.

- *Pimmu 'u 'nci fai 'u papatolu 'a figghjola...*

'U papatolu era un pizzico di zucchero che si metteva in un fazzoletto bianco. Si avvolgeva, si immergeva nell'acqua fresca. Si passava sulle labbra dei bambini piccoli o si dava in bocca quando piangevano, come un biberon.

A tutti Ciccillo, che gongolava per la gioia, dava un bicchierino di rosolio rosso.

- Per augurio... Per augurio...

Per augurio della nuova vita che era con loro. Per augurio della nuova vita che era nata da loro. Per augurio alla vita che si rinnova. Di Ciccillo e Filomena, con Maria Lucia.

Amore e dolore: miracolo d'amore

Appena avuta notizia della nascita di Maria Lucia, la figlia di Filomena, Lydia Maria Stefania del Sannio duchessa di Montecelato d'Irpinia, uscì da palazzo. Tagliò per vicoli e vicoletti, *'i vineji*, per fare più presto, per non farsi notare dalla gente che si alzava presto al mattino. Se non fosse stato per lo scialle rosso avvolto alla testa e per la sciarpa bianca intorno al collo, che ormai la distinguevano, sarebbe sembrata una delle tante donne del popolo che andava di buon mattino per le incombenze della giornata. L'abito dimesso, quasi povero, che indossava la faceva apparire una di loro.

- Buon giorno, sindachessa.

Le donne, da tempo alzate e già alle prese con i lavori del giorno, salutavano con rispetto la duchessa che passava.

- Buon giorno – lei rispondeva con familiarità e benevolenza.

- Buon giorno, sindachessa.

Gli uomini, già piegati alle fatiche del giorno, salutavano con rispetto la duchessa che passava.

- Buon giorno – lei rispondeva a tutti senza alterigia, senza superbia.

Al fornaio che aveva il fuoco già acceso nel forno e aspettava la prima infornata, al mulattiere, *'o ciucciaru*, che partivano in carovana con gli asini per il primo viaggio, *'o zzu Filippu, l'ortulanu, chi girava strati strati c'u*

273

zimbillu chinu 'i fumèri pi' l'ortu, a *'Ntonetta, 'a caprara, chi passava casa pi' casa e mungèa 'u latti subb'a porta 'nt'o gottu*, a *mastru Biagu, 'u forgiaru, chi d'u ferru 'mpocatu cacciava scintilli 'i focu.* Salutava e rispondeva al saluto di tutti, senza distinzione di ceto, di condizione sociale, di età. Tutti uguali. Ai bambini aggiungeva una carezza e un bacio sulla guancia, sporca, insonnolita. Sulla guancia mocciosa, dove colava il *mocco* e sonno della notte.

Salutava il calzolaio che non aveva spago per cucire le scarpe, il barbiere che passava e ripassava il rasoio su una striscia di cuoio per affilarlo, la tessitrice che impostava la trama sul telaio, le sarte che rivoltavano i vestiti per farli apparire più nuovi, il sacrestano e il prete che uscivano di chiesa dopo la prima messa. Non salutava i canonici rossi in cappa magna della cattedrale e i nobili sciocchi, presuntuosi, vanitosi. La duchessa era anticlericale.

Lydia Maria Stefania, primogenita del duca Corrado Enrico Carlo Maria, erede al titolo e alla corona, era figlia ribelle. Repubblicana e liberale, di fede mazziniana, le stava stretto il mantello ducale; pesante per lei la corona. Amava il suo popolo ed era appassionatamente ricambiata. Socia dell'Istituto di Storia Patria di Roma, dell'Istituto Giuridico e Filosofico di Firenze, frequentava le migliori accademie culturali d'Italia ed era corrispondente della prestigiosa Rivista di Studi Internazionali. Di spiccata intelligenza, aperta alle nuove idee, si era battuta per la democrazia e per la libertà.

Mal sopportava il vecchio nobilume locale, ipocrita, parassita, allo sbando, senza prospettive, senza identità, aggrappato allo scudo gentilizio sospeso sui loro portoni, dipinto nei loro androni, inciso sui loro cassoni. Più ignorante che acculturato, ignavo e prepotente, pretendeva di vivere il presente come se ancora fosse il passato. Non vedeva il futuro. Come se la guerra non ci fosse stata, come se nulla fosse accaduto. Come se il nuovo fosse il vecchio, e il vecchio fosse il nuovo. Erano quei nobili sfaccendati che succhiavano il sangue ai contadini dei casali, agli ortolani fuori le mura da cui pretendevano due volte la settimana, il mercoledì e il venerdì, fresca verdura, e la domenica la visita reverenziale, agli artigiani della stessa città. Erano quei nobili che gozzovigliavano nei giochi e nei vizi la sera e la notte, addormentati di giorno, che sedevano alla casina a gambe incrociate ciondoloni a fumare la pipa o il sigaro avana, a dir male di tutto e di tutti senza ritegno. Senza pietà. A vedere se *'u giulunaru* aveva le scarpe ai piedi o se era scalzo. A invidiarlo nei suoi affetti, nei suoi affari. A rubargli le figlie, la moglie, i suoi denari.

Lydia Maria Stefania sapeva di greco e di latino, parlava le lingue. Amava il mondo anglosassone e la democrazia inglese. Viaggiava molto, soprattutto in treno perché era più umano. Sul treno, infatti, già dalla partenza e fino all'arrivo si formava un microcosmo di umanità; era, in piccolo, l'immagine fotografata della società in una concatenazione di storie, di travagli personali, di racconti, di costumi, che le permetteva di avere contatti diretti con persone di comunità diverse, che le permetteva di capire la gente nei suoi bisogni, che le permetteva di conoscere dal di dentro il pensiero, la cultura, l'animo della gente in un dialogo aperto e sincero durante il quale ognuno apriva la propria intimità, senza remore, in libertà. Era il treno che a Lydia Maria Stefania permetteva di conoscere il mondo nelle sue bellezze, nella sua povertà, nelle sue miserie. Le permetteva anche di leggere e studiare.

Lydia Maria Stefania del Sannio duchessa di Montecelato d'Irpinia, aveva vinto le elezioni. Aveva battuto il conte Riccardo Del Ponte su un programma di totale rottura con il passato, di rinnovamento politico e sociale, di forte impatto culturale. Aveva battuto il conte con un programma nuovo, rivoluzionario. Un programma di democrazia, di libertà dato al popolo con semplicità di parola, con dirompente passionalità. Un programma gridato sulle piazze, dai balconi, con giovanile entusiasmo. Con ponderazione.

Filomena era stata sempre al suo fianco, Lydia Maria Stefania voleva bene a Filomena. Quando seppe che le era nata la bambina, andò a trovarla come una sorella.

Non ci fu bisogno di bussare, la porta era aperta. I contadini si alzano presto la mattina. Il fuoco sul focolare era già acceso. Non si spegneva mai, si lasciava sempre *'nu vrasciu* per rinnovarlo. Bastava soffiare.

- Filomena, Filomena…

Filomena era a letto *cu' 'i decimi d'a frevi* e con Maria Lucia.

- *Cu' mi chiama? Cu' mi chiama?*

- Io… Io…

- Signora duchessa… Sindachessa… Voi qui… A quest'ora…

E si sollevò leggermente sul letto per vedere meglio la duchessa. Si passò una mano nei capelli per ravviarli senza sembrare. Aprì un poco di più gli occhi.

- Stai così… Stai così… Non ti stancare…

Filomena si sollevò ancora di più sul letto. Appoggiò la schiena al cuscino con un piccolo sforzo.

- Filomena, come stai? Come stai?

La duchessa si chinò sul letto, abbracciò forte forte Filomena. Le sistemò il cuscino dietro le spalle per farla star meglio.

- Meglio… Meglio… Sto meglio.

- Sei contenta, Filomena?

Sorrise Filomena.

- Sì.

- La bambina? Fammi vedere la bambina... Fammela vedere...

Filomena prese la bambina, la mise accanto al suo viso. Mamma e figlia insieme. In un contrasto di colori. Filomena diafana, pallida di febbre e per il parto, smagrita. Maria Lucia rosea, paffutella, color della luce.

- Bella... Bella... Fammela vedere... Fammela vedere... Dammela in braccio...

- Sì.

Filomena porse la bambina alla duchessa. Che l'accolse nelle sue braccia con delicatezza.

- Bella... Bella... – ripeteva – Come si chiama questa bambina?

- Maria Lucia.

Filomena era felice.

- Maria Lucia...

La duchessa incollò i suoi occhi su quel batuffolino fasciato di bianco, vestito di rosa. Con il visino roseo, sorridente. Gli occhi lucenti. Le manine morbide, impacciate. Curiose nei movimenti. La baciò come in un soffio sulle guance, sulla fronte. Maria Lucia chiuse gli occhi.

In quel momento Lydia Maria Stefania ebbe un istinto di madre.

- Ch'è bello essere mamma... Sei contenta, Filomena?

- Sì.

Filomena era felice.

- Voglio essere io la madrina di Maria Lucia. Voglio essere io la madrina di tua figlia. Se vuoi...

- Sì.

Filomena era felice.

Maria Lucia aprì gli occhi. Accennò al pianto.

La duchessa la baciò di nuovo. La diede a Filomena.

- Ti ho portato…

Da una borsa di rafia intrecciata tirò fuori due pacchi di pasta napoletana.

- Cosa mi avete portato…

- Sei debole, Filomena… Devi mangiare.

Poi tirò una veste da notte lunga color rosa, col riccio merlettato in basso, il colletto arrotondato e due fettucce per chiuderla al collo.

- Cosa mi avete portato…

- Devi coprirti, Filomena… Non puoi prender freddo.

Poi tirò due cartocci di zucchero emiliano, quello buono dell'Eridania. Bianco come la neve.

- Cosa mi avete portato…

- Per Maria Lucia… Per Maria Lucia… Per addolcire le labbra… Per addolcire la vita.

Per ultimo tirò una bottiglia lunga di liquore giallo colorato con un rametto dentro. Millefiori, liquore della Strega. Un raggio di sole entrò nella stanza. Un raggio di luce, di speranza, di allegria.

- Cosa mi avete portato…

- Per Ciccillo, tuo marito… Deve far festa... Anche lui deve far festa.

- Cosa mi avete portato… Cosa mi avete portato… – ripeteva confusa Filomena – Non vi dovevate disturbare… Incomodare… Non vi dovevate disturbare…

La duchessa diede un bacio a Filomena, un buffetto a Maria Lucia. Nascose negli occhi una piccola lacrima d'emozione. Andò via.

La duchessa, o meglio la sindachessa come ormai

tutti la chiamavano, diede un impulso innovativo alla vita civile e sociale della città. Uno strappo totale con il passato soprattutto nel pensiero, nel modo di fare e di agire delle persone considerate come cittadini con pari diritti e doveri per tutti. A tutti diede valore di uguaglianza e dignità di persone umane. A tutti garantì istruzione, lavoro, abitazione. Aprì la città al sapere, alla cultura. Potenziò le scuole elementari, fece aprire degli asili pubblici per i figli del popolo, istituì la scuola media, ginnasio come allora si chiamava, e il liceo classico sottraendo così il monopolio dell'istruzione ai preti del seminario, ai gesuiti e ad alcune famiglie private. Ciò, naturalmente, le inimicò il clero, che la descriveva come donna del diavolo. Ciò le inimicò i nobili, che volevano tenere il popolo ignorante, sottomesso. Che la credevano comunista. Lei, comunque, proseguiva la sua strada senza paura di minacce, di intimidazioni, sostenuta dall'affetto sincero del suo popolo, un affetto che quasi rasentava la venerazione.

Illuminista per convinzione, aveva una formazione umana consolidata dal pensiero dei grandi filosofi moderni, francesi e tedeschi. Sul suo tavolo, accanto al *Vangelo*, aveva il *Contratto sociale* di Russeau e il *Capitale* di Marx. Alle spalle la bandiera dell'Italia repubblicana e le litografie di Mazzini, Socrate, Jerocades.

In libreria gli autori italiani antichi e moderni, e le opere dei migliori autori stranieri, russi e francesi. Giovanissima si era laureata in Giurisprudenza discutendo la tesi *La donna nel diritto antico e moderno – Parità e garanzie di libertà per le donne nelle società occidentali, dalle poleis allo stato moderno. Un cammino di libertà.* Successivamente aveva conseguito altre due lauree, in Filosofia e in Scienze politiche.

A ventitré anni vinse le elezioni amministrative del

1946, le prime elezioni libere in tutta la storia dell'Italia, a suffragio universale con partecipazione diretta delle donne. Per cui, oltre ad essere uno dei più giovani sindaci d'Italia, fu anche il primo sindaco donna d'Italia. Il popolo, spontaneamente, nella sua geniale intuizione, coniò per lei un nuovo termine: *sindachessa*. Con questo nome, sinonimo di affetto, di rispetto e anche di devozione, Lydia Maria Stefania del Sannio duchessa di Montecelato d'Irpinia viene ancor oggi ricordata dal popolo di Tropea, memore di ciò che lei ha fatto per la città, con amore pari a quello riservato alla Madonna di Romania.

Aprì nuove strade, abbatté muri ideologici. Impose un prezzo equo al pane, controllò i prezzi. Costruì case per gli indigenti, tolse i poveri dalle grotte. Espropriò i terreni del conte per costruire nuovi quartieri, si inimicò il conte Riccardo Del Ponte. Diede un soffio di nuovo alla vita della città nel tentativo di superare le antiche divisioni sociali, muri invisibili, incrollabili, di vecchi pregiudizi. Combatté quelli del suo ceto, che la odiarono, e anche il clero dei canonici e dei Gesuiti, che la maledirono. Si preoccupò anche della salute fisica dei suoi cittadini. Vaccinazioni gratuite e obbligatorie contro il tifo, il colera, il vaiolo. Istituì un presidio igienico-sanitario di prevenzione per le malattie infettive e per la maternità. Portò i migliori medici nell'ospedale, il più antico di tutta la Calabria. Non trascurò la bellezza estetica della città. Alberò le strade, aprì la vista sul mare. Diede feste e divertimenti popolari. Il popolo la amava.

Rimase sindaco della città fino al 1960, quando l'opposizione, per cacciarla, mise in campo un generale. Un generale di Francia. Lei accettò la sconfitta con lealtà. Si chiuse in silenzio, negli affetti della famiglia, nella sua dignità. Morì nel 1980. I suoi funerali furono un tripudio di folla. La gente aveva negli occhi il suo sorriso fatto di sincerità, di amabilità, di comprensione materna. Il popolo ricorda la "sua" sindachessa con amore, le istituzioni la ignorano.

Una settimana dopo il parto, all'ottavo giorno, Filomena portò Maria Lucia in chiesa per il battesimo.

- *Pimmu diventa cristiana.*

Da *Terra di Sopra*, dalla casa di Filomena, si formò una piccola processione di persone. Bambini piccoli vestiti da angioletti andavano avanti, portavano una candida tovaglia bianca e l'ampolla biconca con sale e zucchero. Poi Ciccillo e Filomena insieme. Filomena portava nelle braccia ancora deboli per i travagli del parto la piccola Maria Lucia lavata e profumata con sapone neutro, tutta rosa in un vestitino rosa con coppolina rosa. Filomena con la bambina in braccio aveva la superbia della madre. Ciccillo andava dietro con i confetti con la mandorla e i *cannellini*. Aveva l'autorità del padre. A seguire le persone più anziane in ordine di parentela, ascendente e discendente, collaterale. E *'a muta 'a Lena* contenta come una pasqua. Sul sagrato della chiesa, ai piedi della bella scala di granito, c'era una piccola folla di gente che aspettava.

Davanti alla porta il colonnello Leone Tagliaferro in vestito bianco coloniale e cappello bianco, col bastone pure bianco col pomello nero in mano. Elemento di appoggio e di distinzione. E la duchessa col vestito nero, un cappellino piatto in testa, e la veletta. Sobria nella sua eleganza, nella persona.

Dentro la chiesa Micuccia, la piccola fornaia.

Il piccolo corteo fu accolto in chiesa da *'Ntonuzzu*, il sacrestano, che cominciò a suonare a festa le campane. Quella piccola, quella più grande, in una sinfonia di suoni che sembrava un concerto d'orchestra musicale tanto era la perizia dell'esecutore che riusciva a calibrare alla perfezione i suoni, le pause, i toni. E il suono, passando sulla testa di tutti quanti, si diffondeva in melodiosa armonia sui tetti delle case, sulle campagne colorate di vita, di fiori.

Il parroco uscì dalla sacrestia con i paramenti sacri, la cotta bianca e la stola viola. Con il libro delle preghiere in mano. Invitò Filomena, Ciccillo e tutti gli altri a seguirlo. 'Ntonuzzu, che lo accompagnava con la croce, lo assisteva nella sua funzione e andava avanti. Seguivano tutti i bambini vestiti da angioletto, Filomena con la bambina in braccio, la duchessa, che era la madrina, Ciccillo e il colonnello tutto bianco.

Al fonte battesimale fecero un cerchio intorno. La conca di marmo bianco a forma di conchiglia era piena di acqua. Fino all'orlo. Acqua benedetta.

- Dov'è il bambino? – chiese alla mamma il sacerdote.

- Bambina… Bambina… È una femminuccia… – Filomena rispose.

- E la comare?

- Son io.

La duchessa fece un passo avanti.

- Eccellenza…

Il parroco s'inchinò in segno di reverenza.

- Che fa? Che fa? Ma nooo…

Dopo questi preamboli iniziò la cerimonia del battesimo. Il sacrestano accese una candela. La luce della fiammella brillò nella penombra dritta verso il cielo, come se avesse voluto staccarsi dallo stoppino per correre su in alto, in alto, in alto, fino al Paradiso.

- Nel nome del Padre, del Figlio… Fate il segno della croce… E dello Spirito Santo…

- Amen.

Tutti fecero il segno della croce e risposero amen. La duchessa no. Nessuno se ne accorse.

Dopo le preghiere iniziali la cerimonia proseguì veloce.

- Come chiamiamo questa bambina?
- Maria… Maria Lucia.
- Maria Lucia – confermò decisa la madrina.
- Maria Lucia – dissero i testimoni.
- E nel nome di Santa Romana Chiesa, con l'autorità che il Santo Padre ci ha conferito, "Maria Lucia, *ego te baptizo in nomine Patris, et Filii et Spiritus Sancti*".

Alla formula battesimale tutti risposero:

- Amen.

E fece un grande segno di croce sulla testa di Maria Lucia *cu' l'ogghju santu* per scacciare il demonio. La bambina, toccata da un brivido nuovo, aprì gli occhi spaventata. Con una ciotolina d'argento il sacerdote prese l'acqua *'i l'acquasantera* e la versò a fontana per tre volte sulla fronte della bambina che strizzò gli occhi, strinse le manine, mosse i piedi chiusi nelle fasce e stretti sotto la veste. Diede un segno di fastidio al contatto freddo dell'acqua.

Per completare il sacro rito il sacerdote mise in bocca alla piccola Maria Lucia un pizzico di sale.

- *Salis sapientiae.*

La bimba presa dall'amaro del sale sputacchiò vaporosa saliva sul bavero rosa e sui coniglietti bianchi ricamati. Pianse. Pianse per l'amaro della vita.

Maria Lucia fu registrata nel libro dei nati e dei battezzati nella parrocchia, con paternità, maternità, luogo e data di nascita. Firmarono pure i testimoni, il colonnello Leone Tagliaferro con uno scarabocchio tagliato in trasversale, illeggibile, e Adelina, *'a mammina*, che scrisse chiaro chiaro attaccato nelle lettere il suo nome e cognome.

All'uscita di chiesa, Filomena, la piccola Maria Lucia, Ciccillo furono accolti come la Sacra Famiglia del presepe. Con applausi pieni di gioia, di affetto. Sulla scalinata c'era tanta gente pigiata pigiata tanto che se avessi buttato un pugno di grano nessun chicco avrebbe toccato la terra. Tutti volevano vedere la bambina, tutti la volevano toccare, la volevano baciare. Maria Lucia spaventata piangeva.

- *'Nci dezumu 'u sacramentu… 'Nci dezumu 'u sacramentu…* – ripeteva al colmo della gioia Filomena e aggiungeva – *Cacciammu 'u diavulu… Cacciammu 'u diavulu…*

Ciccillo lanciò in aria i confetti. Nessuno andò perso. Nessuno giunse fino a terra. La duchessa mise al collo della bambina una collanina d'oro con l'immagine della Madonna di Romania e le diede nelle manine diecimila lire in libretto postale. Il colonnello sparò in aria con la pistola. Poi tutti a casa. A riprendere la vita di tutti i giorni.

La vita di tutti i giorni consisteva in lavoro, in fatica, in sofferenza, in dolore. Ma anche in amore. Amore voluto, amore ricercato. Amore contrastato.

La vita era grama. Sacrifici, privazioni.

Filomena, ragazza forte, di fisico sano, temprato alle fatiche, di forte volontà, piano piano riprendeva forze. Non era più la ragazza di prima. Era mamma. Sposa e mamma. Sentiva la responsabilità di queste doppie funzioni, di questa nuova condizione. Come sposa provvedeva al marito. Gli lavava la roba. Gli stirava i pantaloni, gli stirava la camicia. Ordinato, sempre pulito andava al lavoro Ciccillo ora che al lavoro di contadino aggiungeva qualche "giornata" anche con i muratori per guadagnare qualcosa di più. Come mamma "cresceva" la figlia. Le faceva il bagnetto con l'acqua tiepida nella bacinella smaltata. La cambiava, la fasciava, la vestiva. Le impolverava il corpicino con cipria di Borotalco, *pi' nommu squadda,* per essere fresca, profumata. La allattava. La metteva al seno, una poppa prima poi l'altra. Fino a quando non aveva un goccio di latte da darle e la carne le doleva. Per due anni la tenne al seno, anche quando ormai mangiava.

Maria Lucia succhiava e cresceva. Filomena allattava e lavorava. Portava con sé la figlia nei campi, nella terra bruciata dal sole, nell'orto rigoglioso di piante. La metteva all'ombra sotto un arancio, o al noce alto, aromatico. *'Nt'a 'na cofina di virga di urmu*. E quando piangeva le dava il suo latte, fin quando ne aveva. Oppure le faceva succhiare *'u papatolu duci di zzucchiru*. Per farla giocare bastava poco: un pezzo di legno liscio piallato, o una palla di pezza riempita di lana. E se la bambina piangeva piangeva, se la bambina ancora piangeva, la addormentava. Le cantava una canzone, una filastrocca, una nenia saputa da sempre, imparata a scuola. E se la bambina insisteva, piangeva e non si addormentava, le dava da bere un infuso di *papagna* bollito, addolcito con un poco di miele. Così la bambina dormiva e lei lavorava.

Un giorno che Filomena lavorava, cotta dal sole infuocato, si sollevò dalla terra per prendere fiato. Per asciugarsi con mano stanca, per asciugarsi il sudore. Guardò con gli occhi annebbiati di sole, guardò alla fine del solco.

- Aaahhh! – gridò, non gridò senza voce.

Alla *sporta* dove c'era la bambina, saliva ondulando *'na serpi lattara*. Filomena gelò alla vista, alla vista della biscia che si avvicinava con silenziose movenze graziose alla bimba dormiente. Attratta dall'odore del latte, la biscia era già ferma sull'orlo della *sporta* di canna. Tastava intorno con la lingua di fuori, tastava già l'aria. Sentiva l'odore. L'odore del latte.

- Madonna… Madonna mia Santa di Romania!

Filomena impietrì di paura. La lingua le scese giù, in gola. Invocò la Madonna.

La Madonna comparve sotto forma di donna. *'A muta 'a Lena*, che veniva di là, vide la scena. La biscia che si avvicinava alla piccina. La piccina dormiva. La piccina sognava.

'A muta 'a Lena senza perdersi d'animo, senza scomporsi, prese la biscia. La scosse. La batté di forza ad un tronco. Le infilzò la testa con una canna appuntita, tagliata a forcella. La serpe si contorse, si contorse, si contorse. Si contorse con spirito di morte. *'A muta 'a Lena* la appese ad un ramo. La biscia morta. La serpe lattara.

Filomena prese la bimba. La bimba dormiva. La bimba sognava. La bimba era viva. La biscia era morta. La Madonna, la Madonna di Romania l'aveva salvata.

Il lavoro di Filomena durava fino a sera. A sera rientrava a casa, stanca di una lunga giornata di lavoro, ma contenta della vita che il Signore le aveva dato. E dell'amore che aveva. Prima di andare a letto, dopo la misera cena, ringraziava sempre il Signore e la Madonna, che la proteggeva, con una preghiera. Insieme recitavano le Ave Maria e il Rosario. Guardandosi negli occhi. Alla piccola Maria Lucia faceva mettere le mani giunte, che però lei richiudeva con i ditini piccolini piccolini, come i piccoli ricci che si chiudono in sé in estrema difesa.

Una sera...

- Toc... Toc... Toc...

Bussarono alla porta.

Filomena, Ciccillo, si guardarono negli occhi.

- Chi è?

Ciccillo disse forte, e si alzò per andare alla porta.

- Toc... Toc... Toc...

I colpi secchi, timidi, si ripeterono sul legno duro d'ulivo. Chi era a quell'ora di sera? Filomena, Ciccillo avevano già cenato. Maria Lucia si era già addormentata. Dormiva nel mezzo del letto.

- Chi è? – ripeté più forte Ciccillo per farsi sentire chiaro da fuori e far capire che avevano udito.

- Io… Io…

Una voce di ragazza venne da fuori. Passò il legno della porta. Venne fino a Filomena, che si levò da tavola.

Ciccillo, già alzato e vicino alla porta, aprì *'u finestrali*. Guardò fuori, nel buio. Con sospetto.

- Io… Io… – ripeté quasi in un sussurro la voce debole, timida, di prima – Micuccia… Io… Io… Sono io… Micuccia…

- Micuccia?! A quest'ora? E che fai qui? Che è successo? – chiese perplessa Filomena che intanto si era avvicinata a Ciccillo e guardava fuori. Nel buio, fuori. Nel buio della notte.

- Aprite… Aprimi, Filomena…

Micuccia implorava, con voce che sapeva quasi di pianto.

- Apri, Ciccillo… Apri a Micuccia. Ma…

Filomena si trattenne. Aguzzò la vista. Guardò più in fondo. Un'ombra… Un'ombra era dietro Micuccia. Un'ombra più alta, più lunga. Un'ombra di altra persona… Un'ombra di uomo…

- Micuccia… Ma… Non sei sola…

- Aprite… Aprimi, Filomena… No, non sono sola…

- Micuccia… Che è successo?!

- Aprite… Vi dirò.

- Apri, Ciccillo.

Ciccillo chiuse *'u finestrali*, sollevò *'u mandali* e *'u firretto arretu 'a porta*. Aprì a Micuccia.

Micuccia entrò. Dietro di lei entrò un uomo. Un giovane vestito da soldato. Era Francesco. Faceva il militare a Modena. Era venuto in licenza.

- Micuccia… Francesco…

Micuccia mise sul tavolo *'nu panettu 'i pani* che aveva "rubato" al forno di sua madre. Posò a terra, dietro la porta, un fagottino piccolo piccolo, con un po' di roba.

- Micuccia… Francesco… Che è successo?!

- *'Nci ni fujimmu…*

- E adesso? – chiese Filomena, incredula, sbalordita.

- E adesso… *Aji 'u 'n'ammucci ccà…*

Filomena guardò Ciccillo, Filomena guardò Micuccia. Vide una luce nei suoi occhi, e una lacrima brillante alla tremula fiamma del lume, di notte. Una luce di speranza, una luce d'amore. Una lacrima di tristezza, una lacrima di dolore. Passato e futuro. Tutt'uno.

Passò la mano sulla testa di Micuccia, la fece scendere lenta sulla sua faccia, sugli occhi. Complice, in una carezza.

- Stai qua… State qua… Poi si vedrà.

Micuccia si inginocchiò a suoi piedi. La ringraziò. La ringraziò senza parole. Con le lacrime dei suoi occhi, Micuccia ringraziò Filomena. Che la sollevò da terra, decisa.

- Stai qua… Stai qua… Avete mangiato?

- Sì.

Non era vero.

Da quella sera Micuccia fu *Micuccia 'a fujuta*. *'A 'ngiuria* le rimase addosso per tutta la vita, fino alla morte.

Fino a sera era il lavoro di Filomena che non aveva tempo per le chiacchiere della gente, *d'u murmuru* di chi non ha a far niente e parla e parla e parla, continuamente.

- No' cacciunu figghji d'u jancu ca no voli Diu…

Ma una sera, quando il sole era ormai tramontato, sulla strada che costeggiava *Terra di Sopra*, che portava in città, c'era un brusio. Voci smorzate, accavallate. Domande dette, ripetute. Risposte a metà, tentate. Certezze ampliate, inventate. Gente che si intratteneva a parlare, ad assumere notizie. A cercare conferma, a dare conferma.

Ciccillo ancora non era tornato. Che era successo? Perché ritardava? Perché non tornava?

Filomena, presa da ansia, preoccupata per il ritardo del marito, con la bambina in braccio mezza addormentata, attraversò tutta la terra. Andò al cancello. Sulla strada gente che sembrava non avere fretta di andare a casa. Gente che parlava. C'era anche Ciccillo, sporco di fatica e stanco, con la giacca buttata sulle spalle.

- Ciccillo…

- Filomena…

Ciccillo si staccò dal gruppo di persone. Andò da Filomena. Diede un bacio alla moglie sulla guancia. Uno alla figlia piccola.

- Ciccillo, perché non vieni a casa? Che è tutta questa gente? Che è successo?

- Mah… Dicono… Non si sa… Il colonnello…

- Il colonnello?

- Pare che… Dicono che…

- Cosa dicono? Ciccillo, che c'è?

In quel momento passò di corsa una staffetta dei carabinieri. Che tornava dalla casa del colonnello.

- Ucciso… Ucciso… Suicidato… Il colonnello è morto.

Il colonnello è morto. Notizia ufficiale dei carabinieri: "Il colonnello è morto. Per suicidio".

- Per suicidio? – domandò ingenua Filomena che

non aveva mai prima udito questa parola. Omicidio, sì. Quando una persona uccide un'altra persona. Ma, suicidio? Cosa? Di cosa si tratta? Cos'è suicidio?

- Suicidio… Ciccillo, suicidio… Che cosa è suicidio?

- Suicidio… Quando uno uccide se stesso… – disse il capo della staffetta, esperto, il carabiniere – Con la pistola… Il colonnello si è ammazzato… Si è ammazzato, con la pistola.

- Si è ammazzato? Si è ammazzato, con la pistola? Perché? Perché il colonnello si è ammazzato? Perché?…

- Lo diranno le indagini! – troncò secco il capo della staffetta e andò via di fretta con l'altro carabiniere.

Il colonnello è morto. Il colonnello si è ammazzato. Il colonnello si è sparato. Con la pistola. Sulla porta. Di fronte all'ultimo raggio di sole che scendeva dietro il cipresso verde del monte. Il cipresso pieno di bacche e di uccelli pigolanti che andava diritto fino al cielo.

Filomena, strinse forte forte la figlia Maria Lucia in un abbraccio protettivo. Gli occhi bianchi, incredula, senza luce.

- Andiamo.

Un balbettio, una parola sola.

Andiamo. Filomena, Ciccillo e la bambina, come la Sacra Famiglia in fuga verso l'Egitto, andarono sulla strada del dolore.

Il colonnello, esanime, senza più vita, elegante come sempre nel suo vestito bianco, era riverso a terra davanti alla porta della sua casa, una bella villa in stile Liberty primo '900 a piano rialzato in cima alla montagna. Il bastone caduto a fianco, il cappello poco distante. Ben rasato, ben pettinato, con un filo d'acqua di colonia sul viso secco senza rughe nonostante l'età, come se stesse per intraprendere un viaggio, il colonnello guardava avanti. Guardava verso il sole che non c'era più, verso il sole che andava e andava sempre in un perenne viaggio. Con l'occhio spento, senza luce, scrutava lontano. Cercava nel blu orizzonte del mare qualcosa di indefinito che non aveva mai avuto dalla vita. Il colore cupo avvolgeva ogni cosa nel buio triste della notte.

- Un colpo… Un colpo solo… Un colpo di pistola… La pistola d'ordinanza…

La pistola d'ordinanza. Che mai aveva restituito al Comando. La stessa pistola con cui il colonnello aveva sparato alla festa di Filomena, la stessa pistola con cui aveva sparato al battesimo della figlia di Filomena, la pistola con cui aveva sparato in allegria per celebrare la vita. Con la stessa pistola il colonnello si tolse la vita.

- Un colpo… Un colpo solo… Sparato a bruciapelo… Alla tempia sinistra…

Erano i commenti tecnici, freddi nei particolari, del piantone di guardia al cadavere. Armato di moschetto. Infastidito di dover passare da solo la notte all'aperto.

- Morto… Morto all'istante… La pallottola ha perforato il cervello…

Il carabiniere di guardia non lesinava commenti. Aggiungeva sempre nuovi particolari ad ogni persona che arrivava.

Filomena vide il colonnello disteso a terra. Lungo nel suo vestito bianco da coloniale. Sereno nei lineamenti del viso, come se stesse dando gli ultimi ordini di comando. L'ultimo comando.

Filomena passò la figlia a Ciccillo. Si piegò in ginocchio sulla nuda terra in preghiera. Allungò la mano per toccare la mano rigida del colonnello. Forse anche per baciarla.

- No! Non si può!

La voce dura, gridata del piantone, irrigidì Filomena nel suo gesto di umana pietà, di cristiana partecipazione. Di filiale rispetto.

- Non si può toccare il morto! È vietato! È vietato dalla legge!…

La legge venne il giorno dopo, nella grassa persona del sostituto procuratore, giudice del tribunale. Che, con tempo, sentite le testimonianze e acquisite le perizie tecniche, fatto redigere dal cancelliere il verbale, dispose per il funerale.

Il funerale non fu un funerale. Non fu un funerale nel senso vero della parola. Non si svolse in chiesa con la messa, il suono dell'organo, la benedizione. Il suono delle campane. Ma si fece come volle il colonnello, secondo le sue ultime volontà del testamento olografo rinvenuto in un cassetto.

Alle prime luci del mattino il cadavere coperto da un lenzuolo bianco, senza più niente addosso, in una bara d'abete grezzo, fu portato al camposanto. I quattro figli del colonnello portarono il padre a spalla fino al cimitero. Davanti a tutti andavano Ciccillo, e due carabinieri in borghese. Il colonnello aveva rifiutato gli onori militari. Più avanti un chierichetto senza croce. Dietro, seguiva la bara Filomena e tantissima gente del popolo. Davanti alla chiesa di san Michele di fronte al fuoco delle Anime del Purgatorio si fermarono, poggiarono la bara a terra. La sindachessa volle dire due parole, due parole soltanto di elogio funebre. Disse dell'uomo, del marito, del padre. Disse del colonnello, del militare, del carabiniere. Disse della sua lealtà, della sua fedeltà all'Arma, del suo coraggio. Disse della sua amicizia, della sua bontà, del rispetto. Disse soprattutto dell'onestà. Del rispetto verso le persone, verso la Legge. Tutti erano commossi. Filomena piangeva. Poi tutti in silenzio accompagnarono il colonnello al camposanto.

Secondo la volontà del padre i figli tolsero *d'u tambutu* il colonnello e lo calarono nella fossa che loro stessi avevano scavato. Coperto dal lenzuolo bianco il colonnello dei carabinieri, Leone Tagliaferro, colonnello a riposo, nella nuda terra, vestito di terra, riposò in pace. Sul cuore la bandiera tricolore dell'Italia, accanto alla testa la pistola d'ordinanza. Poi terra, solo terra. Terra nella terra. Nient'altro. Il primo raggio del sole sorgente dal monte illuminò il tumulo di terra umida e fresca, unico segno a memoria del colonnello morto.

La morte del colonnello, uomo sobrio, distinto, ordinato, rigido nella disciplina, di sani principi morali, aveva lasciato un segno, una traccia profonda in chi lo aveva conosciuto. In Filomena in modo particolare, che, dopo la morte *d'u tata* nella tragica notte d'agosto, vedeva in lui un padre, un secondo padre. Per lungo tempo in paese, e nella casa di Filomena non si parlò d'altro che della morte per suicidio del colonnello. Morto scomunicato? Rifiutato dalla Chiesa. Senza sacramenti.

- Dio perdona i buoni – diceva don Ortese, il prete illuminista. Il prete socialista.

Filomena tenne sempre caro il ricordo del colonnello. Quando poteva, portava un fiore e una preghiera silenziosa dentro il cuore per la salvezza della sua anima buona.

Mortem vincit amor. L'amore vince la morte. La morte, pur tragica e dolorosa, nulla può contro la vita. La vita ritorna con l'amore. Vita e amore. Amore e vita. Insieme. Sempre.

Era l'amore che scandiva la vita di Filomena e di

Ciccillo, in un idillio di sentimenti che dava un senso religioso di sacralità alla loro esistenza benedetta dalla presenza della piccola Maria Lucia, la piccola figlia che nel nome rinnovava la Madonna e la luce perché nata all'alba del giorno alla luce del primo raggio del sole al mattino.

I due giovani vivevano un amore profondo. Puro, sincero, vivo, appassionato. Che niente avrebbe potuto scalfire. Niente avrebbe potuto turbare. Un amore fatto di niente. Un amore che era tutto. Era tutta la loro esistenza. Un amore che andava oltre la miseria, oltre la povertà. Un amore che andava oltre la fatica, oltre il lavoro. Un amore che era un reciproco dono.

Ciccillo non smetteva un attimo, durante la sua giornata di lavoro, a pensare a Filomena. Filomena correva le ore della sua giornata sul pensiero di Ciccillo. E il giorno passava nel desiderio intenso di entrambi. Filomena aspettava Ciccillo. Ciccillo correva da Filomena.

A sera, quando i lavori erano finiti e programmavano la giornata di domani, la giornata a venire, si raccontavano la giornata passata, la giornata andata. Oggi diventato già ieri. Cosa avevano fatto, chi avevano visto. Niente si nascondevano. Nessun piccolo episodio. La vita dell'uno era fatta per l'altra. E quando l'ultima luce del giorno finiva inghiottita dal mare profondo, si amavano.

- Ciccillo…

- Filomena…

Il nome racchiudeva una potenza d'amore dirompente, travolgente, che faceva dimenticare tutte le fatiche del giorno. Tutta la stanchezza accumulata. E si amavano.

- Mi vuoi bene, Ciccillo?

- Sì, ti voglio bene.

- Quanto, quanto mi vuoi bene?

- Assai… Assai, assai…

- Sì, ma quanto?

- Quanto le stelle del cielo. Quanto le onde del mare.

- Quanto le stelle del cielo... Quanto le onde del mare?

- Sì, quanto le stelle del cielo.... Quanto le onde del mare…

- Quante sono le stelle del cielo, quante sono le onde del mare?

- Assai… Assai, assai…

E il cerchio si chiudeva in un bacio, a sigillo d'amore.

- Come, come mi vuoi bene?

- Come il fuoco che brucia, come il vento che soffia.

Una sera. Filomena. In ansia. Sulla porta. Il sole tramontato. Le ombre lunghe degli alberi avvolgevano la terra, nascondevano i solchi. Filomena sulla porta aspettava. La cena già pronta. Usciva, entrava. Sulla tavola il lume rischiarava la tovaglia bianca di lino e una bottiglia di vino più vuota che piena. L'ultimo vino regalato dal colonnello.

Per tutto il giorno Filomena non era stata tranquilla. Faceva i lavori e non aveva testa. Iniziava una cosa e non la finiva. Era in un luogo e andava in un altro. Diceva una cosa e ne pensava un'altra. Iniziava un pensiero e non lo finiva. Qualcosa per Filomena quel giorno non andava. Non sapeva cosa, perché… Quell'agitazione strana. Che la distraeva, che la preoccupava. Per tutto il giorno, quel giorno, Filomena non era stata tranquilla.

A sera lo stato d'animo in movimento aumentò, andò in subbuglio. Il cuore batteva forte. Il sangue precipitoso si agitava nelle vene. La febbre aumentava, saliva alle tempie. Le mani non stavano ferme. Filomena girava intorno. Filomena si muoveva. Filomena si agitava.

Poi Ciccillo arrivò.

- Ciccillo…

- Filomena…

Filomena si attaccò al collo di Ciccillo. Come una morsa. Non lo lasciò. Lo penetrava con gli occhi negli occhi. Andava profondo nel cuore. Uguale battito nelle vene. Uguale fremito nella pelle. Uguale desiderio non detto.

- Ciccillo…

Non si stancava di ripetere il nome:

- Ciccillo… Ciccillo… Ciccillo…

Sempre più fioco.

- Filomena…

Non si stancava di ripetere il nome:

- Filomena… Filomena… Filomena…

Sempre più fioco.

Fino a quando la voce andava a finire. Fino a quando la voce andava a morire.

E il cerchio si chiudeva in un bacio, a sigillo d'amore.

- Vedi? C'è una lucciola… Amore…

- Sei tu, la mia lucciola… Amore…

- Vedi? C'è una stella... Amore…

- Sei tu, la mia stella… Amore…

E si mettevano a contare le stelle.

- Quante stelle… Amore… Quante sono le stelle?

- Assai… Amore…

- Quanto sono grandi le stelle?

- Grandi grandi…

- Quanto?

- Quanto il nostro amore…

Amore amore. Quella sera Filomena e Ciccillo andarono all'amore. Come non era avvenuto mai. Insieme. Uniti nel corpo e nell'anima. In una convulsione di movimenti, in una convulsione di sentimenti che li trascinava in un vortice incontrollato di amore, di piacere. Dove tutto scompariva intorno. Il mondo non esisteva. Non esisteva il giorno, la notte non esisteva. Il tempo non c'era.

Più volte suonò le ore l'orologio della piazza. Più volte passarono in cielo tutte le stelle. E la luna camminò silente insieme.

- Guarda… C'è una luce…
- Tu sei la luce…
- Guarda… C'è la luna…
- Tu sei la luna…
- Guarda… C'è una lucciola…
- Tu sei la lucciola…

E si amarono e si amarono. Più volte si amarono. Si amarono tutta la notte. Infinite volte. Come non avevano mai fatto prima. In una intensità di forza dove i sensi sconfinavano nel sublime. I corpi perdevano consistenza, illanguidivano, nel piacere voluto, nel piacere cercato. Nel piacere avuto, nel piacere donato.

- Il treno… Passa il treno…
- È l'ultimo treno…
- Illuminato… Tutto illuminato…
- Illuminato d'amore…
- Dove va il treno?
- Va…
- Dove va?
- Va… Lontano… Lontano…
- Cosa porta il treno?
- Amore…
- Amore…

Amore amore. Tanto amore. Una notte tutta d'amore.

Avvolta in un nubilo di felicità, di gioia, Filomena si assopì nel letto. Nel grande letto dell'amore. E si addormentò. Si addormentò sulle onde lunghe dell'amore. Si addormentò sulle onde brevi dell'amore. Si addormentò sulle onde continue dell'amore. E sognò. Fece un breve sogno. Un piccolo sogno. Sognò una piccola lucciola che, da sola, alla prima luce del giorno, spegneva la sua luce.

Era tardi. Il treno passava. Il primo treno passava. Il treno passava sulla sua terra, passava nella sua vita. Il rumore del primo treno del nuovo giorno che veniva, la svegliò. La scosse. Si girò di fianco. Aprì gli occhi.

Ciccillo non c'era.

Ciccillo dov'era?

Maria Lucia era già sveglia. Maria Lucia, però, non piangeva.

Ciccillo dov'era?

Ciccillo non c'era.

Ciccillo, come sempre, si alzò presto quella mattina. Quando ancora era buio. L'ultimo buio della notte, che tardava a lasciar luogo al chiarore del giorno. Una stella, l'ultima stella, brillava ancora nel cielo. La luna, che aveva illuminato la notte, la lunga notte d'amore, aveva spento il suo lume lasciando solo ombre, deboli ombre sulla *Terra di Sopra*. E una brezza leggera che scendeva dal monte.

Il lavoro quel giorno per Ciccillo era molto impegnativo e difficile: doveva calarsi in un pozzo, dove nessuno voleva andarci, e attivare una pompa a nafta che non voleva partire. Quindi si alzò, si accostò alla finestra, vide il chiarore della luna calante e le ultime stelle intorno brillanti. Scaldò un po' di latte e finto caffè, ci mise un po' di pane fatto a biscotto. Fece colazione. Uscì fuori per i bisogni del giorno. Fece la barba, si spruzzò con acqua fresca. Prese la salvietta con la colazione del mezzogiorno. Fu pronto.

Ciccillo, prima di uscire per andare al lavoro, sarebbe tornato la sera, si avvicinò al letto. Filomena dormiva. Sembrava una santa. Dormiva un sonno beato, forse sognava. Ciccillo non la volle svegliare. Non la toccò. Le passò soffice soffice la mano sui capelli. Rimase lunghi minuti ad osservarla. Ad ammirarla. Nella sua bellezza, nella sua innocenza. Ciccillo vedeva la moglie. Ciccillo vedeva la madre. La madre della loro figlia Maria Lucia, che le dormiva accanto con un braccio rovesciato fuori dal letto. Sembravano un quadro del Caravaggio, o la Madonna col Bambino del Grimaldi dipinta sull'altare.

Ciccillo rimase incantato. Non aveva voglia di andare. Un singulto di emozione gli bloccò per un istante il respiro. Si accostò un po' più al letto. Sentì il respiro giovane di Filomena. Si chinò ancora di più. Baciò in fronte Filomena con dolce riguardo. Con le dita della mano l'accarezzò sulla guancia, delicato delicato, al rovescio. Un buffetto sfiorato. Non la svegliò. Impresse negli occhi la sua immagine. Sollevò sul guanciale la manina della figlia, che la ributtò di nuovo fuori. Fuori dal letto. Maria Lucia dormiva. Filomena dormiva. Mamma e figlia dormivano. Insieme dormivano. Non le svegliò.

Ciccillo spense il lume. Uscì. Chiuse la porta. Andò. Andò incontro al nuovo giorno. Andò incontro al suo destino.

Il lume della luna illuminava il cammino. La luce delle stelle, le ultime stelle, guidava i suoi passi. In cielo mancava una stella: la sua stella.

Era tardi. Quel giorno era tardi. Doveva far presto

per arrivare in orario. Lui era sempre puntuale. Non tardava mai. Era sempre in anticipo sul lavoro. Il primo che arrivava, l'ultimo che *scapolava*. Prima del padrone, dopo il padrone. Ma quel giorno... quel giorno era tardi.

Allungò il passo. Andò in fretta. Salì sulla scarpata. Oltrepassò il ponte. Andava veloce. Quasi correva. Il rumore del pietrisco sotto le scarpe *attacciate* dava un suono cupo. Un suono nuovo, un suono strano. Un suono diverso. E il vento... il vento correva lontano. Un ramo di acacia nascose la luna. Un ramo di acacia cancellò le stelle. Lui andava. Andava, andava... Sempre più veloce, andava... Poi non andò più.

Si fermò.

Per sempre si fermò.

Non andò più avanti.

Sul pietrisco della ferrovia.

Cadde.

Il treno.

Il suo treno.

Lo prese.

Lo depose alla stazione.

Alla stazione del cielo lo depose.

In cielo si accese una stella.

La stella più bella.

Una stella che prima non c'era.

La sua stella.

Ciccillo non sentì il treno arrivare. Ciccillo era quasi arrivato alla stazione. Ciccillo non salì sul treno. Quel giorno Ciccillo non andò al lavoro. Quel giorno Ciccillo morì sul binario.

Filomena, come presa da un triste presentimento, saltò giù dal letto. Si guardò intorno stralunata. Un'agitazione strana, mai sentita, la prendeva. Ciccillo... Era andato... Perché non l'aveva chiamata?

Dormiva… Perché non l'aveva svegliata? Perché? Perché? Il treno… Perché il treno non passava? Perché non passava nessun treno quella mattina? Perché? Perché?

Prese Maria Lucia in braccio. Corse fuori. Corse, corse. Forsennata. Non sapeva perché correva. Ma corse. Correva. Correva sul viottolo della ferrovia. Nessun treno passava. Era già giorno. Non passava il treno degli operai. Il treno degli studenti non passava. Neppure il treno merci passava. Niente. Nessun treno passava.

Filomena correva.

Corse come poteva.

Fino alla curva. Dopo il semaforo rosso.

Il semaforo era acceso. Il semaforo era rosso. Col semaforo rosso nessun treno passava.

Perché?

Dietro la curva si fermò.

Dietro la curva Filomena si fermò. C'era gente, gente, gente. Ferrovieri. I carabinieri. Filomena fece qualche passo avanti. Il cuore pulsante. Una campana… Una campana a *martorio*. Poi si bloccò. Nessuno parlò. Il cuore di Filomena si fermò. Dietro la curva il cuore di Filomena si fermò.

- Papà…

Maria Lucia disse: papà. La prima parola che disse: papà. Quel giorno. E indicò con la manina piccina piccina, bianca, piena di vita, papà immobile, steso sul pietrisco nuovo della ferrovia che luccicava di sole ai primi raggi del mattino.

- Papà…

Una sola parola. Maria Lucia, la bambina, disse papà. Più non parlò.

- Sì, papà…

Filomena chiuse nel pianto la voce. Più non parlò.

Papà era morto.

- Papà...

Maria Lucia diceva: papà.

Filomena, dolore di mamma, dolore di moglie, guardò in cielo. Vide la stella. La stella che prima non c'era.

- Sì, papà... In cielo... Accanto a Gesù... Papà non c'è più...

E mostrò in cielo la stella. La stella più bella. Che prima non c'era.

Il treno riprese a passare. Continuò a passare. Altri treni passarono nel tempo. Nel tempo che passava. Nel tempo che passava nel ricordo. Nel ricordo e nel dolore.

Filomena si vestì a lutto. Veste nera, camicetta nera, calze nere, scarpe nere, fazzoletto nero in testa. Tutta nera. Voleva vestire di nero anche la figlia. Poi ci pensò. Il lutto le rimase addosso tutta la vita. Mai lo levò.

Ma la vita, come sempre, aveva preminenza sulla morte. La vita, come il treno che mai si ferma, non si fermò. Non si fermò neppure per Filomena.

Filomena coltivava la terra, coltivava il ricordo, ricordava l'amore. L'amore suo per Ciccillo, l'amore di Ciccillo per lei. Per lei e per la figlia, che cresceva. Un altro figlio cresceva dentro di lei. Un figlio concepito come un sogno nella notte della lucciola che solitaria spegneva la sua luce su una foglia di grano. Lo sentiva, lei lo sentiva, questo suo figlio racchiuso nel suo grembo e lo custodiva come un dono voluto dal Cielo. Ultimo regalo di una notte d'amore. Per questo lei lo curava, lo coltivava come unico fiore, il più bel fiore d'amore.

Il bambino nacque. Bello. Bello come il sole. Aveva negli occhi una luce di stella. Filomena guardò in cielo. Vide la stella. La stella di Ciccillo che dal Paradiso, dove era stato portato in volo, vegliava su di loro. Una preghiera si formò sulle sue labbra, venne dal cuore. Una preghiera di ringraziamento al Signore, una preghiera d'amore.

Il bambino nacque. Nacque di primo mattino. Quando l'aurora si tingeva di luce e il mare prendeva d'azzurro colore. Nacque sulla luce del sole. Nacque per amore.

Luca fu il suo nome, perché venne insieme alla luce. Era la luce, era la speranza. Domenico fu il suo secondo nome, perché vide la luce di domenica il giorno del Signore. Salvatore fu il suo terzo nome, perché fu un dono d'amore, un dono del Signore.

Luca Domenico Salvatore. Figlio di Ciccillo e Filomena. Figlio dell'amore.

Ultimo ricordo

M'arricordu, mi ricordo…

Mia mamma iniziava sempre così il suo racconto. Tutte le sere. Seduta al braciere raccontava, raccontava, raccontava…

Sì, mi ricordo: mia mamma iniziava sempre così il suo racconto. Ogni sera lei *facea 'u luci, appicciava 'u focu*. Faceva il braciere. E raccontava. Raccontava la storia di Filomena, una ragazza che lei aveva conosciuta. Che lei sapeva. Quasi un romanzo, diceva. Un romanzo che forse romanzo non era. Che sia una tragedia? Lei non diceva. Raccontava tutta la sera, raccontava di Filomena. Filomena era vera? Nessuno sapeva. Nessuno sapeva Filomena chi era.

Seduta al braciere raccontava, raccontava, raccontava…

Di raccontare mai terminava.

Sì, mi ricordo. Anche io mi ricordo *ca quandu 'u focu chianu chianu s'astutava*, *pinnuliava l'occhji*, il sonno del giorno stanco la prendeva, chiudeva il racconto. Sorrideva.

M'arricordu, mi ricordo…

Mia mamma concludeva sempre il suo racconto in poesia:

– … *e m'arricordu comu se fussi aèri / ca 'a duchessa si maritò c'u giardinèri* …

Indice

Finito di stampare nell'aprile 2011 presso Global Print,
Gorgonzola (Mi)